大
陆
新
娘

大陆新娘

李大刚 主编

海峡出版发行集团
海峡文艺出版社

序

李闽榕

家庭是人类社会生活的基本单元，承担着社会和文化传承的重大历史责任，还要承担抚养老小的社会保障责任，没有家庭就没有丰富多彩的大社会；婚姻是家庭的最基本关系之一，新郎、新娘是构建一个新家庭的最基本要素，没有婚姻就不会有持久的家庭。《大陆新娘》紧紧围绕家庭和婚姻这个文学创作的永恒主题，来体现人性、抒发情感，向读者深入展示纷繁复杂、五彩纷呈的社会生活，展示中华民族的优秀文化传统和丰富深厚情感。只要讲好故事，就容易引人入胜，使读者产生感情上的共鸣。这是我阅读《大陆新娘》书稿之后的第一个感受。

海峡两岸人民同宗同祖，都是炎黄子孙，都是中华优秀文化的传承者。由于历史的原因，两岸民众长期分离，但两岸婚姻在连接两岸社会血缘和传承中华优秀文化方面发挥着十分重要的作用。中华民族崇尚血缘传承，崇尚认祖归宗、光宗耀祖和落叶归根，跨海婚姻在海峡两岸组成了一个又一个新的家庭，成为中华民族这棵横跨海峡两岸的参天大树的一丝丝细微根须。两岸分离、兄弟阋墙，是历史留给中华民族的伤痛，造成了许多家庭的生死别离。如何才能"度尽劫波兄弟在，相逢一笑泯恩仇"，成为两岸民众共同关注的热点话题；两岸交流、跨海婚姻，是改革开放新时代两岸平复历史创伤的良药，使两岸民众渐渐少了悲离，增添了许多的欢合。《大陆新娘》从两岸关系这个热点话题切入，来叙说家庭和婚姻这个文学永恒主题，讲述涵盖两岸的中国故事和中国精神，一定会深深荡动读者的情愫，令他们久久难以忘怀。这是我阅读《大陆新娘》书稿之后的第二个感受，也是促使我欣然为之作序的关键原因所在。

"大陆新娘"是特殊历史条件下的特殊产物，这一特定名词中承载了太多的复杂因素。"幸福的家庭是相似的，不幸的家庭各有各的不幸。"列夫·托尔斯泰的这句名言，却无法完全涵盖两岸家庭。两岸婚姻的幸福和不幸，除了家庭和社会生活本身的原因之外，还掺杂了太多的政治因素，诸如两岸长期敌对与隔绝所产生的歧视、偏见与误解，由此也使"大陆新娘"必定要经受比一般民众更多的生活磨难和社会磨砺。

老一代的两岸婚恋侧重于"婚"。因为历史的原因，多是鳏居或丧偶的台湾老兵，回原籍娶年轻的大陆新娘的模式。用一位大陆新娘的话说是："我们的结合，有着各自的不得已，很难说有没有爱情。"这种"老夫（台湾老兵）＋少妻（大陆新娘）"的婚姻模式，加之台湾社会的偏见与歧视，造成了一些婚姻悲剧。当然也有不少夫妻"先结婚后恋爱"，弘扬忠诚厚道、善良贤惠等中华民族的传统美德，演绎出"你若真情相待，我便不离不弃；你若不离不弃，我必生死相依"的动人故事。

新一代的两岸婚恋则侧重于"恋"，最后的结合是恋爱的结果。郎才女貌或比翼齐飞，日久生情或一见钟情，必然与巧合、忠诚与背叛、欢笑与泪水……几乎包含了所有爱情悲喜剧的元素。

爱情是文学永恒的主题，好事多磨，有情人终成眷属，古今中外没有什么不同。所不同的，仍然是台湾当局出于政治目的对大陆新娘的歧视性规定，以及台湾社会对大陆的偏见与误解，使好事更多磨，眷属更难成。几乎每一位大陆新娘的命运，都一波三折。套用一句网络用语，她们中有的人的经历，甚至坎坷到"连小说都不敢这么写"。

据统计，嫁到台湾的大陆新娘已经达到40多万人，是什么机缘让她们中的16人，而不是别的大陆新娘的故事，走进我们的视野，收录到这本书中呢？那是因为，这16位大陆新娘，在争取自己合法权益的过程中，渐渐地聚集到了同一面旗帜之下，这面旗帜蓝底红星，高举这面旗帜的，叫作中华生产党。

台湾中华生产党的创党人卢月香，也是一位大陆新娘。她是这样解读这面旗帜的：蓝色代表主张"一个中国"的蓝营，左下角的五颗红星，大的一颗代表大陆，也象征着在台湾人民最大，环绕的四颗小星代表团结、友爱、包容、勤奋，象征自立自强的精神。

大陆新娘们聚集到这面旗帜下，是为了服务于广大在台的大陆新娘，追求两岸和平统一，追求大陆配偶的平等权利，帮助新住民争取在台的地位、权益、福利。中华生产党的旗下，已经聚集了4万党员。

看《大陆新娘》的书稿，自然会令我联想到海峡文艺出版社2014年隆重推出的《原乡》。

《原乡》是两岸作家合著的长篇小说，写的是大陆去台老兵思念家乡，经过不断抗争，冲破重重阻隔，终于与家乡亲人团聚的故事。1987年11月2日，台湾当局宣布开放民众赴大陆探亲，《原乡》的故事落幕，而《大陆新娘》的故事，此时徐徐拉开了帷幕……

虽然《大陆新娘》是报告文学集，而《原乡》是原创小说，但从时间和内容上看，《大陆新娘》很像《原乡》的续集或者姐妹篇。这也是符合生活逻辑的。两岸因为政治的原因，人为地隔绝了30多年，但"破冰之旅"一旦开启，两岸人民相互交往必然势不可挡，而随着交往的频密和深入，产生"破冰之恋"，最终组成两岸家庭，也就是顺理成章的事了。特别是老一代两岸婚恋的主体是鳏居或丧偶的台湾老兵，这就更使《大陆新娘》与《原乡》具有了客观现实的内在逻辑性。正是基于这一认识，我在海峡文艺出版社策划《大陆新娘》选题时就向房向东社长建议，报告文学《大陆新娘》出版后，可立即着手将报告文学改编为同名长篇小说，《原乡》中的人物和故事情节都可以延续下来，成为系列长篇小说的第二部曲。

有趣的是，《原乡》虽是虚构的，却如生活本身一样真实。当同名电视连续剧《原乡》在中央电视台播出时，台湾影视明星刘若英发微博感叹："了解我从小跟祖父长大的人就知道，这题材对我来说是多么有感觉。看见分隔两地夫妻的思念，看着将军与部属曾经共同用生命捍卫自己的信念，太多感触。"而《大陆新娘》虽是纪实作品，但其曲折精彩的程度，丝毫不亚于小说，而且因为其真实，有着更为打动人心的力量。例如：一对感情笃深的台湾老兵与大陆籍妻子，8年婚姻，其中有6年是在与绝症抗争，丈夫最大的心愿，是活到为妻子领到台湾身份证。最终，他在妻子获得身份证的14天后安然离世。例如：一位美丽的土家族女孩，在大陆已经是事业有成的"小老板"了，却不惜为爱远嫁台湾，从零开始，在歧视与偏见中顽强成长，短短数年，又在深圳设厂，在台湾开店，成为台湾夜市的一颗明珠。诸如此类的事例在《大陆新娘》一书，可以说比比皆是。

《大陆新娘》的故事，尽可能地包括了不同时期两岸婚姻的种种状态，它的主人公们，是"大陆女儿台湾媳"，一边是养育她们的故乡和父母，一边是她们的丈夫和孩子。她们给"两岸和平统一"的宏大主题，添上了最温馨最浪漫的一笔，没有谁比她们更盼望两岸和平，她们能够而且必然为两岸和平统一发挥更重要的作用，为促进两岸共同实现中华民族伟大复兴做出重要贡献。

本文作者李闽榕，系福建省新闻出版广电（版权）局党组书记、副局长。

目录

要拼更要赢
　　——大陆新娘卢月香在台湾的拼搏之路　李大刚/1

历经风雨见彩虹
　　——大陆新娘刘阳采访记　　夏　炜/25

抗争，为了活出尊严　杨国栋/40

和着那些泪水与欢笑　杨国栋/56

为了诉求而呐喊　谷　子/69

嫁到台北的土家族新娘　张冬青/81

婚姻改变人生　宇　风/93

兰馨于心
　　——齐兰英的故事　戎章榕/108

人生的三把钥匙
　　——江南的故事　戎章榕/118

芳名在外　张　明/128

远嫁的女儿　张　明/141

君生我未生　尚　昱/154

大陆女儿台湾媳　　尚　昱/168
曾言言：从双城生活到以爱为家　　李　劢/181
吴晓盈：玫瑰与土壤　　李　劢/193
山西妹子的七彩人生　　蔡伟璇/206

编后赘语/219

要拼更要赢
——大陆新娘卢月香在台湾的拼搏之路

李大刚

一、缘起

依然记得很清楚,那是1991年的8月28日。这一天,身在广东大埔的卢月香突然接到了来自台湾的一个陌生电话。电话的那一头,通话人虽然素未谋面,但是那台湾男士富有磁性的闽南口音,温和亲切的语调,动人心扉的言辞,令她在极度意外之余又深感震撼。那一刻,卢月香一身工作服满是油污,正埋头在自家车队的修理间里,专心致志地排除一部大货车的油路故障。就这样,卢月香握着电话的手上,油泥尚未擦干净,可是这一番通话,足足持续了40多分钟。

这完全可以算是机缘天定。半年前,卢月香在大埔的一位朋友受台湾亲戚之托,希望在大陆物色一位有经营头脑、能够帮助打理家族生意的儿媳妇。这位朋友认定卢月香是最佳人选,便想极力玉成,几经辗转,将卢月香的照片捎到了海峡对面的施精健手中。但不知因何缘故,此事以后没有了下文,而卢月香亦是置之脑后再无印象。那一日,正值台风肆虐宝岛,施精健没有去公司上班,在台北木栅的家中避风躲雨。一阵大风呼啸而过,屋中案头上的书刊报纸"哗哗"作响散落一地。正应了那句俏皮话:"下雨天打孩子,闲着也是闲着。"百无聊赖的施精健就顺便着手整理案头。正是在此时此刻,被大风掀得底朝天的故纸堆里,一张靓女的玉照跃然在目,一个圆脸白皙的女生巧笑倩兮巧目盼兮。施精健的眼前一亮,登时如醍醐灌顶,那一刻，他隐隐地感觉到一种命运的无声召唤。翻过照片，果然天遂人愿，照片背面的名字和电话号码清晰如故。于是，在屋外狂风骤雨的背景声中，他拨通了海峡彼岸卢月香的"大哥大"。

那时候的祖国大陆，正是改革开放之初风起云涌之年。芳龄仅仅 27 岁的美貌女子卢月香，从老家福建龙岩的永定来到广东大埔创业发展也已经数载。生意红红火火，事业顺水顺风，这位年轻的女企业家本无暇来考虑个人的婚姻问题。但是来自台湾的这样一番真诚而质朴的电话表白，却令她的心灵感受到一种前所未有的强烈撞击。因为早年的婚姻创痛而长时间刻意保持的情感空白，在那一瞬间陡然得到了极大的充实。

而更让卢月香没有想到的是，就是这一次通话，不但刷新了她个人的情感印记，甚至于改变了她此后的全部人生道路。她的生命轨迹自此开始上演惊天逆转，完全超越了在广东大埔的车队、煤场这等小小家业，出现了颠覆性的变化，向着一个完全未知的方向重新起航，以至令她迈入了海峡对岸的台湾政坛。

二、赴台

卢月香是风风火火的性格，向来没有婆婆妈妈那样煲电话粥的习惯。然而这一次却鬼使神差地破例了。继头一天长时间的通话后，接连 5 天，电话铃声每天准时准点响起，电话粥竟是愈煲愈热乎，情真意切，水到渠成。最后一天的通话里，施精健说他已经办好了婚姻登记必备的有关文书，例如单身证明等等，明日即将启程，前来广东大埔相会，共诉衷肠共叙情缘。

尽管卢月香心中已经有所预期，但还是大吃一惊。放下电话，卢月香按捺住情绪，让自己逐渐冷静下来。看起来，这位施先生倒是蛮有个性，半年未通音讯，面也没有见过，还不肯先寄照片来投石问路，只不过通了几番电话，居然就说过几天要来大陆娶她。像这样三下五除二，直截了当，是不是忽悠人暂且别说，总感觉有点搞笑。那时候能够嫁到台湾，在许多的大陆女性看来，其吸引力绝不亚于嫁到香港、澳门。然而对于卢月香这样事业型的成功女子而言，却并无丝毫诱惑力。如果说她确实是心有所动的话，那完全是一种以诚相待的直觉，她深深感受到了施精健的满腔赤诚。

数日以后，施精健果然践行诺言，风尘仆仆地登陆。那是10月初的一个周末，卢月香开着自家的丰田面包车到梅州机场去接。看那施精健，长得一表人才，相貌端庄谈吐不俗，性格豪爽慷慨大气。后面的几天时间接触下来，两个人情深深意绵绵，惺惺相惜精诚所至。说来也是缘分，其时还很稚嫩的儿子竟然跟施精健很亲，极力鼓励母亲下定决心。这样一来，卢月香更是在心里默认了，这个人值得信赖，完全可以做朋友，于是决定和他先交往，以后再图慢慢发展。

可是施精健不这么想。都说"心急吃不了热豆腐"，他是心急更要吃热豆腐。不能仅此止步徘徊不前，夜长梦多，万一卢月香哪一天说一声"拜拜"，那岂不是鸡飞蛋打错失佳人了？他希望快刀斩乱麻，一锤定音。经历了那个台风夜的真挚沟通之后，他就有了破釜沉舟的决心。再通过这么多天的深度交流碰撞，又在广东大埔这个卢月香的事业发展之地，和福建永定这个卢月香的生身之地几经盘桓了解，施精健还有什么好犹豫？和在台湾的母亲多次电话沟通以后，施精健更是王八吃秤砣，铁了心要早早抱得美人归，要尽快把卢月香娶回台湾去。

施精健紧锣密鼓地展开魅力攻势，采取的是"地方包围中央"的策略，从扫平外围入手。一番发自肺腑的大实话，先把卢月香的父亲卢老先生拿下了。施精健对老先生说："我家里不是富豪，要有做才有饭吃。"卢老先生颇为动容。他原本对女儿将远嫁台湾百般不同意，生怕女儿遇到拆白党被骗财骗色，可是和施精健几天接触下来，老先生竟然倒戈，反而回头劝说女儿。卢老先生这杆大旗一举起来，没几天，卢月香一家上上下下竟然都对施精健赞赏有加。一时间卢月香竟没有了退路，好像有点被逼宫的感觉。

终于，半个月后，卢月香毅然决然地与施精健办理了结婚登记。那一天，坚决不肯让施精健承担分文，卢月香自掏腰包，选了大埔最豪华的酒店，设酒席30多桌，全大埔几乎所有的大咖大腕头面人物纷纷前来助兴，办了一场风风光光的婚宴。接下来，少不了方方面面的请客应酬，一忙活又是好多天。终于在大埔和永定两地分头把婚事操办完，施精健当即赶回台湾去办理卢月香的入台手续。这一边，卢月香以壮士断腕的气魄，着手处置了在广东大埔的企业和资产，再回福建永定安顿好老家的一应事务。百忙中还专门挤出时间大举采购，从个人衣物到各类食品干货还有打算送人的各色礼品——她可不希望到台湾时两手空空被夫家人看扁。

又过了几个月，卢月香身携以备不时之需的2000美金，拖着四五个满满当当的大旅行箱，义无反顾地从大埔启程远嫁，经梅州、深圳过香港飞往台北，开启了她作为大陆新娘一系列传奇故事的序幕。

大陆新娘这个称呼，听起来很甜蜜很有诗意。不过，若是换成台湾的正式说法，就有点叫人不那么受用了：大陆配偶。或者再干脆一点，就称作"陆配"。很有一点拒人千里之外的冷酷。前些日子全世界突然开始流行冰桶挑战，冰水虽凉，目的却火热，在于唤起世人对渐冻症患者的关爱。而卢月香在台北桃园机场过关的那一刻，也如同被人兜头泼了一盆冰水。但是，那感受有天壤之别，冰水够凉，卢月香心头更凉。这是因为，卢月香是以新来台湾的"陆配"身份进入的。机场官员冷漠的态度，不屑的眼神，挑剔甚至于刁难的行为举止，硬生生地让卢月香感受到了台湾人对于"陆配"的那种冷酷。

一个内心充满喜悦和甜蜜的新嫁娘，一个事业有成在大陆处处受到尊重的企业家，竟然因了"陆配"的身份，才下飞机尚未步入台湾社会，就遭遇到这样粗暴的下马威，卢月香登时感觉到心底凉飕飕。她的心情，陡然从沸点降至冰点，如坠深渊。

其实，自从她要嫁去台湾的消息传开后，在广东，在福建，碰到的很多人，看似无心的交谈，就已经让卢月香有了隐隐的不安。大埔、深圳的一些朋友听说她即将嫁到台湾去，第一句话问的差不多都是"你老公是残疾人吗"或者"你先生是不是痴呆啊"这一类。起初的时候，听到这样的问话，卢月香还以为朋友们在开玩笑，或者是在妒忌她的幸福。可是听得多了，所谓三人成虎，很自然地，不免对自己将来在台湾的生存环境有了几分担忧。难道原先嫁到台湾去的姐妹们，她们的先生要么都是痴呆傻，要么都是半身不遂、缺胳膊少腿吗？幸好，她已经与那位活生生的、健壮开朗的施精健相处多日，所以这种担忧当然就是多余。但是人家还是有疑问："这个男人这样有型有款，他会娶你，肯定是犯过法的，说不定还坐过牢呢！"更加令人难以接受的是，在香港机场候机的时候，几个同在等待登机的台湾人，投射过来的目光里，毫不掩饰地带着几分轻蔑。在他们相互之间意有所指的交谈中，竟然时不时地蹦出"匪谍""统战""骗钱"这些十分刺耳的词语，而且并不忌惮被她听见。在卢月香以往的生活体验里，她一贯只会埋头打理生意，对于政治并不关心，最不喜欢的事情就是"喝稀粥谈国事"了，甚至于还有一点本能的回避。所以，乍听到这类极度敏感的言辞，她自然而然地心生惊怵。难道以后在台湾讨生活过日子，还要天天面对这些政治话题？这也太扯淡了，累不累啊！

　　满心忐忑中，总算通关出闸，卢月香长舒一口气。远远地，看见自己的先生施精健正在栏栅外面等候，她顿感欣慰，心头不禁涌上几丝甜蜜。不过，看上去施精健好像并没有多少兴奋，脸色似乎还有一点不悦。这个场景，与原先一直在脑海中想象的那种温馨浪漫大相径庭。卢月香很纳闷，怎么会是这样清冷的见面呢？到后来才知道，施精健的小小不高兴有几层原因。一是误会了，以为卢月香把大陆的旧衣物旧家什坛坛罐罐都带到台湾来，他觉得即使夫家的日子再不济，也不至于让新娘子还要穿用娘家时的旧衣物；其二，当然也是心疼卢月香一个人推着那摞得高高的行李车。既然是因为这些，卢月香除了欣慰之外，还有什么可介意的？

　　合力把大大小小的行李箱搬上新买的汽车，夫妻二人驾车出机场回家。施精健告诉卢月香，这辆加长的厢型车，是因为卢月香的到来专门添置的，准备供她使用，方便她以后上班下班和打理生意。卢月香的心情渐渐地回暖。进入车水马龙的台北市区，她感觉好像回到福建的厦门、泉州一带，一边听着施精健介绍家长里短，一边观赏台北街头似曾相识的风光景致，一种亲切感油然而生，不由得心头涌起几分"到家了"的暖流。

　　然而，还没有跨进家门，卢月香的这种"到家"的美好感觉就横遭腰斩，新一轮的打击骤然而至。在街口的公园旁停好车，夫妻两个每人拉着两个大行李箱往家走。这段路差不多也就百米长短，两旁的店家、邻居纷纷出门来看热闹，指指点点比比画画。尽管卢月香经见过不少场面，此时还是不免有点羞涩，心想原来台湾人跟老家永定那边的人一样，也喜欢抢着"看新娘"。殊不知，与想象中的"看新娘"的那种喜庆欢乐完全不同，这里的乡邻们似乎不是那么友善，他们的眼光充满轻佻，嘴角深带鄙夷，跟施精健打招呼的言语很有几分嘲讽的味道："噢，讨的是大陆妹啊？又来了一个女'匪谍'！""施先生，以后你的钱包，一定要看管紧紧的咧！""这个大陆妹蛮漂亮，不要被她钱财骗光光哟！""这个大陆妹是假结婚还是真结婚啊？！"

如此这般刻薄的闲言碎语，劈头盖脸地砸向满心欣喜的卢月香，剧烈的反差令她瞬间一阵迷茫。"大陆妹""女匪谍""假结婚"，这么多几近恶毒的言辞，接二连三地在她的耳边冲撞，她感到一阵剜心之痛。原来，台湾人就是这样看待大陆来的新娘？相煎何急？不是一直都说两岸一家亲吗？我们本来就是同根同源啊！

她想争辩、想反驳、想据理陈言，可是无从开口。因为，他们只是指桑骂槐，只是指着和尚骂秃驴，他们说这些话的时候，并没有指着她的鼻子啊！

幸好，施精健赶紧很大声地和乡邻们岔开话题，以避开那些伤人的言语，一面带着卢月香加快脚步匆忙前行，才算把卢月香从极度的尴尬中解脱出来。

作为来自大陆的新嫁娘，卢月香在踏上台湾土地的第一日，还没有踏进家门，就已经连番地备尝苦涩。看起来，台湾人好像一点都不欢迎大陆新娘。那么，以后天天要在这里生活，还会听到多少这样叫人难以接受的言辞，还会碰上多少这样让人无法面对的现实？前路还长，今后该怎样去应对？卢月香的心绪不由得在风中凌乱。

三、立足

相对于当年台湾社会对于大陆新娘严重的排斥和歧视，施精健的家，对于初来乍到的卢月香来说，是很包容很温馨的。尤其是在那种较为紧张的政治氛围下，这个家更是她安身立命、休养生息的港湾。而且，因了婆婆郑女士的引导，这个家，也就成为卢月香迈向政治领域的始发站。

施精健家里的情况很简单，就是母亲及施精健与前妻所生的女儿，一个弟弟早已成家住在外面。女儿毕竟是小孩子，"记吃不记打"，虽然开头两天很抵触，可是多疼爱她多关心她一点，好吃的东西多买些给她吃着，好看的衣服多买两件给她装扮起来，没几日，小姑娘就被卢月香收编了，变成她的小小闺密。而卢月香的婆婆郑柳女士，更成为卢月香的良师益友。婆婆最先开始教卢月香的，是学习职业女性的化妆技巧，学习社交场合的专门礼仪。

这两门功课，恰恰正是卢月香的缺项。对卢月香来说，这完全是一个崭新的领域。虽然她原先是个女强人，但是她仍然还是个女人，而女人的天性就是最喜"当窗理云鬓，对镜贴花黄"，如今有机会接触到化妆啊礼仪啊这些知识，她当然欣喜万分、倍感兴趣。卢月香从十六七岁开始上中专学校，学的就是汽车修理专业。中专毕业走出校门，才19岁，就满世界地开汽车运煤炭跑生意，基本上都是穿着厚厚的工作服，戴着油污的纱手套。她的生活体验里，只有方向盘和煤场堆这类极端男性化的概念，向来就与涂脂抹粉、猫步台步啊这些标准女人化的生活绝缘。所以，一旦开始做这些画眉毛描眼线的功课，不由自主地就喜爱上了并且心领神会，很快就登堂入室。

婆婆见卢月香这样虚心好学，没几天就调教出一个好学生，也很有成就感。她觉得卢月香是个可塑之材，便在化妆和礼仪之外，循序渐进，开始给卢月香上政治课。婆婆本身就是资深的政党中人，是蓝营的忠贞战士，在蓝营中人脉很广。她长期为国民党高官马树礼处理家政事务，对台湾的政坛风云了如指掌，娓娓道来如数家珍。婆婆从细微处入手，深入浅出地为卢月香指点迷津，把台湾的政治生态、蓝绿交锋还有选举文化等内幕剖析得淋漓尽致。

这些知识卢月香原先闻所未闻，所以初听之下感觉是云里雾里深不可测，只是懵懵懂懂地知道了，原来在台湾，居然有国民党、民进党、亲民党等数不完的许多党，还有"选举"啊，"拜票"啊，"蓝营"啊，"立委"啊，这些原先从未关注过的、极其艰深的名堂。不过，卢月香毕竟在大陆生活成长这么多年，加上因了婆婆的直接影响，她在感情上已经是百分之百的蓝营一分子。以她当时很朴素的想法，虽然在台上执掌大权的李登辉好像不是什么好货色，否则大陆新娘在台湾的日子不会过得如此惨兮兮，可是，若是让一心要闹"台独"的民进党上台，那这么多的大陆新娘岂不是更要被赶尽杀绝吗？根据自己初到台湾的切身感受，卢月香的直觉就是：将来如果有机会在台湾参加投票，这张选票还是一定要投给国民党！

新婚家宴后的第三天，卢月香就跟随施精健去自家的公司上班。她既是去当老板娘的，也是去当新员工的。施精健开的是一家小百货公司，专门经营各种高端精品服饰的尾货，基本上也只能算是小本经营，充分印证了他对卢月香父亲所说的"我家里是要有做才有饭吃"的那句话。不过这不要紧，因为对于卢月香而言，做生意她可谓行家里手熟门熟路，她希望从今往后，夫妻同心其利断金，两口子一起打拼，好好把公司做大做强。她想先从最基础的站柜台做起，尽快熟悉公司的业务然后再图发展。但是现实是，她的雄心壮志马上就夭折了：她不具备当售货员的资格，甚至连站在柜台后面都不被允许！因为她才到台湾三天，根本就没有拿到台湾身份证。按照台湾当时的严格规定，同为中国人的"陆配"，想要取得台湾身份证，必须在台湾居住满11年。而且，还要附带种种的苛刻条件。至于外籍配偶甚至"菲佣"，却只要在台湾居住满4年即可。

曾经是老板的卢月香，来到台湾，竟然连站柜台当个售货员都不能如愿。这令她对于大陆新娘在台湾的低人一等又多了几分切身感受。好在施精健早已成竹在胸，他另有解决之道。本来，让卢月香去站柜台就未免屈才，放着一位现成的企业家不用，那也太不拿村长当干部了，他安排卢月香去学习进货参与管理，这样，既可以规避台湾当局的相关规定，又能够让卢月香充分施展她的经营才干。

公司里的刘总经理是资深老员工。早就听说老板要娶一个大陆妹回台湾，刘总经理那时虽然有所警觉，但出于对大陆妹的轻视，并没有太当作一回事。可是现在，这位如此精明强干的卢月香就站在面前，刘总经理顿时感到危机重重，当初犯了轻敌的毛病，如今职位好像大受威胁，必须抓紧亡羊补牢。他便不断地在施精健面前给卢月香上眼药下绊子:"老板啊,你自己要把公司的大权抓紧哟,不要被你老婆把家产卷走了啦!""老板啊,你这个老婆不简单哟,你要小心哟,不要搞到人财两空哟!"

可是施精健不为所动,他不吃那一套。刘总经理很是自讨没趣。这一头的火拱不起来,他转而去找施精健的母亲,依然是时不时"背后来几枪"的路数。施精健的母亲毕竟是女人家耳根软,架不住刘总经理三天两头地泼冷水吹凉风,有点动摇了,也怕卢月香万一真的来个"卷款潜逃",那搞不好就要倾家荡产。为了防患于未然,她觉得确实不能这么快就让卢月香接手公司的太多事务。这时候,施精健做出重要决策,用人不疑疑人不用,他说服了母亲,果断地将刘总经理解聘,让卢月香当了总经理,全盘接管公司。

卢月香迅速进入角色。虽然是老板娘,虽然是总经理,但她没有丝毫的颐指气使,也不会装腔作势胡乱发号施令,而是和员工交心做朋友。公司里女员工多,她会时不时地买些水果零食跟同事们分享。该发工资了,她改变以往的做法,不再紧掐发薪日这一天,而是提前一天两天就将工资发到员工手上。虽然都是细枝末节,可是员工们都觉得这个老板娘会做人不刻薄,也就愿意跟她推心置腹,她很快就和店里的员工们相处得非常融洽了。

卢月香跟着施精健去进货。对方公司的女老板见她是来自福建的大陆妹,根本就没有正眼瞧她,一点都不拿她当回事。甚至当着卢月香的面,公然对施精健说:"下次进货你自己来,不要带这个大陆妹来,带她来我就不卖货给你!"卢月香刚分辩两句,那女老板干脆指着卢月香的鼻子破口大骂:"你这个大陆妹,竟敢跟我顶嘴!我关照你们家多少年你知道不知道?你在台湾的这整个家,都是从我这里挣去的!"

正所谓"不打不成交"。有趣的是,这位女老板,后来看到卢月香做生意确实有独到之处,业务不断发展,每天补货量都在大幅攀升,不由得对她另眼相看,便开始放下身段与卢月香慢慢交往。她们从经常在一起喝咖啡开始,人心换人心,八两换半斤,直至成了知心好姐妹。女人家的特点就是,一旦投缘了,连心窝子都可以掏给你。这位女老板一开心,就把很多生意圈里的窍门秘籍传授给卢月香。卢月香毕竟从商多年,经营的门道一旦掌握了就触类旁通，所以如鱼得水很快就上手，没多久就把公司运转得游刃有余。施精健看到公司的发展势头喜人，深感自己的眼力好选对了人，又深感自己福气好娶对了人，高兴之余，干脆就当起甩手大掌柜。

卢月香自此开始，把全身心都投入公司，天天早出晚归忙于公司的事务，渐渐地得心应手，各项业务都步入正轨，她也干得不亦乐乎。直至这时候，她才有闲心关注她家附近的那些流浪汉。去公司上班的这段时间，每天半夜下班回家，在街口公园旁停车时，旁边的高架桥下总有很多流浪汉在那里过夜。她曾经问过施精健是什么缘故。施精健告诉她，这些人在台湾被称作游民，之所以在高架桥下栖身，有的是因为生活无着，有的是因为家庭变故，还有的本就游手好闲之徒，更有纯粹就是向往这种生活的，总之各有各的原因。施精健告诫她，台湾不比大陆那么单纯，这里党派林立，黑道白道出没，鱼龙混杂异常复杂，他叫卢月香不要多管闲事，专心打理自家的生意就好。

可是卢月香宅心仁厚，她看到那些人寒冬夜半露宿街头，不免心有戚戚，一直就想着怎样能帮帮他们。公司的仓库里积压了很多过季的衣物，值不了几个钱，也基本上卖不动，她就挑了几件放在车上。那一日夜里打烊收工后，她又到隔壁的面包房里买了一些糕点，回去的时候她专门来到高架桥下，把衣物和食品分送给那些游民。起初游民们似乎很意外。可是这些衣物包装完好，一看就是新的，而这些吃食更是香气扑鼻，很勾人食欲，眼前的这个女人还笑得那么真诚，游民们就很坦然地笑纳了。卢月香看到这些游民如此开心地接受了她的美意，也十分欣慰。从那一晚开始，卢月香就时不时地收集一些仓库里淘汰的换季衣物，经常在夜里下班以后，顺道去几家相熟的快餐店烧腊铺，把店家卖不完剩下的熟食低价盘下。泊好车后，她就拎着大包小包的衣物、食品去跟那些游民见面聊天。这时候，寒冬夜半的高架桥下，往往会激起一阵阵小狂欢，游民们兴高采烈如同过节。

台湾岛的冬季，虽说不至于冰天雪地零下多少度，但从太平洋上长驱直入的狂风，一样"冻死苍蝇未足奇"。而游民们就是卷着薄薄的破被，抖抖索索地蜷缩在水泥桥墩旁勉强入睡。卢月香看不下去。第二天，她怀揣自己从大陆带来的美金四处咨询,终于以8万元新台币的价格,买到两个旧的货柜屋也就是旧集装箱。她当即叫人把这两个大集装箱运到汐止高架桥下支好。这样,深冬的霜夜里,这些游民们总算有了一处避风御寒的所在。

卢月香的善举渐成口碑。随着游民群体之间的交流,木栅周边的游民们纷纷聚拢到这里,都对这个很有爱心的大陆妹表示真心的崇敬。卢月香和这些游民渐渐地熟悉起来,交谈也就随之慢慢深入。卢月香这才知道,这些游民其实跟通常意义上的乞丐是两回事。看上去他们外表苍老、衣着褴褛,其实也不过三四十岁,并非丧失劳动能力,只是过惯了这种散漫生活,不愿意出力出汗。他们当中有人曾经是老板,因为生意失败欠了巨债被地下钱庄雇人追杀,所以流落江湖。有一个人原先是司机,早先开计程车压死人,还是怀有双胞胎的一尸三命,赔不起1000多万的赔偿金,躲债来台北做流浪汉。于是卢月香就天天劝导他们:"老话说'救急不救穷',你们虽然算不上身强力壮,但还是可以做一些事情的,不可以长期这样混日子,应该想办法去打工,要争取自己养活自己。"除了劝导,卢月香还给他们找到出路:"如果你们愿意,哪一天可以到我的公司来试试看,我安排你们工作。你们完全可以做得很好的,一定可以自食其力。"

卢月香的殷殷劝说终于有了回报。果然有几个略为年轻一点的游民架不住卢月香的苦口婆心,先后寻到公司来,请卢月香帮助找活干。卢月香看到自己的苦心有了结果,自然欣喜有加。她安排这几个人随车搬货接货,工资是一个小时100元新台币。公司要接收的货品都是小件衣物,一般都是很轻的,以这些人的身体状况,可以轻轻松松地完成。这些人干得顺手顺心,一天下来,每个人可以挣到1000元新台币,所以就更加卖力。这段时间以来,因为卢月香经营有道,公司发展势头非常好,业务量剧增,也急需大量人手。单单是往各家大百货公司去接收品牌衣饰的余货,每天就需要派出很多人次、车次,所以完全可以消化这些人力。

卢月香因此声名远播,后来有许多大陆妹也闻名前来求助。找工作的人多了,卢月香自己的公司没有办法继续安顿,她就把这些人介绍到附近的一家中央厨房,或者她熟悉的其他一些公司去工作。还有几个头脑灵活的,卢月香让她们先在自己的店里学习经验，然后在这里赊账进货由她们自己去外面卖。谁知这几个人经营得很好，每天都要来补货，行情好的时候居然一天能够卖出 5 万多元新台币的货。卢月香从中也大受启发，她一口气在台北的新店、板桥、芦州这些地方，租了 20 多个摊位摆早市、摆夜市，每个地方安排两个人手。这样，大陆妹和游民们都有了稳定而且可观的收入，公司的效益也蒸蒸日上。

通过卢月香的帮助，很多游民陆陆续续都有了正当的工作，他们看到了自己的劳动价值，渐渐地找回了自信心，恢复了自身的尊严，还带动了一大批原先的游民脱离以往混混沌沌的生活，走出高架桥下去自谋生路。这些人日后都成了卢月香的忠实拥趸、事业上的铁杆支持者，他们都加入了卢月香所创立的中华生产党，并且成为坚定分子。

对于弱势群体，卢月香有一种本能的同情心和亲近感。在公司里，卢月香偶有闲暇的时候，就会在自选商场里四处巡视。她注意到，有一两个看上去经济比较拮据的女士经常出现在卖场里，而且形迹可疑。有员工告诉她，这些人都是大陆新娘，手脚都不干净，一定要多加留意。于是她留心观察。那一日，她终于发现一个大陆妹偷了东西，在埋单结账时被逮着了，人赃俱获。卢月香让收银的员工不要声张，她自己代这个大陆妹补清了货款，然后把大陆妹带到一旁说话。

这个大陆妹与卢月香是老乡，来自福建的福清，嫁的台湾老公是提笼架鸟百事不管的老浪荡子。她在这个所谓的家里面，基本上就是一个无处领工资的菲佣，还生了两个孩子，尽日在家里伺候老的、小的，全家的生活就靠当局每月发的救济金维持。她没有身份证根本不能出去工作，日子过得捉襟见肘，相当窘迫，无奈之下才来商场偷点小东西。其实也不外就是一两个面包、一两件文具，根本就不值几个小钱，但是拿回去可以让老公和两个孩子高兴。这个大陆妹边诉说边抹泪："我以前在大陆是医院的护士长，如果现在我可以出去工作，有一份收入的话，我家里的日子就不会这么艰难了！"这个大陆妹是和在大陆的前夫假离婚嫁到台湾的，原指望嫁到台湾来赚大钱寄回去给前夫还债，谁知道前夫假戏真做，竟然另娶了一个女人，她没有了退路，只好在台湾含辛茹苦混日子。和她差不多时间嫁到台湾的好几个姐妹，境遇也都不值一提，彼此彼此，都是床铺底下踢毽子，大家一般高，谁也帮衬不了谁。一个姐妹的老公是独腿的所谓老"荣民"。还有一个姐妹的老公甚至还患有老年痴呆，连夫妻生活是怎么回事都不懂，这么多年来这个姐妹就是这样守着活寡穷对付。

卢月香边听边陪着掉眼泪。原先只以为大陆新娘嫁到台湾都过得很风光很体面，殊不知姐妹们的境况竟都如此凄凉不堪。她回想起嫁到台湾前夕，大陆的一些朋友动不动就提"你老公是残疾人吗""你先生是痴呆吗"那些疑问，原来并不是空穴来风，而是大陆新娘在台湾残酷的生存现实。现在才知道，早年许多大陆新娘嫁的台湾丈夫，基本上都和这个福清大陆妹的老公一样，都是台湾底层的草根老男人。她们应该可以算两岸婚姻的拓荒人，可是，这么多年了，为什么她们的生存状况都无法改变呢？

自从接触到这个来自福清的大陆新娘，卢月香的心头一直沉甸甸的。本是同根生，同病相怜，她觉得为了自己将来不重蹈早年大陆新娘的覆辙，好像必须站出来做点什么。她想再深入探究一番。

通过这个福清大陆妹的指引，那一日，卢月香带了很多点心和小礼品，专门去探访了一处大陆妹的集居地。在一条背静的小街尽头，相当落败的一栋小楼黑暗的底层，她找到了那间小小的旧公寓房。这里一共住了12个大陆妹。走廊里，简易的炉灶锅盆烟熏火燎，这大概就是大陆妹的集体伙房了。房间里的寝具被褥则更加简陋不堪，就是一些厚纸板、塑胶布上堆着几堆没有被套的旧棉絮，如此而已。虽然卢月香原先有一定的思想准备，但是眼前的凄凉，还是令卢月香大吃一惊。

这些住在一起的大陆妹，大多是早几年偷渡到台湾的，或者是靠假结婚进入台湾的福建闽南一带的乡亲，基本上都属于非法进入台湾，没有身份证，没有工作，没有收入来源，靠着打零工、打黑工挣几个小钱，除了糊口，还要寄回大陆老家还债。而这些所谓的债，其实就是为了偷渡或者假结婚所借下的巨额费用。因为在如何进入台湾这个关键问题上就已经不合法了，所以这些人的境遇比起那些嫁给老"荣民"的大陆新娘来，就更加悲惨。很多假结婚的连老公的高矮胖瘦都不清楚，有的被抓到关押后遭送回大陆，有的在偷渡期间被强奸以致怀孕，一个个的遭遇都是一部部人间惨剧。

卢月香是刚嫁到台湾的大陆新娘，对这些饱受苦难、满腹怨气的大陆妹来说，这是真正的娘家人出现在眼前，她们压抑已久无处宣泄的苦痛悲屈，终于有了释放的机会和倾诉的对象。一时间，房间里哭声震天。

待她们把心中的苦楚尽情地排解以后，卢月香娓娓地劝慰她们：过去的已经过去了，再苦再惨，这一页都要掀过去。将来的日子还很长，以后的路要靠自己来走，但是一定要走正道。为什么台湾人这么看不起我们大陆妹？那是因为我们自己有很多被人轻视的地方。我们没有振作起来，我们自甘沉沦。姐妹们，从今往后，我们要自立自强，不要再小偷小摸，不要再做违法的事。要让人家看得起，我们首先要自己看得起自己……

一席推心置腹的姐妹私房话，唤醒了这些大陆妹内心的善良本质，也激起了这些大陆妹久已沉寂的事业心。她们一致对卢月香说："卢姐姐，我们听你的，你怎么说，我们就怎么去做！我们一定要改变自己的命运。"

渐渐地，卢月香的身边聚集了许许多多大陆新娘。除了早期嫁给"荣民"或者偷渡的这些第一代大陆新娘，还有很多像卢月香这样的第二代以及后来的再新一代的大陆新娘，其中不乏高学历的人士。当然，她们在台湾的命运经历，较之第一代大陆新娘，已经有了很大的改变。不过，只要当局的相关限制没有改变，她们在台湾，照样还是低人一等，照样矮人一头，无法挺直身腰扬眉吐气！

四、雄兵

卢月香属于主导型性格，这可能跟她年纪轻轻就事业有成有着很大关系。这些年在大陆的商场拼杀，历练出她的果断、魄力和驾驭统领的能力，如今看到这么多远嫁台湾的姐妹们遭受到如此不公，卢月香感觉到自己有责任要站出来，要带领这么多姐妹们讨回尊严讨回公道。但是，要怎样实现这个目标，她还没有找到突破口。

最终促使卢月香挺身而出的是那一次饭局。这一天,卢月香和施精健应朋友之约,到台北一家名为"热炒100"的饭馆聚会。饭馆里有一个端盘送菜的服务生,是非法务工的大陆妹,就在宾客觥筹交错、酒酣耳热之际,这个大陆妹被警察发现抓了现场。任老板娘怎样解释,任宾客们怎样劝解,都没有用,那个警官充耳不闻,真应了那句俏皮话"警察打他爹,公事公办",硬是给老板娘开了一张40万元新台币的罚单。

这件事给卢月香极大的冲击,物伤其类,同样是大陆新娘,她可谓感同身受,其痛连骨连心。如果说,她原先扶助大陆姐妹是出于本能的关爱与同情,那也只是物质上、经济上的小小支持,无法从根本上改变她们的处境。而这一次身临其境所遭受的强烈的震撼,则令她再也无法置身事外。她瞬时迸发了强烈的责任感和使命感,义不容辞,她认为自己应该领头站出来,带着大陆新娘群体共同奋起抗争,向当局要求工作权,争取缩短申请工作时限,争取大陆新娘应当享有的种种基本权利。

想法固然崇高,目标也很伟大,可是,应该如何着手改变大陆新娘群体的命运呢?这个命题实在太过宏大。不过,卢月香已经有了切入点,她早就物色到一位潜在的导师,那就是台湾世新大学的教授刘大姐。从这个意义上看,这一天的际遇看似偶然,实际上却是卢月香厚积薄发的一个适当的契机。

这位刘大姐是卢月香店里的常客,经常到店里淘一些时令的便宜衣饰。虽然是教授,但一样喜爱时尚衣装,也一样愿意得到更好的价格优惠。卢月香很了解刘大姐的品位,推荐的衣饰很符合刘大姐的喜好,还常常多给她降一个两个扣点,或者奉送一两件赠品,因此刘大姐跟卢月香十分投缘。刘大姐是国民党内的一个活跃人士。她经常带卢月香出去接触了解台湾社会,有时候是参加国民党内的一些活动,有时候是参加一些社团的聚会,比如狮子会、杰人会、客家联谊会的聚会。台湾的社团多如牛毛,参加他们的活动,会得到很多信息,一般还会有饭局,可以认识更多的各阶层人士。卢月香平常只要能够抽出时间,总是很乐意前往。她本来性格活跃,又是古道热肠,参加活动的时候,她都会自觉买上一大堆点心饮料带去。还不辞辛劳,主动承担了很多杂七杂八的事务。社团若是发起什么公益项目，她二话不说慷慨热捐，甚至于带动了好多大陆新娘参加进来。所以她很快就成了好几个社团内的积极分子。客家联谊会请她承担了很多具体工作，最终还很慎重地聘请她担任了联谊会的秘书长。

现在，卢月香想为大陆新娘创建一个自己的类似团体，能够站出来为自己发声，为自己争取权益。她向刘大姐讨教，请刘大姐帮助拿主意。刘大姐跟卢月香切磋了许久，结果两个人一致认为，可以申请成立一个"中华外籍新娘关怀促进会"。可是卢月香还没有拿到台湾身份证，无法提出申请，刘大姐建议由客家联谊会出面，向当局的内政部门先作个引荐。

那一天，卢月香带着另外两个大陆新娘，三人壮起胆子一起去了内政部门，见到一位姓马的官员。也许事先的准备工作做得到位，一番陈述下来，结果非常顺利，卢月香信心倍增。这位官员把要成立这个促进会的有关事项细细地告诉了卢月香。例如需要有什么样的章程，协会的宗旨是什么，主要是为哪些族群服务，协会的理事长要具备什么条件，一二三四凡此等等。

卢月香用心记下。一回去，就紧锣密鼓地张罗，分头找了几十位大陆新娘商议。此时的大陆新娘群体里，已经有了很多大学毕业生，文化程度高，脑子又灵光，何况这还是为自己做大事，大家凑到一块掀起头脑风暴，群策群力，很快就把申请文书准备就绪，连同相关的一应资料递交到内政部门。

差不多也就一周时间，那一天正好是在家里，卢月香接到了一个男士的电话，是内政部门的一位官员打来的。对方通知卢月香，她们关于成立"中华外籍新娘关怀促进会"的申请已获批准，可以领取有关批准书并且着手成立了。卢月香喜出望外。可是，站在一旁的施精健很是不爽。

施精健对妻子热衷于扶助贫弱人士一直就不赞同。原因在于：一怕卢月香分心，一心不能两用，忙了外面的闲事肯定会影响公司的生意；二怕卢月香往外面大把撒钱，把公司掏空了，烧旺了别人家的灶，抽光了自己家的柴；三呢，大陆妹和游民都是台湾社会里很难料理的群体，怕卢月香招来麻烦惹祸上身。他劝过多少次，要卢月香少揽这些事，卢月香都含含糊糊闪烁其词地应付。施精健心里很清楚，卢月香所做的这些，都是好事，都是行善积德，而且她用来接济游民和大陆妹的费用，都出自她自己的私房钱，并没有动用公司的款项。所以他虽然很恼火，却也无可奈何。不过现在，卢月香竟然玩出一个什么协会来了，这真是老鼠啃水牛，胃口也太大了。原先只是小打小闹都劝阻无效，以后玩大了，不是更难收手吗？夫妻之间因此出现隔阂，不过这也是在所难免。

其实卢月香虽然忙于在外面张罗协会的事，但公司的一切她都能够全面掌控。而且，最初跟随她的那几位当年的游民，现在都已经成了公司的主力，他们由衷地追随卢月香，很主动地帮卢月香扛起公司的很多工作。所以卢月香实际上一点都没有放松公司的事务。

当务之急是筹备协会的事。当局既然已经批准，召开成立大会就迫在眉睫。卢月香自己还没有取得合法身份，理事长绝对是不能由她来当了。她的朋友圈里有一位熊大姐，一向非常热心公益。几经权衡后，卢月香认为理事长的位置非熊大姐莫属，就以三顾茅庐的真诚，多次路远迢迢地跑去内湖，登门恳请，终于感动了熊大姐。熊大姐还算给面子，同意出来当理事长，但不过问协会的具体事务。这样，卢月香自己担任副理事长兼执行长，实际掌握协会的一应事宜，两不相碍各得其所。不过，卢月香每个月必须支付给熊女士车马费1万元新台币。

各项筹备工作全部就绪。1996年的某一日，在台北的海霸王餐厅，"中华外籍新娘关怀促进会"成立大会如期召开。虽然曾有戏言"在台湾，成立一个政党几乎就像开一家面馆，党员基本上就是回头客"，但是对这些大陆新娘来讲，这一天就如同过大年一般，近200位大陆新娘欣喜若狂，许多人甚至喜极而泣，因为从现在开始，她们在台湾终于有了一个真正的家，有了冤屈悲苦可以在此倾诉，有了诉求可以有人替自己发声呐喊。不光是大陆新娘，许多台湾本地女性也都纷纷加入。

"中华外籍新娘关怀促进会"成立以后，很快就向市政当局和警方申请路权，在当局批准的时间和地点，组织了好几次的街头请愿活动，集体站出来发出"陆配"的不平之鸣。大张旗鼓地为大陆配偶讨公道争权益，这在台湾是前所未有的，自然引起了台湾社会各界的极大关注。一时间，台湾舆论哗然。

当时的卢月香并没有多少政党知识,她对于促进会的目标诉求很质朴,纯粹就是要为大陆新娘争取权益。随着"中华外籍新娘关怀促进会"的成立和活动渐渐开展,卢月香开始觉得自己必须增加学养,必须提高学历水平,丰富知识结构。她就去台湾世新大学上夜课。几乎每个周末,每周还要挤出几个晚上,她都要放下手头的事,急匆匆地赶到世新大学,聆听各路教授专家名嘴讲授的专业知识,狂热地吸收各科学问,急切地充实自己,也因此认识了很多政界、媒体人士和一些台湾名人。

"中华外籍新娘关怀促进会"已经有了一定的名声。卢月香又牵头成立了"新住民促进会""中华客家文经发展促进会"。三个促进会加起来足有七八百号人,一旦有什么活动拉出人马来,似乎也很有一点气象。可是,随着对协会运作的深入体会和自身政治见解的逐步成熟,卢月香渐渐意识到,这些社团毕竟只是草根,充其量只能搞搞街头集会,摇旗呐喊造些声势还凑合,其实并没有真正的政治影响力,想以此来为大陆新娘争取权益,恐怕希望渺茫。因此必须改变方针,一定要依靠政党的力量。而在台湾,最大的政党就是国民党与民进党了。民进党搞"台独",卢月香深恶痛绝,当然一切免谈。那就只有投靠国民党这棵大树。于是,2001年,差不多铁树都快开花的时候,卢月香在台湾的限定居住期总算熬满。终于领到台湾身份证的第二天,她就请刘大姐带着,去了国民党的台北市党部,登记参加国民党。然后,又通过婆婆的关系,到国民党的中央党部去当长期党工,认识了很多国民党的大佬。

此后的那段时间,卢月香的收获非常大。她陆续在七八个国民党籍的"民意代表"办公室当过志工,跟这些"民意代表"都建立起良好的私人关系,构筑起一定的人脉基础,也学到了很多政治经验。身为国民党的长期党工,免不了要经常参加国民党的选举活动,每当选县长、市长,选"民意代表",卢月香都带着她的会员们活跃在助选第一线,发放文宣品,台上帮助造势,台下挥旗拍掌,怎么热闹怎么来。所以她对于台湾独特的"选举文化"也有了深刻的了解和一定的历练。现在,水到渠成瓜熟蒂落,卢月香的想法终于得到了国民党内许多有识之士的响应，由4位国民党籍"民意代表"联名，向台湾的民意机构递交议案，正式代表在台大陆配偶提出了争取工作权、减少身份证申领年限、承认大陆学历、可以考职业资格等与她们息息相关的诉求。

可是，那时候的台湾民意机构被民进党所把持，国民党"民意代表"所提这个议案又事涉极其敏感的两岸关系，被民意机构打回来也就丝毫不奇怪。虽然如此，经过众多国民党籍"民意代表"的积极游说和鼎力争取，当局还是勉强同意了小幅缩短"陆配"的申请工作年限，承认个别大陆名牌大学的学历。这些年的极力争取，到底还是有了一些实际成果，长期阻挡"陆配"们争取合法权益的厚重坚冰被打开了一道缝隙。大陆新娘终于可以见到一线曙光了，她们欢呼雀跃，更加坚定了跟随卢月香进一步抗争的信心。

转眼就到了2004年的所谓"大选"。这一年，连战、宋楚瑜代表国民党参选角逐。在国民党内担任党工已经多年的卢月香，到了正该挺身而出的时候。卢月香把她的几个协会联合起来，因为协会的人大多只是草民百姓，所以取名"蚂蚁雄兵"，扯旗放炮为连战、宋楚瑜助选。虽然只是自比"蚂蚁"，虽然不足千人，但是以大陆新娘为主体的这个"雄兵"团队，每个人都可以影响一个家庭好几个人的选票，其实力不容小觑。"蚂蚁雄兵"的指挥者卢月香不但出人出力，还掏出私房钱做团队的车马费、便当费、茶水费，可谓竭尽全力。令人扼腕叹息的是，明明胜券在握即将大功告成了，却因为那两颗来历不明的子弹，选举结果全面翻盘，国民党功败垂成再次落选出局，以致抱憾经年。卢月香的"蚂蚁雄兵"们抱头痛哭挥泪如雨。当晚，她们全体都不愿离开，都在国民党中央党部的大厅里席地而坐，陪着连战、宋楚瑜直到凌晨四五点。

倏忽之间4年又过，2008年，马英九、萧万长组成"竞选"搭档亲自披挂上阵。"蚂蚁雄兵"团队责无旁贷，再次列队出征。经过4年的磨炼，今日"蚂蚁雄兵"的气势绝非当年，国民党大佬吴伯雄，在国民党中央党部隆重宣布，原先的"蚂蚁雄兵"改名为"捍马雄兵"，作为协助马英九竞选的强有力的后援团队，全力为马英九、萧万长摇旗呐喊冲锋陷阵。吴伯雄当场向卢月香发放了聘书。就在国民党中央党部的8楼，专门为"捍马雄兵"团队设置了200部电话机，供她们调度指挥全台湾的支持力量。"捍马雄兵"正式成立的那天，声势浩大场面震撼，并取"要、发、发"之意，席开188桌。马英九、萧万长亲临现场，一应国民党要员大腕都来站台，吴伯雄向卢月香授予"捍马雄兵"的旗帜和牌匾。台湾的著名画家野夫先生展示了他专门为"捍马雄兵"团队画的一匹彪悍骏马，这匹骏马就成了"捍马雄兵"的标志。一夜之间，"捍马雄兵"的影响遍及全台，成员迅速发展到八九千人。

卢月香把"捍马雄兵"的一干人马分派到台湾各地，充实马英九、萧万长在各地的后援会的力量。她自己则与先生施精健，还有婆婆、孩子一起回大陆探亲访友。名为探亲访友，实际上，两个多月里，卢月香走访大陆各地逐个拜会台商，总共发动了8000多名在大陆的台商，这些台商一一签名承诺，届时无论如何都要回台湾投国民党一票。回到台湾向国民党交出成绩单，当时的国民党文宣主管张恭荣大喜过望，奖励给卢月香一件工作背心，背心上的头衔是"马萧后援会总队长"。

那一年"选举"的结果是如愿以偿皆大欢喜，现在看来当然已成过去。马英九顺利接盘，卢月香和她的"捍马雄兵"立下了汗马功劳。随后，两岸关系迅速迈入一个新阶段，大陆新娘的境遇也随之有了很大的改善。

五、组党

国民党重新执政的次年，也就是2009年，卢月香毅然辞去国民党的党工，决定挺身站出来，组织创建台湾中华生产党。经过多年在台湾政坛的摸爬滚打，从社会底端一直接触到上层领域，卢月香渐渐形成了自己的政治理念。她所带领的大陆新娘姐妹们，许多人在政治上也已经相当成熟，在个人事业的发展上，也有相当一部分人打下了一定的基础。而卢月香所掌控的那几个促进会，早就各有格局各具声势，这就是最现成也最稳固的基本面，成立政党应该是水到渠成的事情了。况且这个时期，在台湾的大陆新娘已经有几十万之众，她们可以直接影响的人口达到百万以上，早就成为台湾社会中的一股重要力量。

在国民党中央党部里摔爬滚打锤炼了这许多年头，卢月香对于政党政治的认识，从原先的一片空白，到现在可以说已经洞若观火。世间有很多事，在没有深入接触它的时候，往往都显得极其神秘，可是，倘若你一不小心窥见其底细，那么这重重的神秘诡异，其实也就只是一层薄薄的窗户纸而已，手指头沾唾沫，便可以轻易点破。所谓会者不难，一旦洞悉了台湾政治生态中的种种奥秘，卢月香觉得，在台湾，做社团和做政党，好像也只是五十步跟百步的事，差不了许多。既然如此，试试又何妨？

恰好，当时台湾有一个"中华四海同心会"，愿意与卢月香商谈合作共谋发展。这个"中华四海同心会"来头不小，据说其初创者可以追溯到马英九的父亲马鹤龄老先生。其成员多是国民党老兵，甚至有不少是退役的老将军，还有一些政界、媒体人士。经过多轮沟通，卢月香同意由她的先生施精健出面担任"中华四海同心会"的理事长，她自己担任执行长。最终，有一位台湾政界的某老先生来出面斡旋，卢月香决定，将她旗下原有的几个协会，加上这个"中华四海同心会"一起整合，申请登记成立台湾中华生产党。

台湾中华生产党的章程是以国民党的章程为蓝本。宗旨是服务于广大在台的大陆新娘，追求两岸和平统一，追求大陆配偶的平等平权，帮助新住民争取在台的地位、权益、福利。其间还有一个小插曲——那一天，有台湾内政部门的官员约请卢月香喝咖啡，希望卢月香在台湾中华生产党的章程里删除"促进两岸和平统一"的表述，改动党旗上面的五星图案。卢月香毫不犹豫就把他挡回去了。卢月香说："有些党可以喊'台独'，我们中华生产党为什么不可以理直气壮地高呼'两岸和平统一'呢？"

卢月香全部拒绝，坚持不改，台湾中华生产党坚定地保留了促成两岸和平统一的最大追求。

卢月香亲自设计的台湾中华生产党党旗，是以蓝色为基调，代表"一个中国"的蓝营，左下角镶有五颗红星。蓝天底下，一颗大星代表大陆，也象征着在台湾人民最大，环绕的四颗小星代表团结、友爱、包容、勤奋，象征着大陆新娘自立自强的精神。

那日卢月香应约到台湾内政部门领取当局的批准文件，却被通知去见内政部门负责人。卢月香不免有些忐忑，寻思着，难道会出现什么意外？谁知竟是虚惊一场，原来那位内政部门负责人久闻卢月香盛名，十分仰慕，纯粹只是想见她一面认识认识。最后，内政部门负责人还破例和卢月香合影以资纪念。

台湾中华生产党成立的那一天，也是在台北的海霸王餐厅进行集会。那天最重要的议程，是选举党主席。那位某老先生本来有意问鼎党主席的位置，事先召集了数百位他所认定的支持者，也在海霸王餐厅里另备酒席捧场。以某老先生在台湾政界的实力、资历与声望来看，这本是很顺理成章的。不料事与愿违。开始公开推举党主席前，司仪先请卢月香站出来介绍自己，卢月香侃侃而谈，一席话感动全场。卢月香介绍了大陆新娘在台湾遭受的种种不公，介绍了成立协会为大陆配偶争取地位权益、为中小家庭谋取幸福的种种努力，她推心置腹地坦言：台湾和大陆迟早是要统一的，大陆新娘嫁到台湾来很不容易，如果没有一个政党来帮助她们，将来会给台湾社会带来很大负担，帮助大陆新娘就是帮助很多台湾家庭，而照顾好台湾的家庭，就是照顾好台湾的下一代……

台下掌声雷动，以致轮到某老先生自我介绍的时候，他竟无可表达，只好自嘲道："我想说的都被卢月香女士说完了，我就没有话可讲了……"此时台下强烈要求马上投票，司仪便宣告："支持卢月香女士担任党主席的，请站起来并举旗表示。"一时间，台上台下呼啦啦全体起立，挥旗呐喊声动屋宇。说来好笑，某老先生请来那么多为他助阵的帮手们，居然也都"卢月香、卢月香"地喊得更加响亮。到最后，就连某老先生也不得不当众宣布："我也选卢月香。"

卢月香全票当选。

自此，中华生产党成为台湾第164个政党，卢月香也成为第一个担任台湾政党主席的大陆新娘。作为国民党的坚定友党，2012年的台湾"大选"，卢月香与中华生产党一如既往，再度为国民党的顺利"连任"驰骋拼杀又立新功。数年之后的今天，中华生产党的党员数，已经从初创时的区区200余人，迅速跃升至4万多人。台湾过半数的县、市，都建立了中华生产党的县、市党部。中华生产党与台湾的七八十个政党结盟，成为兄弟党，党部属下还有30多个对接协会。中华生产党一跃成为台湾政治格局中举足轻重的"关键少数"。

六、前路

每周三，中华生产党党部都要举行例会，卢月香经常在例会上向她的党员们介绍大陆的有关政策、法律，大陆改革开放的新气象、新观念、新事物。卢月香说，"要让他们了解祖国的伟大"，通过他们去消除台湾人对于大陆"吃不起茶叶蛋""买不起电脑无法上网"这样的低层次的误读。

对于中华生产党的发展，卢月香自有政治主张。她认为，求人不如求己，自己的事情应该自己做，再说哭来的饼吃着也不香。与其被动地苦等其他政党提出台湾的新住民政策，不如自己来争取权益。中华生产党决定深耕基层，在未来数年内培养基层党务人才，从基层、县市"民意代表"开始提名参选，积累从政经验，然后层层跃升，直至实现进入台湾民意机构的中期目标，占有台湾政坛的一席之地，夺取政治话语权。

卢月香希望在不久的将来，大陆新娘能够产生影响蓝绿阵营的力量，能够促进两岸和平交流，成为两岸的一条亲缘血缘纽带。如今在台湾，已经有40多万大陆新娘，其中拥有台湾身份证的，就有20多万人，而她们的背后，则是台湾的40多万个家庭和她们以数百万计的家庭成员，这是一个庞大的"票仓"，更是一支强有力的选举后援军团。尤为可贵的是，她们能够直接影响到台湾的下一代，而下一代，才是台湾的未来，才是两岸的未来！

如今，中华生产党的日常工作有点像大陆的"妇联"，不但在政治层面为大陆新娘争取平等权益，还从小处入手，具体帮助大陆新娘解决家庭纠纷、提供培训、寻找工作等。中华生产党经常举办各类培训班，提高新住民的文化素质，培养包括餐饮、美容和看护在内的各项工作技能，帮助新住民能够顺利进入职场，更快地融入台湾的家庭和社会。

抓住上层建筑，不能丢了经济基础。卢月香又开辟了新的发展方向，她带着先生施精健一起，回到老家福建龙岩永定投资创业。她对家乡的父老乡亲说："我自己回来不算什么，关键是我要携家带口一起回来！"值得一提的是，卢月香的先生施精健，早已经扭转观念，与卢月香并肩奋战多时。他对卢月香的事业，经历了从不理解到充分理解，从不支持到全力支持的转变过程。

卢月香引回一大批台商和大陆新娘在龙岩、厦门一带投资。她自己在永定成功组织栽培2000多亩台湾优质稻米"越光米"，她还要投资开发建设永定的"台湾小镇"，要在"台湾小镇"里建起客家美食街、台湾商品城、客家休闲文化广场等设施。卢月香每年会给内地赠送几百吨"越光米"。那一年四川雅安发生地震，她当时正在厦门，当天就在厦门组织了一批营养大米送往灾区。现在，有相当数量的中华生产党党员，跟随卢月香回到大陆投资发展，她们带来很多台湾的技术、品牌和特色产品。在这方面，卢月香的观念也是独特的。她认为大陆新娘在经济上也要打翻身仗，经济状况改善了，可以更加直接地提升大陆新娘在台湾的地位。如果中华生产党的党员都能够赚到钱，中华生产党的实力也会随之大大增强。

如今，卢月香正如一位伟人所倡导的那样，政治经济两手抓，两手都要硬。她活跃在大陆和台湾、政治与商业的交汇点上，成为两岸政治经济双交流的重要纽带。先贤屈子曰：路漫漫其修远兮，吾将上下而求索。对于卢月香而言也是如此，前路正长，她要继续努力拼搏，砥砺前行。她要拼，更要不断地赢！

历经风雨见彩虹
——大陆新娘刘阳采访记

夏 炜

一、引子

　　10年前，7月初的一个午后，天空碧蓝如洗。丝丝缕缕的白云，自由地徜徉在高远清澈的空中。海边戏水的人们，安然悠闲地踏上浅黄色的沙滩。大海，和悠远的天空一起向着远方延伸，它们离得那么近，却永远不会相聚。

　　一个孤独的身影，伫立在海边，默默看着海浪轻逐沙滩。

　　37岁，似乎已经过了如花的年纪；37岁，又要一个人背负着行囊出门远行。这次远行，她将取道香港、跨过大海，经过一道从来没有经过的门。她知道，大门的后面，将会是一个新的陌生世界。她不知道，这个陌生世界，将给她带来什么样的未来？而门的这一边，能让她念念不忘的，只有9岁的儿子了。

　　那么，为什么还要离开，到那个自己完全未知的世界里去呢？

　　刘阳轻轻叹了口气，在需要坚强的时候，不争气的眼泪，还是默默地从脸颊上滑落……

二、南下七千里的婚姻

　　火车隆隆而行，一路风景，一路憧憬。

结婚，嫁人。

从小体弱多病、性格内向的东北姑娘刘阳，在火车的轰鸣声中，告别了老家小兴安岭脚下的一个北方小镇，告别了20多年来仅有的三个好友王景莹和景木芝、景宏伟姐妹。她从未想过，这一别，就是永远，这一别，她再也没有回到故乡。她独自一人，过黄河、越长江，到福建闽西永定山区，与自己在哈尔滨师大的同学古月文结婚。

要结婚了！

是的，要结婚了。作为一个女孩子，谁不憧憬美好的婚礼？洁白的婚纱，鲜艳的玫瑰，大红的双喜字，梦幻般的婚礼殿堂，还有香浓的美酒和朋友们真诚的祝福！

可是，对于憧憬过婚礼殿堂的刘阳来说，这些，都是永不可能实现的梦境了。

"那孩子我看过了，不错！好酒好菜招待！"父亲说。

对于大学同学，刘阳了解得并不多。可是，在不景气的经济环境下，一家人似乎都希望这个家中最小的丫头，赶紧嫁出去过美好生活。

于是，当知道南方有同学给刘阳写信表示出爱慕的情感，父亲马上自告奋勇当一回考察官。他感觉小伙子虽然不够英俊高大，但人挺聪明，待人热情积极，每天进饭店请吃请喝，估计经济条件也不错。丫头，去吧，都说南方经济比北方发达。说不定，今后美好的生活就从那里开始。

永定县的山区，四下静寂的乡村。

就这么结婚了！

没有鞭炮，没有喜宴，没有红地毯，没有大红灯笼高高挂，也没有收到一位朋友的祝福。房间里，新婚的床上，连一套新棉被都没有。1992年初春，25岁的东北姑娘刘阳，就这样成为一个闽西乡下山村里的新媳妇。

是的，作为一个父亲，也只可能去古月文工作的城市，看看小伙子本人，看看他工作的环境和条件。怎么可能第一次见面后，就贸然跑到人家的家乡去拜访对方父母呢？同时，对任何一个步入社会工作的人来说，远方客人来了，当然应该热情地招待。何况对古月文来说，这客人还是贵客。

刘阳对这些是不以为意的，只是没有想到，多年以后，会有更多的磨难，在她生活的道路上等着她。

闽西新娘刘阳，虽然对这样就结婚抱有一丝遗憾和失落，但她想，只要两个人相亲相爱、共同努力，幸福迟早会降临到他们的小爱巢上。那个很著名的电影台词怎么说的？面包会有的，牛奶也会有的！

共同努力！

多年以后，刘阳在给儿子的信中写下了这样一句话："别走妈的老路，即使结婚，也要看对方是否真的会为了家庭能担当！"

虽然在山区，虽然1992年的城乡差别还是十分明显，婚后的前几年，清贫的山村生活中也不时有快乐的笑声。一对新人，都表示出对未来充满希望的信心，一起外出打工。虽然，古月文在都市的打工生活中，慢慢地爱上了饮酒，也喜欢去酒吧和娱乐场所玩耍，但在刘阳的约束下，还是生活节俭。慢慢地，两个人有了一定的积蓄。他们返回大山，刘阳拿出钱来，为古家兄弟4人翻修了共同使用的房子，安装分电表，修缮卫生间，同时，还给乡下的小叔，筑起了崭新的灶台。就是在婆婆过世那年，他们也按照乡下民俗，办了全村人都认为颇为隆重的葬礼。

告别了山村，在刘阳的劝说下，小夫妻先后到了中国红色老区上杭，在东林家具厂工作。此时，古月文常被派去龙岩跑销售。刘阳，则在家具厂做后勤，怀孕8个月时，又调往漳州。这时工作虽然紧张繁忙，却是他们最安稳、最安心的日子。1994年圣诞夜，随着经济条件的改善，他们也有了自己的孩子，刘阳视为一生珍宝的儿子。

然而，天有不测风云，人有旦夕祸福。随着古月文提升为主管，他渐渐地自满，开始酗酒、频频出入于夜晚的娱乐场所……

俄国著名作家列夫·托尔斯泰在《安娜·卡列尼娜》一书中这样写道：幸福的家庭都是相似的，不幸的家庭却各有其不幸的遭遇。

一个现代都市人，自从步入社会，每天就必须得面对很多烦琐的事务。工作，是其中一种最为常态的事务。如果把家庭也简单地看成是事务的一种，那么，不管是因琐碎而烦恼、因财物而争吵，还是因重复而倦怠、因忙碌而疏远，也不论是因矛盾而隔阂、因压力而疲惫，还是因安逸而无聊、因穷困而绝望，也不讲是因不满而怨恨、因贪婪而涉险，还是因诱惑而纵欲、因奢靡而委顿，一切问题与感受，最终都成为矛盾的累积。任何一个小小的事件，只要擦出火来，就会勾引出所有累积的问题，都会导致不幸的火灾！世界上没有两片相同的树叶，"不幸的家庭"也就有了各自的不幸。

或是认知不同，或是个性不同，抑或是月老当初牵错了红线，在刘阳一次大手术后，看似柔弱的刘阳作出选择。终于，维持了10年的婚姻，在2002年终结。

那一年，儿子判给了母亲。那一年，刘阳对儿子说："你放心，妈妈在任何情况下，都会保障你的学费和生活费，至你大学毕业。"

三、跨越台湾海峡的婚姻

2004年7月，站在厦门东南的海滩边上，刘阳一个人默默望着一海之隔的金门。

明洪武二十年（1387），江夏侯周德兴同时筑建了"金门所城"与"厦门所城"。从那时起，中国地图上，有了厦门和金门两个地名。两地相对尽管只有十多公里远，且最近处仅有2000米，却因历史原因，1949年后金厦阻绝，音讯中断。从此一水隔两岸，彼此的牵手耗费了半个世纪的时间，真可谓"咫尺天涯"。1980年10月，大陆把厦门划为经济特区，1984年2月，又将特区范围扩大到全厦门岛。多年开发、建设结果，使得土地面积较金门小的厦门，经济快速发展，与世界上134个国家和地区有经贸往来。2004年，厦门已经实现生产总值883.21亿元。"金门厦门门对门，大炮小炮炮打炮"早就成为历史。

就在这一年，刘阳作了一个决定。因为没有了正式工作，也因为离婚造成的心理伤害，还为了儿子将来能有幸福的生活，万念俱灰的刘阳决定去台湾，闯一闯新世界，看看能否找到崭新的自己。于是她来到厦门，到海边看看金门，希望海涛的另一端，能给她一些信息和信心。然而，海那边，肉眼看得到的小岛，孤独地沉默地立于海上，没有给刘阳带来任何消息。

是的，听说两岸收入差别很大，如果能去台湾工作，那么，儿子的今后也许更有保障，或许会有幸福的未来。去台湾的大陆姐妹，正如当年远渡重洋去异国他乡的大陆人，有多少人，不是抱着一个美丽的梦想呢？

经过朋友的牵线搭桥，刘阳终于取道香港，到达台湾的基隆，再次成为一个新娘。

这一年，她37岁，对方，是已过中年的吴先生。高富帅，如果对自己不好，有什么用？经历一次婚姻失败的刘阳想；老吴看上去老实稳重，虽然不富有，只要对自己好，就够了。

现实是：台湾，并非梦里的天堂。尽管随着两岸关系的开放，相互的了解越来越多，但是，刘阳还是深深地感受到台湾人对大陆妹的歧视：

大陆妹，和生菜一样贱！

生菜，在台湾就叫"大陆妹"！

其实，嫁到另一个国家或地区的事，古今中外乃至将来都有。大陆妹嫁台湾人如果就是贱、就是生菜，那么，台湾人嫁给日本人、美国人是不是就算卖国汉奸、崇洋媚外呢？人啊，都是一个嘴巴两只眼，为什么看别人的眼睛，就那么不一样，就那么爱带着刺呢？换一个位置就换一个脑袋。正如《圣经》中所言："看得见别人眼中的刺，却看不见自己眼中的梁木。"

外表柔弱的刘阳常和他们理论一番，可是，面对周围环境的压力，她只能把眼泪往肚里咽。

根据规定，成为台湾媳妇的刘阳并没有工作权，这样一来，大陆福建，暂时托付给自己姐姐的儿子的生活费和学费怎么办？好在吴先生理解她，帮她在基隆郊区的铁工厂找了一份工作。

有工作，就会有收入！虽然铁工厂在郊外的半山上，虽然铁工厂里需要的都是有力气的汉子，虽然刘阳有恐高症，但她还是咬牙坚持工作。白天，忍受着老板的辱骂和别人轻蔑的目光，超负荷地承担起只有男人才能完成的粗重工作；夜晚，住在简陋的工作间里，透过锈迹斑斑的铁窗，望着远方山下的万家灯火，泪水就从双眼中滚滚涌出。

天上的星星啊，和故乡的小城，和福建的山村，和任何一处地方的星辰一样，依然在夜空闪烁。它们是否看见，这个独在异乡的女子的眼泪呢？远在千里之外的儿子已经10岁了，没有父亲母亲在身边陪伴与照顾，这样的夜晚，他是否睡得安心香甜？

四、自强不息的女人

就这样，刘阳的皮肤晒黑了，双手粗糙了。用辛勤汗水换来的钞票，则从刘阳的手中，源源不断地汇往福建。

尽管艰苦而又辛劳，但刘阳还是慢慢地适应了铁工厂里的工作。如果没有意外事件，也许，她会继续在厂里努力打拼下去，为了心中仅有的希望。

当铁工厂的老板慢慢知道，刘阳是嫁到台湾来的大陆妹，对刘阳的态度有了巨大转变。女人的直觉让刘阳恐惧、惊慌，唯有离开，才是最好的自我保护。

2006年，她离开了铁工厂，去基隆市里参加在医院当看护的培训。看护是台湾医院里照顾特殊病人的服务员，类似大陆的护工。培训结束后，成绩优秀的刘阳马上在台北市国泰医院找到了第一份看护工作：照顾因病成为植物人的老先生汤承业。

汤承业先生是祖籍山东的台湾"中央研究院"研究员，台湾著名学者，著有《李德裕研究》《范仲淹的修养与作风》等著作。汤先生住进安养院3个月后，因院方的护工疏于照顾，长了褥疮。机缘巧合，此时的刘阳恰好被汤家选中。于是，汤先生就成为她看护生涯的第一个照顾对象。这样刘阳暂时过了一段相对平静的日子，在医院一待就是半年。

瘫痪病人，最需要的是定时擦身体保持干净，还有就是每隔两小时必须翻身一次。看护工作看似容易，其实，如果没有责任心和长期的坚韧勤劳，是很难照顾好病人的。尤其是漫长的黑夜，疲惫与困乏时时袭来，稍不注意，一个瞌睡，也许就错过了给病人翻身的时间。

刘阳开始看护汤老先生时，长在他臀部上的褥疮，已有一个拳头般大小了。一方面，她坚持按照护理要求，每晚每两小时准时给病人翻身。另一方面，因为褥疮问题，清洁工作就变得尤为重要。为防止大小便感染伤口，刘阳不包尿布，而是将尿片铺在床上，可以及时清理便溺，清洁肌体。到后来，她更是每天帮病人挖大便，减少了感染的几率。刘阳还每天帮他刮胡子、理头发，就是鼻毛，也修剪得干净整齐。

汤先生是戴呼吸器的气切病人，要每天不定时抽痰。而抽痰，则属于侵入性行为。每一次，当院方安排示范教学，教新护士进行现场抽痰时，刘阳都在旁边仔细观察，细心地记住抽痰的所有要领。她看到新护士抽痰时，把血都抽出来了，而病人汤先生痛苦得泪流满面。在下次新护士来抽痰时，她便鼓起勇气，向护士长提议，让她来抽一次看看。按规定，看护是不允许做抽痰工作的，但听完刘阳述说的抽痰步骤，又加上她恳切的请求，护士长终于同意了。当刘阳圆满地完成了工作，护士长夸赞说："别人没教会，只教会你了！"

功夫不负有心人，从此，汤先生的抽痰工作，就由刘阳进行。刘阳抽痰时，老先生表情坦然，没有恐惧，没有眼泪。平日里，刘阳会跟他说话，每天下午帮他按摩。就是到了吃饭时间，也是马上去买了饭，回来在病床旁吃。

路遥知马力，日久见人心。

汤先生的女儿，是该医院的护士，后来，有空就会约刘阳一起吃饭，建议她说："在外面吃吃饭、坐一坐也没事的，别整天待在医院里。"

2007年8月，离开大陆3年的刘阳思子心切，回大陆看儿子，跟汤家请假一周。从医学的角度说，植物人是听得到声音的。当她告诉汤先生要请假回大陆时，老先生流泪了。

刘阳找了替班，回大陆去看宝贝儿子。第6天回程，刘阳刚从厦门乘金厦航船到达金门，就接到替班的电话，催促她赶紧飞回台北。果然如替班所言，刘阳一到松山机场，汤先生的儿子就开车来接她，直接去了医院。当刘阳的身影一出现在医院，护士长就说："你可回来了！汤伯伯自从你走以后就每天哭，谁也劝不了！"再看到汤先生的时候，他胡子也长了，人显得憔悴。刘阳帮他整理清洁以后，他马上就进入了甜美的梦乡。

同病房的其他人看此情景都摇头说："嗨，就像个孩子一样。"

以后的半年里，刘阳没有再请假。在她的精心照顾下，汤先生的褥疮痊愈，之后重新回到了安养院。

看护工作虽然脏累，却让刘阳心里安定。

终于有了休假，搭上从台北出发的火车回基隆。

出车站时分，夕阳的余晖已经洒向大地，把忙碌的行人都涂抹成金色的动物。

已经是一天里最后的天光了。不知不觉，夕阳慢慢隐藏到山后，天空还挂着一些粉红色的轻云。车站外，熙熙攘攘的人流还很多，但大多都是互不相识的陌生人，他们似被无形的手牵引着，茫然地从西向东、从北向南，没有人去细想：我们从哪里来，究竟要去何方？

刘阳一出车站，在落日的余晖中，就看到一个熟悉的身影：铁工厂老板！

原来，老板从吴先生处探明了刘阳要回基隆的时间，便自己前来车站，说是接送刘阳回家，还表示欢迎刘阳重回铁工厂工作，给她保留了一个十分轻松的仓管工作。刘阳没有多想，就上了老板的摩托车。

摩托车风驰电掣，马上驶出车站，在马路上飞奔……渐渐地，天光暗淡，路边，华灯一盏盏亮起来。刘阳发现路线不对，马上质问老板要去哪里。老板表示要先去铁工厂半山角头的工寮，还说他已经买了酒菜，为刘阳归来庆祝一下。

工寮地处偏僻，四周荒无人烟，刘阳觉得不妥，大声说："停车！"

此时，马力十足的摩托车，已经轰轰地开上山路。"停车！"刘阳再次喊道。老板充耳不闻，加足马力继续上山。

刘阳急了："还不停车……我就跳了！"

"别闹，为庆祝你回家，给你接风！马上就到！"

摩托车车轮依然向前滚动。那一瞬间，不知哪里来的勇气与决心，刘阳猛然起身，从疾驰的摩托车上跳了下去……铁工厂的老板也吓傻了！

幸运的是，刘阳浑身的伤都只是皮外伤，没有骨折、伤及头脑和失去生命。从医院处理完伤口回到住处，刘阳谎称是自己摔伤的。平静地休养一段时间后，刘阳回到看护医院继续工作。

在那段灰色的日子里，支撑刘阳一路走过来的，唯有海峡另一边的儿子。打电话听到儿子的声音，是她最大的安慰。每次打完电话，她都会在黑暗角落里哭泣。撑下去，撑下去！她擦干眼泪，对自己说：为了乖巧、懂事的儿子，做母亲的，付出一切都是值得的！

因此，为了儿子今后的生活和学习，刘阳努力地工作，并在她娘家人身上投入了绝对的信任和大量的金钱。但多年后她发现，这是另一场噩梦的开始。

就这样，每天，在病人的呻吟声中惊醒，在病人的呻吟声里入睡，伴着病人的屎尿味吃饭，生活一下就过了3年。3年里，刘阳在医院里看尽各种人间冷暖，也深深感受到人在老弱病痛之后的苦难。终于，她结束了自己的看护生涯。之后，刘阳与吴先生协议分手，一个人开始了新的旅途。

时至今日，刘阳仍然感念吴先生对她的帮助与关爱。

五、历经风雨见彩虹

20世纪60年代开始，中国台湾、中国香港和新加坡、韩国，推行出口导向型战略。它们利用西方发达国家向发展中国家转移劳动密集型产业的机会，吸引外国大量的资金和技术，迅速走上发展道路，在短时间内实现了经济的腾飞，一跃成为全亚洲发达富裕的地区。这就是所谓"东亚模式"，引起亚洲各国的关注，它们因此被称为"亚洲四小龙"。

基于"亚洲四小龙"的荣耀和辉煌，到了新的世纪，台湾社会对"大陆妹"的歧视，依然很普遍地存在。当然，随着大陆经济的快速发展，现在这一现象已经略有改善。

但若台湾籍人士与大陆籍留居台湾人士发生纠纷时，从刘阳等众多大陆新娘的表述中，我们可以感觉到，地方警察依然会存在偏袒现象。

有一天，刘阳去剪头发，进去时就听到了争执声。原来，与店员发生争执的女孩，也是个"大陆妹"。她来店里染发，而染出来的颜色，并不是她指定要求的颜色。她提出，店员应该给她染回原来的颜色或找补救方式。而店员则执意说再改必须另外加收费用。因此，双方发生了争执。

于是，大陆籍女孩打电话让警察来处理纠纷。警察来到店里后，店长赶快声明说："她是大陆妹，不给钱，想要霸王头！"旁边坐着的一些台湾本地人也开始纷纷指责大陆女子。

其实，都是同胞，操着同样的语言和书写同样的文字，事情的对与错，不应以哪里人、什么地位、什么身份来判断的。如果是与非，只是以人的出身、长相、地位为准，那么，"法官的儿子永远就是法官，贼的儿子永远就是贼"。《流浪者》里给我们的警示意义也就不存在，人类所向往的自由与平等、大爱与悲悯就成了空泛的口号。

在众人的指责下，警察便走向"大陆妹"喝问道："你到底什么时候给钱啊！"大陆籍女子显然有些慌乱了。

此时，刘阳马上拦身到警察面前，大声说："你啊什么啊？"

刘阳的外形，看不出是大陆人，口音也让人以为是外省第二代。

警察看看她："我不能啊吗？"

刘阳坚定地说："不能！你今天来是处理事情的，而不是选边站的。你来这里，是你的工作。"

这时候，其他几位客人，大概被突然冒出的"程咬金"完全吓到了，全都闭上了嘴巴。调解完争执之后，警察又在临走时对店长说："消消气吧，漂洋过海的都这样。"

听到这话后，刘阳不假思索，又冲上去对他说："请把您的警察号给我。"

警察迟疑地问道："为什么？"

"什么叫漂洋过海的都这样？"

警察笑笑："我又不是说你，你不用对号入座。"

刘阳说："我不是对号入座，我就是漂洋过海的！当然，我今天拿的是台湾身份证，是合法的公民。你是执法人员，理所当然不可有私人感情，我会在你所里等你。"

回到家后，刘阳马上打电话去派出所，说："你们代表公权力，是执法人员，我们看起来不是那么好欺负的，尚且有如此的对待，可想而知其他姐妹的境遇！"

所长一直道歉，并保证说："请你放心，我们会加强基层教育的！"

刘阳说："我也会加强监督的，下次若有此情形我会直接去督察办投诉。"

能为自己的同胞姐妹争口气，刘阳的心里真是开心！自立、自强、自重，而赢得尊重，这是刘阳在台湾多年的经验与深刻体会。她发现：大陆来台湾的姐妹，是一群特殊的群体。台湾，当然是祖国的一部分，没有语言的障碍，有着同样的文化与血脉，然而她们在台湾，总被视为各种"侵入者"，受到歧视欺辱。她同时发现，姐妹们又是一个需要热心人士带领的群体。从这以后，她开始热心帮助来台湾的大陆姐妹，并机缘巧合地结识了台湾中华生产党创党主席卢月香，成为台湾中华生产党的一员。

之后，刘阳参加了在新北市板桥妇女会开办的职训课程。她勤奋努力，每天晚上，整理当天的笔记都要到一两点钟。隔天，拿出来供姐妹们参考与分享。结果大家都纷纷拿去复印，当讲义来用，以至于老师上课的时候，要强调现在用的资料是老师发的还是刘阳同学整理的，大家才分得清楚。毕业时，刘阳得到了"热心服务奖"。

如今，经过努力工作，刘阳已经是台湾中华生产党的主席助理了。为了配合党部的工作，刘阳去一家餐厅做会计。因刚开张需要办营业执照等相关批件，老板原本是委托一家会计事务所协助办理，需要15000元台币的费用，刘阳跟老板提出，由自己去试着办办看，或许会省下协助办理的费用。

只要功夫深，铁杵磨成针。

终于，她利用业余时间，办好营业执照，并申请到会计事务所应该办理的所有相关批件。虽然只是餐厅会计，但她不仅将各种混乱的账目在短期内整理清楚，也帮忙处理非职务内的突发问题。为此，虽然是店里唯一一个大陆人,也不是店长,刘阳却赢得了老板、店长以及其他员工的尊重和友善。老板常说,刘阳,你真是把这个店当作自己的店来用心啊!

2014年9月,刘阳请假参加"大陆新娘"福建行。去厦门前,老板夫妻在宴请时再三交代:"你可要回来啊!"

现在的刘阳,乐观开朗。也不怕别人再说她是"大陆妹"。很多台湾人了解她是从大陆来的,会说:"你看起来不像是大陆来的。"

她都会笑笑地说:"看起来不像,但我是!"

当人们对年近50岁的刘阳说:"你看起来不满40岁啊!"

刘阳也会笑笑地回答:"那是因为我善良啊!"

是啊!善良救了刘阳。

在台湾打拼多年,刘阳手里有了一定的积蓄。此时,她的亲人,除了宝贝儿子,就剩娘家的兄姐了。之前,刘阳大哥的儿子大学毕业时,是刘阳帮忙找好工作,并帮助付买房子的首款、交房贷等等。她唯一的期望,是自己到台湾后,年幼的儿子能够得到一些照顾。可是,多年后,亲侄子偷偷卖掉房产溜走,至今杳无音讯。

刘阳二姐一家,早年从山东到南方,一家4口在刘阳家吃住一年多,刘阳分文未收。2004年,当刘阳准备去台湾时,把儿子的生活费交给了姐姐。姐姐布置新房急需钱,就让刘阳一次付了3年的儿子生活费,还信誓旦旦地说:"都寄在我这吧,反正都会用到你儿子身上,你还不相信我吗?我是你亲姐姐呀!"可之后,曾信誓旦旦的姐姐却扣着不给生活费,刘阳不得不加班加点,牺牲与儿子相聚的时间去工作,以赚取母子两人的生活费。

2013年,刘阳的儿子终于考上了大学。刘阳回大陆给孩子庆祝,同时也希望,姐姐能将她多年汇来的存款还给她一部分,好让孩子上学轻松一点。然而,二姐避而不见,其他亲人,连电话也不接。刘阳在台湾辛苦多年,怎么也没有想到会是这样一个结局:明明有众多亲人的她,却成了一个名副其实的孤儿!

刘阳深深自责,感到愧对儿子。当初,若不是如此信任家人,她可以留有一定的积蓄,也可以陪伴儿子读完高中,并在儿子最需要母亲的时候,能及时待在他的身边……因为多年来积劳成疾，加上来自亲人的刺痛，刘阳一下子病倒了。

很庆幸，在儿子的陪伴下，濒临崩溃的刘阳慢慢地恢复了身体，重新站了起来。刘阳认为，这些事也不能全怪别人，可能因为自己选择错误，才造成巨大的经济损失。还有母与子那些年的情感缺失，尽管事隔多年，仍不能安然释怀。

也因刘阳的儿子本性善良，刘阳才能放心宝贝儿子一个人在外生活，而不用担心他被社会上的不良风气所诱惑。经过刻苦努力，儿子如愿考上了高校。支撑他的信念是："我必须让妈妈放心！"

为了减轻妈妈的负担，长大并渐渐懂事的孩子，利用寒暑假打工补贴生活费。同时，也为了减轻妈妈的负担，他放弃本科大学而选择只有3年的专科。他说这样可以早些工作赚钱。

六、阳光路上念恩情

如今，虽然刘阳暂时没有了自己的房子，但她并不怨恨任何人，反而对风雨路上一个个帮助过她和她的孩子的人心怀感恩。

刘阳特别交代说，要感谢在漳州家全家具有限公司上班时，原来的公司领导沈鸿祥老先生。近10年里，沈先生每次回台湾，都会去探望刘阳。在漳州工作，也会带刘阳的儿子去肯德基、麦当劳等。他曾经是刘阳那一段时间的导师。

另一位要感谢的，是付榕芬女士。付女士是儿子同学的妈妈，儿子在龙岩时，逢年过节她都会请儿子去家里吃饭，并在寒暑假帮助清洗床单等。

同时，她感谢台湾中华生产党的创党主席卢月香女士、著名主持人石元娜小姐、刘隆生大哥、郑龙华大哥、吴彗权姐姐及好朋友陈露、王莹莹、翟晏晏等，他们透出的善意和友好，刘阳都极为珍惜，这也是她战胜自己不断前进的动力。

今天的刘阳，已经不再是那个在午夜梦回时，情不自禁流泪的单亲妈妈了。她说，我们大陆新娘这个群体，要被台湾社会认同和接纳，得靠姐妹们的团结、自尊、自强！她偶尔会小额捐款给儿童文化基金会等相关机构，同时，听说大陆发生重大灾情，也会捐款给壹基金，有时间会去孤儿院陪伴孩童，做些送餐、配衣等义务工作。为了提升自己适应社会的能力，她更是积极地学习文化技能，参加各种培训及公益活动。与此同时，刘阳与理念相同的姐妹开始认养育幼院（孤儿院）院童，并在卢月香女士的支持下，积极开展育幼院工作，为两岸的育幼院与孤儿院牵线搭桥。目前，她正积极地为寒假期间组织25名台湾育幼院的老师和院童参观福建省龙岩市的福利院做筹备工作。

她还认为，她个人给得很少、很少，但姐妹们相互认同，相互鼓励，团结一致，则是一个不小的社会力量。在大家的共同努力下，人们对大陆新娘一定会有新的认识，大陆新娘也一定要逐步在台湾社会上树立正面形象，那么，就会少了歧视，多了认同与尊重。

说到未来，刘阳满怀信心和希望。她与朋友共同创立的保养品系列即将上市，同时与志同道合的姐妹组建经理人公司，为有意来台投资、置产、旅游、就学的大陆同胞提供第一手资讯及相关服务。她积极参加社会活动，现在已是台湾中华生产党的主席助理及账务长。她说，她仍会与姐妹们一起，脚踏实地地关心在台姐妹的生活。她们虽然都是普普通通的大陆新娘，却真诚地希望，以自己的力量，架起两岸育幼院相互交流的桥梁，为两岸和平发展起些许的作用。她们相信：两岸团结、友爱，那么，和平是必然的。

刘阳说，她来自祖国大陆，现居台湾，爱祖国大陆也爱台湾。维护两岸和平与友好往来，是她们这些大陆新娘的责任，也是一种历史使命。她和她的姐妹们，都愿意为此奉献心力！

有一首歌曲，可以说，是对现在刘阳的最好注解。

> 人生路上甜苦和喜忧，
> 愿与你分享所有。
> 难免曾经跌倒和等候，

要勇敢地抬头。
谁愿常躲在避风的港口？
宁有波涛汹涌的自由。
愿是你心中灯塔的守候，
在迷雾中让你看透。
阳光总在风雨后，
乌云上有晴空。
珍惜所有的感动，
每一份希望在你手中。
阳光总在风雨后，
请相信有彩虹。

　　阳光总在风雨后，如今的刘阳，从某种程度上说，虽然还有伤痛未完全抚平，但她已历经风雨，看到了彩虹。她怀着感恩的心，重新出发。

抗争,为了活出尊严

杨国栋

一

汹涌的红色浪潮在神州大地上翻卷,掀起的惊涛骇浪冲击着无数家庭。红袖标、红旗、红标语布满了大街小巷;惊天动地的战斗口号和激烈的批斗声音时时在耳边炸响……

那一年,她出生了。

眼泪像淅淅沥沥的小雨,在她的脸上与胸前"哗哗"流淌。因为父亲的大伯父当过军阀,又因为她的外公做过国民党的上校团长,父亲面临着被揪斗并遣送回原籍湖南省大庸县(现改名为张家界市)的惨状,幼小的她面对着家庭破裂。哥哥和妹妹留在衡阳市母亲的身边,她跟着父亲回到大庸老家。受到他人的伤害与打骂,她只能号啕大哭,以泪洗面。乡村老家还有一个老奶奶。这样,三个人仅有老奶奶一个人的口粮,他们常常要靠上山挖采野菜充饥度日……

那一年,她才3岁。

因为早熟,加上个性倔强,小小的个子却挑起了一家人买菜做饭的重任。因为父亲境遇好转,她又跟着父亲返回衡阳与母亲团聚,加上外婆和姨姨,一共9口人的饭菜每月靠父母给她20元人民币来谋划维持。每次跟着隔壁邻居阿婆到郊区买菜,她都是先转完市场一圈,问完每个摊主菜价后才选择最便宜的价格买菜。鼓鼓囊囊的菜筐压得她直不起腰,她强忍着扛回家中，一星期吃完后，再往郊区买菜。因为受人白眼、轻蔑和鄙夷，他们兄妹3人不敢外出。平时没有伙伴玩耍，还常常受人欺负，有时比他们兄妹大一点的调皮孩子，寻衅闹事到她家门口，他们惹不起就只好躲避。调皮孩子还不饶过他们，将烧过的煤炭往他们家的床铺上子弹般扔去，他们只能忍气吞声不敢反抗。他们也曾反抗过，结局是变本加厉。晚上父母下班回来，看见床上黄黄的颜色，生气地骂他们兄妹是不是又在外头惹事，他们兄妹再次受到委屈后，只能抱头痛哭……他们虽幼小却也知道，父母亲白天上班在外也是受人欺负的，装了一肚子委屈有气没地方出，难免在家中对他们生气发火……

那一年，她才8岁，几乎同泪水相伴了8年。

她读书读到了初中毕业，就决定外出谋生，赚钱自立。她悄悄地到临县参加电力安装公司的培训，就在县里的电力安装公司做了一名临时工。她整天背着一个大楼梯和电工包，在市内或者县城外爬上爬下，一会儿登梯钻洞，一会儿布线拉线，一会儿安装灯具……

那一年，她才14岁。

她的名字叫梧桐。在这个行业里干了一年，不满足于永远当个被人瞧不起的临时工，她决定改变低微的命运，再去报考。由于有了父亲这位电力专家的帮助和自己勤奋的努力，她被电线工厂招收，成了电线厂的一名正式员工。

然而，她在电线厂只干了两年，对这份集体单位的工作还是不满足。她决定再次改变命运，于是通过招考，进入衡阳市一家大商场，成为国营单位的正式员工。

那一年，南下打工浪潮席卷湘江南北，不安分的梧桐，决绝地办了停薪留职手续，离开她熟悉的商场工作，跟随着邻家大哥大姐乘上衡阳开往广东的列车，赤手空拳地进入深圳，成为较早一批进入深圳的外来打工妹。她是一个天不怕地不怕的青年女子，在深圳的工房、职场、公司、餐馆游刃有余。

她在一家餐馆做招引食客的小妹，不仅因为年轻漂亮，还因为热情微笑，加上用心做事，态度诚恳，服务周到，更因为对进出的食客下意识地熟记，了解他们的喜好口味，才做了两个月，就被老板看中，到收银台去做收银员。姐妹们不服，议论说：你一个初中生，又没有什么文化，凭什么老板这么信任你，让本来是亲属干的活给你去做？她毫不客气地回答说，老板信任我，凭什么我不可以做？她最痛恨的就是别人看不起她。她想起了"文革"时因父母出身不好而遭到他人歧视、白眼、欺负的少女时代，那种委屈、心酸、痛苦如钢针似的刺激着她敏感的神经。她很想对看不起她的人进行反击。但她没有这样做，而是反过来想：别人越是看不起你，你就越是要做得更好，自强自立自爱，以此消除他人的偏见。果然，她干了半年多，收银数目持续上升。寻找个中奥妙，原来亲属收银常常算错或者藏着掖着点儿，梧桐不是这样，一分不差地将钱币入账进财务。更重要的是，她在做好收银工作的同时，还热情招呼食客、嘉宾，赢得很多回头客。

这样，她升到了酒店的收银领班，一下加了不少薪水。她问老板：我没有学过财会，老板凭什么相信我可以干好这份工作？老板回答得很干脆：因为你梧桐诚实厚道，用心做事，忠诚于酒店，所以我很放心！

但是梧桐还是有压力。她得去学习各种财会知识，熟悉各种财会条文和办事程序，还要填写各类财会表格。好在，酒店的进出资金额度不算太大，品种不算复杂，加上她用心去做，很快熟悉了业务，工作从不出错。年底，她分到的奖金也比别人多一些。

在这家酒店干了两年，梧桐又被一家港资企业的老板看中，再次以高薪聘到四星级酒店工作。老板是英国籍人，香港尚未回归前长期居住在香港。看中一个没有文凭且没有任何社会背景的小姑娘，还是因为她的勤勉、能干、真诚、忠心。她从收银员做起，3个月后就升任部门经理，进入酒店的中层管理队伍，管理大堂、中西餐、接待、培训等六大部门。

在这里，梧桐做了10年，被老板的朋友洪先生看中。洪先生是台商。他经常到朋友的酒店吃饭喝酒，看见梧桐每一回工作都是热情如火，极端负责，于是找到梧桐说，如果给她更高的薪酬，她可否离开酒店，到深圳宝安的台商开发区松岗的一家电子厂工作？

那时节，老板高薪挖人才或者员工炒老板鱿鱼已经成为风气。梧桐在工作时也渐渐认识到自身价值，去工厂比在酒店月薪可以高出200元，她何乐而不为？到了电子厂，梧桐依旧干的是财会工作，职务是成本会计，专门管理电子产品的收入支出。这对梧桐来说又是一次挑战。原先在酒店做财务，科目比较简单，现在进了电子厂，产品分类多，科目复杂，工作量倍增。但是她不怕。她认为只要勤奋努力，就会很快熟悉业务。果然，她在这个岗位上只干了一个月，就得到老板肯定。洪先生感觉到梧桐这个姑娘还有发展潜力，于是又将她提升为生产科科长。这是个拥有员工1000多人的工厂，她所在的上游厂家有100多人，发生业务关联或合作（协作）单位的下游企业有12家。生产是工厂的主业。文化程度不高的梧桐，为了熟悉生产业务，就只能勤学苦练。她每天5点起床，一头扎进业务书中，学习各种电子知识；上班以后，她走进生产车间，了解各个生产环节；下班以后，别人休息或者娱乐去了，她就走进仓库，熟悉每一件电子产品的零部件，直到深夜12点……

可谓功夫不负有心人。半年下来，梧桐不仅对生产电子产品的各个流水线熟悉，还能闭着眼睛讲出每一种电子产品或PC板的零部件。由于产品质量明显提高，一批批电子产品和电子玩具，走出国门，销售到欧美等十几个国家。

她有着奇特的思维。如果老板冷落她，她炒老板鱿鱼；如果老板不重用她，她炒老板鱿鱼；如果老板连续两年不给她加薪，她也炒老板鱿鱼。果然，她在这家工厂干了两年没能加薪，她去找老板时，就对老板说，我找您要求加薪的时候，也就是我离开您和您的工厂的时候。这样，她怀着自信，毅然离开了许多人想进还进不去的外资工厂……

二

她信心满满斗志昂扬地行走在铺满鲜花和阳光的大道上，微风吹拂的绿树枝丫向她频频点头致意，芬芳馥郁的蝴蝶兰花对她发出灿烂的微笑，比她年长或年少的乡村姐妹们也以羡慕的眼光对她啧啧称赞。她自己也从这些年来在深圳的打拼中增强了自信，发现了自身的价值和潜力。她不想再为别人打工，她想自己单打独斗当一回老板。是的，在深圳这个满地是黄金的地方，只有想不到的事情，没有办不到的事情。她根据自身熟悉的业务和资金，决定投资25万，在深圳市区开一家湘菜馆。她租下了几百平方米的楼房，决心大干一场！

这种敢于打拼、挑战自我的做法，是要付出比此前高出数倍的代价的。果然，自己当老板开酒楼，与给别人打工当伙计不同。她得管理所有酒店的事情，大到请师傅做湘菜，小到员工的琐碎麻烦事儿，这还好处理。最啰唆的是社会方面的事儿，碰到有人骚扰滋事寻衅怎么办？她是外乡人，寻找各种社会"关系户"并非她的强项。最后，梧桐还是以真诚、真心、真情待人，滋事寻衅的人被她感化，表态说，只要我大哥在，没有人敢到你小妹的酒店闹事！自此，平安数年。

然而，坎坷和曲折就像阴沟里的冽冽寒风似的，总会在你不经意时朝你美艳洁白的脸面刮去。

梧桐在风光无限平稳挣钱的开心日子里，突然发现丘比特的神箭莫名地射中她的心窝，唤醒了她内心深处的柔软。那是一位戴着眼镜，有几分斯文，又有几分帅气的大男孩，操一口江苏口音，自称是学校老师，知道她闺中待字后，以超常的勇敢和热情手捧鲜花，单脚跪地向她求爱……

走向社会十几年了，因为打拼，她从未深度思考过自己的爱情和婚姻。尽管父母和亲人多次提醒她说，事业要成功，情感归属也得考虑，但她总是以工作太忙遮掩过去。眼前的这位M先生多次真诚频繁地向她求爱，她在感受到温暖愉悦的时候，渐渐地开始同他交往。

我在厦门碧海蓝湾酒店采访梧桐时，她曾3次讲到，M先生是她的初恋情人，那种生涩的青青的滋味被淡淡的甜蜜包裹着，引领她朝着情感之道慢悠悠却是爱意绵绵地飞行滑翔……

没人能够想到，情感的骗局从古到今从未断过。现在梧桐就身陷这种情感骗局而不自觉。他们好到了在月光下卿卿我我倾吐衷肠的境地，她甚至为了爱情而不时丢下酒楼的生意。M 先生看见火候到了,就提出向她借钱 10 万,说是投资什么项目,回报率高达 30%。他反复向她表白,赚到钱后还她更多……她想到,他们已经发展到谈论婚嫁了,也就将 10 万元钱借给了 M 先生。钱拿走后,M 先生像影子似的,若隐若现,一会儿向她献殷勤,一会儿躲得不见踪影,甚至连电话也不接。更可气的是,她发现他还与别的女人有染……湘妹子爱得真纯恨得也深刻,脾气一上来,她当即就要求讨回公道。还钱,一刀两断,成了无情的选择!那男人骗她说,钱用去投资了。她要求他说出投资对方的名称,他怕露馅,只好坦承自己这些日子花了很多的钱……最后,她讨回了 5 万,另外 5 万就当喂了狼狗。带着如刀割似的深深的伤害,与 M 先生分手。

　　这一次的情感伤害深至骨髓。梧桐对我说,初恋苦果的吞咽,苦了自己不要紧,恐怖的是,深深地影响了她此后的人生走向,让她一直疼痛到了今天!

三

　　多少天,她以泪洗面,偷偷地躲到自己的房子里哭泣,生怕被手下员工和老乡看见。但她又是一个肚子里有话藏不住的人。她向老乡倾诉数次后,一位台湾来的大姐告诉她,忘掉以前,走进未来,未来就在台湾,那里风景秀丽,花团锦簇,商机无限,比深圳更好挣钱。她问如何去台湾,大姐告诉她,嫁人,嫁一个有钱的台湾人!

　　梧桐这时还在受骗失恋后的悲伤和凄情里度日。她很想忘掉那些不愉快的伤心事,可是当她抬头看见天边那一轮皎洁的明月,或者走在宝安区的商场,看见一束束鲜艳的玫瑰花,她就莫名地想起她和前男友走过的往事,不自觉地哀伤悲凉起来。她想,倘若不离开这个伤心地方,她就无法重新开始愉快的人生,就会永远生活在那一段痛苦往事的阴影中。她的童年、少年长久地听惯了台湾是祖国美丽的宝岛故事,再加上介绍人不断地追问她下决心与否,她想,换一种活法吧,离开深圳这个伤心地,飞舟跨海去台湾,或许可以永远告别过去，重新开辟未来。

怀着这样的憧憬和想象，她同意嫁给比她大22岁的台湾人阿龙先生。同许多嫁给台湾人的大陆姐妹一样，梧桐与阿龙先生也是"闪婚"，她对阿龙了解并不多，只知道他的太太因为一次车祸死去，他本人在台北做"专职律师"。她没有向对方索要多少的结婚聘金和生活费用，才认识4个月，没有见上几面，就同意与他缔结夫妻关系，然后去大陆的民政部门登记。在她的想象中，台湾一定很美、很文明，生活比大陆好上数倍。这样，她原谅了自己的草率，几个月后就到湖南衡阳的老家举办了婚礼，在"噼里啪啦"的鞭炮声和亲朋好友的祝福声中进了洞房……

当年9月，梧桐去了一趟她打拼十几年的深圳，变卖了所有资产，赔本转让了湘菜馆的酒楼。她兴高采烈地跟着阿龙先生乘坐火车到香港转飞机，来到了台湾。他们来到了台北一个偏僻的地方。她一从的士上走下来，心里当即凉了半截。怎么可能呢？这么陈旧的房屋，这么狭窄的道路，这么荒凉的景象，比起她打拼了十几年的深圳，比起一天一变样的繁华经济特区，相差甚远。她的脸色骤然变黑变暗。她很想当即告诉老公阿龙，她要打道回府。阿龙先生似乎看出了她的内心活动，就叫的士司机开往繁华地段。汽车在往台北闹市行进中，她终于看见了许多高大的建筑物。但仔细一瞧，这些高楼大厦旧迹斑斑，很有些年代，比起这些年崛起的深圳，还是存在不少差距。但她还是往好的方面去想，城市的外观并不一定代表生活的水平。台湾建设起步比大陆早，一定有它的优势所在。于是又回到了早年对宝岛台湾神秘向往的陶醉中……

当的士停在了台北市内一栋陈旧的大楼边，尤其当阿龙先生领着她走进所谓的"家"时，她的心情一下从温暖的高空，跌落进悲凉的冰窖。她简直不敢相信，她嫁的这位"很有钱"的阿龙，所住的房屋竟然只是一间七八平方米的单间，房内没有卫生间，更没有厨房、客厅，与她在深圳的套房天差地别。她黑着脸问他：你不是说有自己的房子吗？怎么会住在这样的破地方？阿龙回答她说，以前他的确有房屋，因为生活窘迫，也为了糊口，只好变卖房产。她反问阿龙，你不是律师吗？律师在台湾收入很高的，怎么可能入不敷出，还要变卖房产？被问急了，阿龙只得承认自己不是律师而是状师，那种在街头摆摊为没钱人撰写诉讼词的低等写手，没有从业执照和证书。随着梧桐深入了解，她发现就是这间小得不能再小的房间，也是借住的。房间产权属于这栋楼房的公司所有。公司常年有官司在身，为了省钱，也是可怜这位阿龙，于是双方达成协议：阿龙常年为公司书写诉讼文书，公司借这间房子免费给阿龙住。梧桐知道这些后，心情十分郁闷。她真的哀叹自己命运的曲折坎坷悲凉凄楚。她发现上帝太不公平，为何总是赐给她那么悲伤的日子让她在痛苦中度过？她抱怨阿龙欺骗了她。这时一位20余岁的男孩出现了，叫了她一声阿姨。他是阿龙的儿子，母亲车祸后弃他而去。这个男孩嘴唇黑紫黑紫，身体十分瘦弱，患有严重的先天性心脏病，因为无钱治疗，一天天凋萎下去。梧桐看了心痛。

梧桐抱着嫁鸡随鸡嫁狗随狗的心态，无奈地留在台湾。她本来可以选择再回深圳，她在深圳打拼事业时一直运气不错。但是她害怕她的同乡和朋友笑她嫁错了人，面子上不好看。她有着"好马不吃回头草"的生存理念。她还想到她因为吃苦耐劳在深圳被企业老板看中，薪水也比别的姐妹多；自己开酒店也干得不坏，不断挣钱……她相信，只要她勤奋工作，一切从头再来，就没有过不去的坎儿。

梧桐看见这个家庭的惨状，看见阿龙因付不起家庭生活费用而窝囊的眼神，她决定外出打工，赚零用钱补贴家用。

她绝对是一个对自己狠得不能再狠的"女汉子"。她发狠地寻找工作，一天打4份工，远远超出台湾规定的打工工时。凌晨不到4点她就起床，洗漱完毕就赶往台北一家私营早餐馆打工。她在深圳本是酒楼老板，现在沦落为打工妹，真是从天上跌入地狱。她只能委屈自己，泪水往肚里流。她在这家早餐馆干到上午9点，满5个小时，可挣到400元新台币。接着快速乘车于9点半赶到一个生活小区，为较为富裕的人家做家务，4个小时后，再为同小区的另一家人做家务，又是4小时。两家合起来8小时可挣1800元新台币。下午5点半，她还得乘车赶往县市的一个停车场，为各间办公室打扫卫生。又是4个小时，收入1000元新台币（一周一次）。等到她回到家中，清洗完毕，已是夜间1点……这样一个月辛辛苦苦下来，她粗略算了一下，可以挣到4万多元新台币。

梧桐觉得，每天虽然辛苦劳累，只要身体能行，她一天也不休息，一年下来，扣除各种生活费用，还是会有不少剩余的。可是，坎坷与折磨又冲她而来。没过多久，她就隐隐约约地感到，阿龙似有许多事情瞒着她。就在她追问他为何讲话总是吞吞吐吐时，一个中年女人出现了，以讥讽的口吻嘲笑她说，你个大陆妹，跟阿龙有什么感情？你到台湾分明就是骗婚，就是冲着台湾好挣钱来的……梧桐听了一头雾水，明明是阿龙造假哄瞒对她梧桐进行骗婚，怎么反倒诬蔑她来台湾骗婚了呢？她真想冲上去给那个女人一巴掌，看她还敢不敢胡说八道。可又想，自己受台湾"法律"歧视，没有身份，不是正式公民，不能冲动胡来，也就强忍悲痛，压下怒火。

中年女人得寸进尺，指着梧桐的鼻子说："你个大陆妹，给我滚回大陆去！"

这下梧桐真正是忍无可忍了。她责问老公阿龙："这个女人是不是神经病？她如此羞辱我，你为何站在边上一言不发装聋作哑？这个疯婆子到底跟你阿龙什么关系？"

阿龙一脸苦相，脑袋低低的，不敢吱声。

中年女人又冲上来，双手叉腰，气愤地说："老娘告诉你个大陆妹，我跟阿龙相好很多年，你凭什么一竿子插进来，搅乱我们的好事？"

梧桐再傻，听到这里也明白了。原来阿龙老婆死了是真的，他背后找了相好并且没有割断情丝也是真的，表明他再次隐瞒和欺骗了她。她怒火中烧，很想发作，但想到自己屈辱的身份又不敢发作，只能强忍。她以前一直将台湾人当作大陆血浓于水的同胞兄弟姐妹看待，怎么台湾人中的个别男人会如此卑劣地欺负她、瞒骗她、捉弄她？想到这里，她痛苦地流泪了，怨恨上苍不公，为什么让她过得如此坎坷悲凉，从出生到现在一直在汹涌澎湃的风口浪尖上起伏漂荡？

这时，阿龙实在看不下去了，勉强走过去劝说他的相好不要再闹了，这才偃旗息鼓。

四

白天在外近 20 个小时打工奔波，已令她苦不堪言。深夜了，万籁俱静，梧桐真想好好休息，却又被阿龙的相好打来的电话声闹腾得不得安宁。梧桐一怒之下，把熟睡中的阿龙叫醒，责问他："这么久了为何还跟那个疯女人纠缠不休不割断联系？"

阿龙伤感地告诉梧桐说，那个女人 50 岁了，几乎丧失劳动力，家里还有一个精神病的丈夫。他因为接济过她，他们才相好了数年。这些年阿龙日子不好过，渐渐疏离了那个女人，那个女人却不愿意割断情丝，他走到哪里她就追到哪里……阿龙告诉梧桐，如果能够给她钱，她就不会闹了。

梧桐听出了阿龙的弦外之音，要想那个女人不再骚扰梧桐，梧桐就必须成全他们这一对"老相好"……她真不敢相信，人世间还有这样的卑劣、无耻之徒！她大声地喊叫反抗。阿龙告诉梧桐，她在台湾是没有身份的人，去警署告状只有一个结局，那就是没有告倒阿龙和他的相好，反倒会将自己告上法庭。面对阿龙如此的嘲讽，梧桐无言以对。

这时那个女人的醋意上来，又对阿龙破口大骂，还转过身来对梧桐指指点点不依不饶。梧桐这时很清醒。她知道女人想激怒她。惹不起就躲闪，实在气愤不已，就用双手平压胸口，连续说出十几个"忍"字。那种痛苦、悲伤、无奈和凄凉，只有尝过那种滋味的人，心里才清楚。有的时候，气愤到了极点，她几乎精神崩溃！

在忍过几百次后，那个女人欺负惯了梧桐，动手打人。梧桐为了自卫，也伸出右手进行抵挡。那个女人大吼一声，你个大陆妹敢还手打我？反了天不成？于是夸张地号啕哭闹着，叫来阿龙，写上状子，一纸将梧桐告上了法庭。

梧桐接到法庭寄来的传票，必须去应诉，否则有理也会变成无理败诉，然后被遣返回大陆。其实，梧桐多少次想过回大陆，在深圳她如鱼得水，事业一帆风顺，哪里会像在台湾这么窝囊背气，饱受凌辱？她之所以选择留在台湾与命运抗争，吃苦打拼，为的是面子，这就应了"死要面子活受罪"那句俗言。她决定自己应诉。考虑到在台湾打官司费用很高，她又决定自己上法庭为自己辩护。多少年来，她练成了干活挣钱的本领，也练出了一副好口才，说话流利，咬字清楚，用词准确。但是，因为她的"大陆妹"身份，加上指控方找关系帮忙，梧桐第一庭被判输了。

她内心依然强大，意志依然坚定，性格依然倔强，不屈不挠，永不言败。她还是决定自己上法庭应诉。这回法庭上是个女法官。她对双方进行调和，要梧桐向那个女人道歉，赔偿部分款项。双方听了难以接受。关键时，阿龙的儿子传来证词：梧桐是合法的太太，那个女人是第三者；平日里，那个女人常常欺负、侮辱、谩骂梧桐；争吵那天，梧桐没有先打那个女人，她反击，属于正当防卫。他之所以愿意站在梧桐一边为她说话作证，实在是梧桐为这个家庭付出了太多太多，还常常同情他可怜他给他零用钱，让他感动无比，这才愿意出来作证。阿龙本来也不愿意梧桐败诉，害怕败诉会失去"摇钱树"，也就不想再帮这个相好了……

女法官最后结案时，答应不判梧桐遣返大陆，绝对不发出文书，"移民局"也不可能来找她的麻烦。但是女法官认为，对方出示了台湾医院判定她被抓伤的证明，还是让梧桐接受了3000元新台币的罚款。

五

台湾社会对大陆新娘发放身份证政策，早期是10年制，后来改为8年制，到了梧桐这时候，由于新住民和大陆新娘的持续强烈抗议，遂改为6年制。在台湾苦熬苦斗并且被精神折磨了6年的梧桐，2009年终于到了要换长期居台证的时间。她像别的姐妹那样，一大早穿着鲜亮的服饰，打扮一番，兴高采烈地跑到移民机构打探消息。她当然想不到，当移民机构的官员翻开她的个人档案卷宗看了之后，不仅不给她办理长期居留证书，反倒要将她办了4年的"依亲证"（本来用此证换身份证）、赴台通行证（大陆在台证件）两证一起收走。她听了心口怦怦乱跳，喘息不顺。但她紧咬牙关，告诫自己要保持清醒头脑。她镇定一下怨恨愤懑的激烈情绪，平和地反问官员，你们凭什么没收我的"两证"？官员告诉她说：你有"前科"，前几年在台湾犯过案子，并且被法院罚了3000元新台币……听到这里，梧桐当场傻了眼。法院当初明明判她不影响拿任何证件的，怎么反倒成了今天不能办证的理由？官员说，因为你梧桐被罚款，说明你当初不算胜诉，其中也有过错。

她再一次哀叹自己命运的坎坷曲折。无奈之下，她只能去找原先判案的女法官。女法官坦诚地告诉她，同大陆一样，台湾社会也讲究法院的结案率。你梧桐这个案子，对方被抓伤有医院证明……梧桐打断她说，自己将自己抓伤同样在医院可以搞到证明……女法官说，如果那样，这个小小的官司就会被长久拖延下去，你也会不断被法庭传唤，一月之中影响你打工挣钱不少。为了给你减少精神压力，也为了让你有良好的心情挣钱，还不把你赶出台湾，更为了早日结案，就罚了你3000元新台币。梧桐听后无语。

女法官告诉她，移民机构不给你办理证件，你可以去民意机构和行政机关告他们。

回到家里，梧桐对阿龙讲述了上面的一切，要求阿龙这个状师为她书写诉状，她要上民意机构和行政机关备书陈情。这次阿龙相当配合，为妻子写了上好的诉状，找"民意代表"将状子送到民意机构和行政机关。

此后，梧桐又陷入了一场伤心透顶且疲惫不堪的申诉战斗。她不停地求助"民意代表"，不停地跑行政机关和民意机构，不停地向官员们申诉和陈情，如窦娥般地叫喊冤情。本想感动感化那些官员，到头来却事与愿违，不但没能感动各路官员，反倒在她伤心最惨痛的时候，受到台湾移民机构送达的"遣返大陆"一年的通知书……

她又一次跌入人生的谷底。不是哀伤自己的失败。她从来就不怕失败。她哀伤自己因为不熟悉这块土地上的风俗和"法规"，被卷入一个又一个圈套之后，无力自拔。在再度哀伤自己命运坎坷之后，她无奈地回到大陆。

她不敢回湖南衡阳老家，她怕丢面子。她去了深圳。她认为那里是她的福地。尽管去台6年多，但她无时不跟大陆的朋友和企业老板保持联系，越是在台湾痛苦打拼忍受精神折磨的时候，她就越是同大陆特别是深圳方面取得紧密联系。现在,她到了深圳,看到那些熟悉的高楼,看见那片绿荫和绵密青绿的草地植被,尤其路过当年自己当老板创建的酒楼湘菜馆,她感到无比亲切。她找到原来电子厂的老板,歉疚地告诉他说,她当初去台,选择不是太对,现在回到深圳,希望老板再给她一次机会,她还像以前一样,忠诚老板与公司,卖力气干活,为电子厂做出成绩……老板二话没说,让她进了电子厂当采购部副经理。

在深圳一干又是几个月。她没有精神压力与痛苦折磨。她开心地工作挣钱。但是她时时关注着台湾方面的申诉案子。有一天,她收到台湾方面寄来的函件,通知她现在就可以回台湾,不用在大陆滞留一年。阿龙也打电话告诉梧桐,虽然她回大陆了,但他还在为她的案子找行政机关和民意机构交涉。因为有行政机关干预,移民机构被迫取消原先对梧桐"遣返大陆"的做法,允许她现在返台……梧桐看了信件,脸上绽放出笑容。如果说此前的6年多中,梧桐滚落的都是痛苦悲伤的泪水,那么这一回,她终于流下了开心的泪水。

过了一段时间,梧桐回到了台湾。她想,这回不会再有障碍了吧。可是她依然没有想到,因为她离台超过半年以上,此前的一年时间,均不能算为在台时间,本来她可以拿到身份证,现在则必须延缓到次年,补足了离台8个月的时间,才准拿证。梧桐不服。她辩白说,她的离台是被迫,是执行台湾移民机构下达将她"遣返大陆"的指令,不是她主动离台。她受到的伤害和损失还未向移民机构讨回呢,怎么反倒不算她的连续在台时间?她决定继续抗争。她再次到行政机关和民意机构备书陈情。有人私下告诉她说,不要老是与移民机构作对,既使你赢了,以后还会受到一些官员的刁难。还是和为贵,忍忍算了。梧桐当然知道,中国自古到今都告诫百姓不要民与官斗,越斗就会越惨。这是一种深至骨髓浸透血液的官场文化,毫无办法。梧桐说,我争取正当的个人权益,只是为了活得有尊严,让你们看见备受歧视的大陆妹也有生存、工作、发展的公民权益!怀着这样纯粹的想法,她再次走进了民意机构和行政机关……

如果说,过去的执着和坚韧,是为了打拼挣钱,而这次的执着、决绝和坚韧，却是为了谋取自己应有的正当权益。在她的潜意识里，尤其是在她于台湾社会忍气吞声、备受歧视，遭到无数白眼、鄙夷、诬蔑、嘲笑，过了7年心酸、痛苦、悲伤、凄凉生活的情形下，她将这份权益视同生命！

　　由于梧桐持续不断、坚韧不拔地组织材料申诉，终于，台湾有关部门面对这个执着坚韧的大陆妹也无奈了一回，他们重新计算时间，只延后3个月，于2010年10月对梧桐发放了领取身份证的"通知书"。

六

　　昂起头颅做人的梧桐，考取了看护、护理证后，很长一段时间在台北一家医院打工。有一天，她接到阿龙的电话，叫她回去缴纳两个月的房租费。因为在医院做护理，梧桐长久时间都住在医院的陪护房里。现在阿龙反倒叫她缴纳房租，她回了一趟家中告诉阿龙说，这么多年来，我赚的上百万新台币，基本都用于这个家庭平时消费。我现在不在家里住，你反倒要我付房租，亏你说得出口。你自己每月有两万多新台币收入，如果要我付房租管家，那么你每月的两万多钱全部交给我，让我堂堂正正地当这个家。阿龙觉得理亏，也就不再争执。但他只肯给1万新台币让梧桐当家。梧桐想到在她被遣返大陆期间，阿龙为她的事情做了一些工作，也就收了1万元，自己再贴上3000元，把两个月的房租缴了。

　　她本想就这么平平淡淡地过下去。她对这场受骗的婚姻深度伤心，情感被伤害太大，精神折磨太深，她需要时间进行疗补，力争被流水般的时光冲洗，抹平伤痕，痊愈康复。但是她万万没有想到，那年春节来临时，凌晨4点才睡下两个小时的梧桐，就被阿龙叫醒，让她跟他一道起来烧香拜佛祭祖……她不喜好做这事，更因为这些日子十分劳累，想趁春节放假多休息一下。谁想这就惹怒了阿龙。他怒火万丈地走进房间，掀开她的被子，非让她执行他的指令不可。她只穿着睡衣睡裤，寒气袭来，打了个冷战。阿龙拖起她就走。梧桐这时也被激怒了，一边骂他无理"家暴"，一边进行反抗。阿龙虽说年过六旬，力气还是很大，一手抓她，另一手卡她的脖子。她痛不欲生，依然顽强地进行反抗挣扎，继而使出浑身力气，将阿龙推倒在地，疾速拉开房门，跑到外面，边跑边喊"家暴、家暴"……

她一口气跑到了住家旁的派出所，无比痛苦地报了警。台湾社会一向保护弱者，反对"家暴"。派出所警员十分体贴地为梧桐倒热水，然后做了口供笔录。这时天才蒙蒙亮。借着东方海岸线上那一抹灿烂的亮色，警员很负责任地将梧桐护送进家中。伤透了心的梧桐对沮丧的阿龙懒得看一眼，收拾了自己的衣物和证件、钥匙，走出房门……她到了医院验伤，还向法院申请保护令。

法律救助中心的志工对她深表同情并热情相帮。梧桐要求离婚，她再也无法忍受这场带有欺诈和瞒骗的婚姻。志工根据梧桐的口述，为她撰写了申诉状。他们一致向她保证，坚决反对"家暴"，为她讨回公道……

当然，阿龙也不是吃素的。他是状师，写状子是他的强项。他反告梧桐4个罪状：一是伪造文书，二是偷窃户籍簿，三是婚姻欺诈，四是欺骗感情。

于是，又一场旷日持久的夫妻官司在台北打响。

法律救助中心，对弱者一年只给3次服务，超过3次必须个人付费上法庭。梧桐觉得法律救助中心很够意思，为她打官司也很卖劲。但是她觉得这个案子还是她自己熟悉。于是，她请律师参谋，坚持自己上法庭为自己辩护。已经死去的阿龙儿子的证词是真的，有当年法官判决书为准；偷窃户籍纯属诬蔑，户籍本也在派出所交给阿龙了，有录音为证；婚姻欺诈，当时还在婚姻中，梧桐是受害者，有事实依据；欺骗感情更是阿龙所为，他的相好就是证人。法庭经过调查取证，对阿龙的反诘和反告一一驳回，还了梧桐一个清白和公道。第一庭开庭结束，法官认为有和好之处，便判梧桐不离败诉。梧桐不服，于是提出上诉。

阿龙当然不愿离婚。谈不上感情和温馨，但梧桐却能够为这个家庭支付各种生活费用。倘若离婚，阿龙经济窘迫，没有来源，日子将会更加艰难。

台湾社会，法庭常常是3个月一次开庭。因为现在的梧桐已经是拿到了身份证的台湾公民，法庭就再也没有歧视她的理由。这一场争辩仿如论战，唇枪舌剑，十分激烈。越战越勇的梧桐，紧紧抓住事实这个依据，大胆陈述表白，以理服人。官司打了一年半，最后梧桐胜诉。真是迟来的正义！

两个月以后，梧桐接到公函，请她去办理户籍转移手续。她自己单独立户了。她这才发现，自己从此彻底解脱了那场不堪回首的带有耻辱印记的伤心婚姻，走出了前些年一直盘旋在她头顶上和游荡在她周遭的情感灾难和欺蒙阴影，摘去了禁锢在她心灵深处的精神枷锁，获得了彻底的解放……

她忘情地欢呼，见到朋友就说我解放了，见到老乡也说我终于解放了，再也不用被人约束、欺负、诈骗、谩骂、"家暴"了……于是邀约朋友到餐馆聚会。她疯了似的，抱住姐妹们一会儿又哭又笑倒出辛酸苦辣，一会儿大喝大闹吐出忍受多年的怨气悲伤，一会儿高歌狂吼几声，宣泄情感，直至深夜星光隐没在天际……

和着那些泪水与欢笑

杨国栋

一

春天的湖南长沙，春光明媚，春风拂面，春情勃发……

春兰就在这惠风和畅、景色秀丽的时日里，同英俊潇洒的胡鸣牵手了。他们是标准的郎才女貌，引得同学和邻居许多人啧啧称羡。春兰喜欢唱歌唱戏，李谷一的那首《乡恋》常在她的嘴里哼哼响起："你的声音，你的身影，永远印在我的心中……我的情爱，我的美梦，永远留在你的怀中……"

胡鸣为了讨得春兰欢心，也时不时地发自内心地唱出那首人们十分熟悉的《一剪梅》："一剪寒梅傲立雪中，只为伊人飘香。爱我所爱无怨无悔，此情长留心间……"

春兰在中国石油公司湖南长沙分公司做出纳工作，每天的任务就是收钱支钱、开单填表、签字盖印报销，或者跑银行。石油公司的效益很好，她每年收入几乎是别人的两三倍。胡鸣在建筑公司工作，当工程技术员，整天在建筑工地上转悠，虽说有些儿辛苦，却也是收入不菲。他们从相识到相爱，总是甜甜蜜蜜恩恩爱爱相敬如宾。于是，在那个梅花绽放的冬日里，面对着漫天飘舞的雪花，他们手牵着手，一起登临岳麓山，观赏名胜古迹，也观赏灿烂的梅花。继而，他们就踏着冰雪，在欢天喜地的鞭炮声中，在亲朋好友的祝福声中进入了喜庆典雅的洞房……

结婚一年多后，春兰生下一个男孩，取名周伟。胡家上下欢天喜地。亲属们道喜不迭,长辈们更是笑得合不拢嘴。

有一天,胡鸣有点神秘地对妻子春兰说,他打算辞去目前的工作,独立出来,自己成立一家私营建筑公司,自己当老板,准备大干一场,发家致富……

春兰听后惊呆了。她说:我们是工薪阶层,一辈子不就是希望谋一个稳定的国营单位的铁饭碗吗?你现在吃这碗饭吃得好好的,收入也不错,干吗要辞掉它?

胡鸣辩解说,吃这碗公家饭,吃不饱饿不死,实在没有什么劲,发挥不出真正才能。只有自己跳出来单独干,才能有发财的可能。春兰还想说什么,胡鸣摁住她说,相信我,趁着年轻到商场上打拼几年搏一把,将我们家的生活水平提高一个档次,也为我们的孩子留下一个美好的未来……

可是办公司得有一大笔注册资金啊,从哪儿去筹集?春兰还是心存疑虑。胡鸣以强大气魄拍胸脯告诉她说,相信你的男人是条血性汉子,正因为有这个金刚钻,所以才敢揽这个瓷器活!

春兰无奈,也只能随丈夫去了。

大约过了3个月时间,胡鸣就告诉春兰说,注册资金已经筹集了100万元,公司很快就可以开张了。春兰瞪大眼睛。她感到无比惊奇,却又不得不佩服丈夫的超强运作能力。她当然不知道,20世纪90年代初期,大陆许多公司到银行注册,用的都是虚假手法,借钱将百万资金打入银行,10天后就将资金转还给借钱的户主。

不过,胡鸣的确如他所说的那样,是一条血性汉子。他才干了一年,就赚到了20多万。而那时长沙一个国营单位的工作人员一年的工资最多也就6000元人民币。过年的时候,胡鸣大宴3天,在酒店摆了十几桌酒菜,宴请了所有亲朋好友,尤其是帮助过他的领导。春兰自然脸面光鲜。

胡鸣原先不怎么会喝酒,酒量也一般。现在因为生意场上的需要,他要拿到工程项目,喝酒就是必备的基本功。在醉过几次之后,他的酒量大增。过去喝一两白酒或者一瓶啤酒就会醉的他,后来酒量大到可以饮上白酒一斤啤酒10瓶不倒。只是,在春兰的记忆中,胡鸣隔三岔五会很晚回家。春兰问他怎么回事，他回答说，外面商务忙，应酬也就多，不奇怪。春兰生来善良，也就相信了他的解释。

再过些日子，胡鸣不仅不能准时下班回家吃饭，反而夜不归宿。这就不能不引起春兰的猜疑。她不放心，第二天追到丈夫的工地上去看个究竟，问个明白。胡鸣解释说，实在太忙，也就没有回家，累得不行，就在临时搭建的办公室卧室凑合着度过一夜。春兰说，你是我老公，也是儿子的父亲。你应该尽尽你做丈夫和做父亲的责任和义务……胡鸣辩解说，这不是为了挣钱吗？春兰告诉胡鸣，她需要的是丈夫，钱多钱少无所谓。

胡鸣为了安抚春兰，不得不回家看她和儿子。然而，春兰十分失望的是，丈夫虽说回到家中，却借故酒喝高了，不能与她行夫妻之房事。时间长了，他觉得对不起春兰，也就主动与她亲热。春兰还是发现，丈夫心不在焉，有着明显的敷衍她的意思。这就不能不引起她的警觉了。

女性的敏感一旦生起，忧虑也就随之而来；忧虑渐深之后，她就怀揣着纠结开始莫名地想象发生什么事情，进而夜里失眠睡不着觉。就在这个时候，有人打电话告诉春兰说，你要小心，你的丈夫有了外遇……

春兰开始想，不可能啊，她和丈夫相亲相爱，感情一直很好。他追她时对她信誓旦旦，那些甜蜜的情话言犹在耳。结婚才几年，自己还年轻漂亮，他怎么就舍得弃她而走另寻新欢呢？可是，当她像过电影般地回想近些日子他的各种异常表现，又不能不相信，丈夫可能真的出轨了……

二

一向和善、见人开口就笑的春兰，为了顾及丈夫的面子，找到工地上后，只是借口说家里有急事，让他跟她回家一会儿，处理完家事再上工。胡鸣自从有了第三者，觉得亏欠春兰，心里虚虚的，也就低着头，开着自己的汽车，跟她回到了家中。

春兰没有发火，而是心平气和地对丈夫说，你外面有第三者插足，夜不归宿，你为何总是骗我说工地上忙得不可开交？丈夫低头不语。春兰说着说着就哭了,她拿出丈夫追求她时给她写的厚厚的情书,她原本以为丈夫同她一样善良,过去说过的话、发过的誓,是不应该食言的。然而,丈夫除了说一声对不起,就没有别的言语。社会上流行的"男人有钱就变坏"这句话,看来在丈夫的身上应验了。她很悲伤,但是她最后还是抱着原谅丈夫出轨的善良想法,希望丈夫念及旧情回心转意。毕竟,她不想拆散这个家,不想让年幼的儿子这么小就失离父亲或者母亲……

胡鸣见妻子哭成了泪人,也就表示,与那个第三者断绝关系,从此不再往来。

春兰以为,这件事很快可以了结。丈夫对自己的行为有所悔改。他下班早了,在外工作再忙,夜里总还是要回到家中,与春兰耳鬓厮磨一阵。她仿佛又回到过去的幸福岁月。但是她万万没有想到,那个时隐时现的第三者不干。她给春兰打骚扰电话,明确告诉她,胡鸣爱的是她而不是春兰。春兰气得如锥子刺心,疼痛不已。

胡鸣感到事情已经闹大,面对两个女人只能有一种选择。毕竟,相好年轻,充满活力。这样,他的情感天平便倾向了相好一边。可是,他又时不时地安抚春兰。善良的春兰告诉丈夫,只要他回心转意,她不计较他的过错,依然可以和好如初。她的美好想法再一次落空。她开始整夜整夜地睡不着觉,深度失眠,甚至有时睁眼到天光……在空床上翻烙饼似的翻过无数遍后,她终于病倒了。她被送到医院检查身体。医生告诉她,她的体质非常虚弱,只有做CT全面检查并拍片才能查出病症。她十分无奈,只好住进医院。最后检查的结果是,她患上了淋巴癌,必须长久治疗……真是如五雷轰顶,丈夫外遇她已经是痛苦不堪,现在又患上绝症,仿如雪上加霜,她如何活得下去?

医生开出一种叫雷必芬的西药,专用于治疗淋巴结核病症。春兰每天吃两粒,以此维护生命。医生在她出院时专门告诫她,今后不能再持续不断地生气了,否则病情只会加重。春兰听从医生告诫,决定忘掉此事,告别过去。然而,仅仅过了一周,她就在梦中见到丈夫与她卿卿我我的画面,于是再度唤起了她对丈夫的爱与恨,原本比较稳定的情绪即刻跌落进波浪起伏的万丈深海……

接下来的日子又是以泪洗面,苦不堪言。当再一次以热烈的情感呼唤丈夫回来失败后,她真正绝望了。她想到了自杀。她曾经听医生说,这种治疗淋巴良性肿瘤的雷必芬超量服用会致人死命。于是,本来每日只能服用两粒的药量,她一气之下服用了近20粒。即刻,她失去记忆,晕倒在地。家里人发现后,当即叫来120急救车,马上送往湖南省立第二医院抢救。她的丈夫得到消息后也很快赶到。他神色慌张,但抢救名存实亡的妻子成了他本能的义务。他给医生塞钱,请求医生花再大代价也要将妻子的生命抢救过来。面对昏迷不醒的病人,医生只能说一定尽力。输液、洗肠,甚至注射强心针,该用的抢救手段都用上了。春兰一天未醒,两天未醒,到了第三天夜里,还是未醒过来。胡鸣吓得双手双腿颤抖。但他还是央求医生,再想想办法抢救。医生说,我们想尽了一切办法,也用尽了所有该用的一切好药。倘若第4天还醒不过来,你们家人只好准备后事吧……春兰在向笔者诉说这段悲痛的往事时,眼睛湿润,泪水自然地滚落前襟。

也许,上天不绝善良之人。就在第四天下午,春兰奇迹般地醒了过来。医生对她的家人说,过去遇到这种情况,起死回生的概率很低,100个患者中难遇一个。她命大,能够被抢救过来算是特例。

笔者在采访春兰时,她一再说她是死过一回的人了,阴曹地府里的阎王不收她,她也就重新回到了人世间。这时候,她彻底绝望了。她等了他整整5年,却依旧还等不回他的心他的情,他们只好于1996年离婚了。

三

春兰因为身体不好,要求法院将儿子判给胡鸣。

春兰开始过清心寡欲的生活。每天总是伴着医和药度日,为的是早日康复。这样过了两年,台湾那边来人了,她们是较早嫁到台湾的大陆新娘。其中一个姐妹看见春兰虽经历大难,但身体恢复后依然光彩照人,很有成熟女人的风韵,几分沧桑中遮掩不住与生俱来的清丽娇艳。她给春兰介绍了一个单身的台湾中校退役老兵张浩然。介绍人说,这个退役军官很有钱,又有房,只是年纪大一点。春兰听后很矛盾。台湾对她这个年龄段的人来说,具有很大的诱惑力。他们这一代人是唱着"台湾同胞我骨肉兄弟,我们日日夜夜把你们挂在心上"成长起来的。台湾宝岛那美丽的景色,阿里山和日月潭神奇的传说,令她无比向往。可是,男方年龄太大,她在身心方面均难以接受。倒是这个国民党老兵张浩然先生积极主动,见她面容姣好,更是如冲锋陷阵的战士那样穷追猛冲。介绍人告诉她说,胡鸣年轻英俊,可是相当花心,这样的男人靠不住,张浩然先生虽说年龄大了些,但他对你好,懂得疼你,这就行了。春兰将这件事告诉母亲。母亲表示坚决反对。男方就算有钱,可是他大了30岁啊,比她亲爹的年龄还大,做了亲戚,见了面,情何以堪?

就在春兰犹豫不决的时候,张先生依然穷追猛攻。他决定要拿下这座高地。她到哪儿,他的电话就追到哪儿。她看中什么东西,他就买什么东西给她。她的确被这位台湾来的老先生感动了,于是同意嫁给这个如父亲似的丈夫……

1999年,又是一个春暖花开的季节。春兰在单位里办理了提前退休手续,与张先生拍了结婚照,办了几桌酒席宴请亲朋好友,然后跟着张先生来到了台湾台北。

春兰这时候才开始较多地了解张先生。原来,张先生出生于1929年,江苏徐州人,地主家庭出身,在当地算是有钱的大户人家。很小的时候,他就开始在县城里读书。16岁那年,正值抗日战争胜利。受到许多爱国教育,他决定投笔从戎。他背着家里来到广东,原来想报考黄埔军校,后来因为遇到了一位同乡而改变了去向。同乡是一位军官,他告诉张浩然说,你不用先去军校接受训练,可以直接当兵,报效祖国。他于是参加了国民党军队。内战爆发后,他所在的部队节节败退,他也被追打得灰头土脸。1949年国民党军队败逃台湾,他也就随着大部队来到了台湾。在眷村,他生活了许多年,一直干到团副中校长官才退役。他感到自己还年轻,就又去报考区公所的公务员。他有过多次婚姻。前3任妻子,有的死了,有的跑了。春兰是他的第4个妻子。他们结婚那年，张先生已经是70岁的老人了。他想，他的晚年全靠这位大陆新娘湖南辣妹子搀扶着度过了。加上典型的老夫少妻的原因，张先生打自见到春兰第一眼起，就对她相当好。春兰来到台北的家里，房子不算太大太好，但好歹算是有一个落脚的窝。张先生还带着一个小孙子。春兰看见后有些惊讶，问张先生，为何他的父母亲不将这个孩子领去抚养？张先生告诉她说，孩子的父亲早几年因为车祸死于非命，孩子的母亲撇下他另外嫁人，孙子年龄尚小，不能自立，也就只好跟着爷爷了。听了这样的故事，春兰心生悲戚，十分同情。

过了一些日子，春兰才真正感到了悲凉。原先介绍人说张先生很有钱，张先生也对她说自己很有钱。其实张先生的生活在台湾属于下层。经过深入了解，才发现张先生退役较早，每月生活费也就两万多新台币。虽说退役后他考取了区公所的公务员，但年过六旬后，就又退休了。她当即就有一种受欺骗的苦痛。其实她哪里知道，在台湾几十万桩大陆新娘的婚姻中，受"很有钱"诱惑而嫁入台湾，实际上没有钱或者少有钱的婚姻占据70％左右。春兰无奈。她曾经有过返回大陆的企图。可是那样回去一定会被长沙老家人嘲讽耻笑。与前夫离异，已经让她身心创痛颜面大失，倘若现在就这样回去，更会没有面子。好在，她还年轻。靠自己的双手劳动挣钱，一定可以在台湾社会立足。她跟张先生说，她要外出打工挣钱维持这个家庭的日常生活开销。张先生告诉她说，你不能去外面打工。台湾社会对大陆新娘设置了专门规定：进入台湾头两年不许打工，否则遭返回大陆。听到这个说法，春兰再一次受到刺激。她不能想象，台湾社会怎么会对大陆新娘这么排斥这么歧视？

台湾的大陆新娘中湖南辣妹子不少。老乡们会聚到一块时，也都谈到私下里偷偷打工一事。春兰于是受到启发，也就冒着酷暑，私下里寻找工作。她先是在台北一个生活小区，为一户中产阶级人家做保姆，带一对活泼可爱的双胞胎，每月可挣到4万多新台币。后来，她又去了高雄，看护一对有钱人家的年近八旬身体不好的老夫妇。一年下来，她因勤奋拼搏，挣到了将近50万新台币。两年过后，她有资格可以正式工作了，于是她考取了康复证，到医院里专门护理那些失去生活自理能力的瘫痪老人。这样的老人十分难伺候，态度要好，声音要细，动作要轻，还得特别有耐心。瘫痪老人大小便失禁，她得为他们导尿、抠屎……可谓又苦又脏又累。她这样玩命地做事，为的就是多挣钱……

这时，发生了一起极其伤痛凄楚的事情。那是一个盛夏，酷热的暑气像热浪似的猛烈灌进陈旧的房屋，被长久暴晒的墙壁生出裂痕。春兰与张先生在家中吃午饭，他们将那台旧空调开至最低温度，依然抵挡不住滚滚热流的侵袭。突然，有了敲门的激烈声音。起身打开门一看，是几个彪壮的青年大汉。春兰问什么事情，对方说，这个房屋我们买下了，你们在半月之内必须全部搬走……

张先生和春兰一听傻了眼。这间房子明明是他们的啊，怎么突然变更了房主？来人见他们惊诧无比，便当场出示了房屋产权证。证件上清清楚楚地写着这里的房主不是张先生，变成了蔡某某。张先生看后愤怒了，指责说，这本房产证是假的。来人用讥讽的口吻揶揄他说：你个老家伙，说我的房产证是假的，那么你把真的房产证拿出来看看？张先生受不了刺激，回过头就去开保险柜。他将保险柜里的东西翻了个遍，却没有见到那本房产证。他想起了自己的孙子。几年前，为了在死后孙子可以获得这间房屋的继承权，也为了省去许多遗产税费，张先生便将房产过户给了孙子，同时将保险柜的钥匙也给了他一把。是不是现在孙子将房产证藏起来了呢？老人赶紧给孙子打电话。孙子出现后，张先生问他房产证的事情。孙子摸了摸脑袋想了想说，大概是大半年前的事了，他的姑姑曾经跑去找他，给他2000元新台币，又送了十几斤海鲜干货，说是借用一下他的房产证，办理重新验证的手续。孙子根本不知道"验证手续"什么意思，就去打开保险柜，将房产证给了姑姑。姑姑临走时特意交代这个侄儿说，很快会还回房产证，叫他不要告诉爷爷……

听了孙子的解说，张先生吓得脸色苍白。春兰虽然在一旁安慰老人不要着急，老人还是心跳加速。

张先生打电话叫女儿回家证实，是否房子被她变卖了。女儿不肯回家，但是她亲口承认，房子是她卖的。张先生责问女儿为何要卖房子，女儿说，理由很简单，为的就是父亲死后不让房产流落到春兰手上……张先生欲哭无泪，气得晕倒在地上。春兰赶紧叫医院的急救车来抢救。来讨房子的人一看事情不妙，也就暂时作罢。

张先生醒过来后，经过治疗，加上春兰精心照顾，恢复了健康。房产卖了，这房子往后没有再住下去的可能。但房子卖了钱还在，张先生向女儿索要部分钱款，这样还可以在别处差一点儿的地方买房或者租房，总不能没有一个安身立足之地吧……但女儿听说父亲要钱，断然拒绝。

有人给他们出主意，说是可以求助法律中心，通过法律援助进行干预。春兰觉得这个主意不错，通过打官司，好歹也能索回部分资金。可是就在这节骨眼上，已经年过八旬的张先生因为几番生气郁闷，脑子变得糊涂，说话已经前言不搭后语……面对这种惨状，春兰再次受到沉重打击。她叫天不应叫地不灵，深深喟叹自己命运的哀怜凄惨……

从住房搬出来后，春兰没有撇下老人。她的善良之心再度在心头涌动。她有了一种同是天涯沦落人的感慨。尽管她的湖南乡亲姐妹劝她说，张先生曾经欺瞒过你，没钱骗你说"很有钱"，你完全可以弃他而去，但春兰听了摇头。她说别人怎样欺骗她甚至欺凌她，她不记仇，更不会像一些人那样"以其人之道还治其人之身"，她的人生信条就是与人为善，哪怕吃再多的亏再多的苦，也以"善"字待人……于是，她默默地将张先生带到她出钱租下的新居处，心甘情愿地伺候八旬垂垂老翁。她曾经两次对笔者说，就当伺候我爹吧。

从春兰的举动中，我分明看见中国妇女面对困境无怨无悔、敢于担当的传统美德在她身上获得传承与延续！

四

先哲有言："生活就是痛苦。"

春兰遭遇的诸多不幸，让她想起了青年时代读过的托尔斯泰名著《安娜·卡列尼娜》开头那句名言:"幸福的家庭总是相似的,不幸的家庭各有各的不幸。"由于隔着一道浅浅弯弯的海峡,母亲和儿子成了她每天思念的对象。她是孝女,几乎每月都要给老母遥寄一笔赡养费。长久隔离的思念之苦,对她来说算不了什么。为了多挣钱,她3年回一趟长沙。儿子思念母亲。她一到老家,儿子就非见她不可。儿子见母亲一脸沧桑,一抬头眉额上的皱纹藏匿着愁苦,隐伏着悲怆,就追问母亲在台湾到底过得怎样,干什么工作。春兰摇头,别过脸去,捂住嘴,哗哗流泪,不敢回答。儿子每一次的追问,对她来说,都是一次强烈的刺激。为了颜面,她不敢说也不能说,一直将在台湾的苦情与悲伤烂在肚里。儿子向往台湾,三番五次对母亲说,很想跟她到台湾宝岛走走看看……春兰害怕儿子知晓她在台湾的痛苦生活,强忍着悲痛不敢答应。其实在内心深处,她又何尝不喜欢天天见到儿子呢?倘若儿子见到母亲在台湾干的是下等人苦命人才干的脏活累活苦活,比起在长沙做干部的轻松干净有体面的工作相去甚远,他还会让母亲再在台湾待下去吗?

现在,她不能沉浸在悲苦和不幸中。她必须面对分分秒秒的现实生活,哪怕生活里浸满了苦汁苦味,她也必须用艰辛打拼去化解。好在,她个子较大,有的是力气。为了多挣钱,她有时一天打两份工。建筑工地上做模板的活,一般都是男人干。好强的她照样敢接这个重活脏活。一天要干十几个小时,她咬牙硬顶着。台湾岛内四季常青,对观赏风景的游客来说很是清爽。但是炎热的夏日里,她一边忍受着酷暑热浪、烈日暴晒,一边还得死命干活,那种辛劳和心酸,只有她自己能够体会。有两次,她实在坚持不住了,脑子晕沉沉的,眼前一黑,就栽倒在工地上。好在工友们都是善良之人,赶紧将她救醒并请医生为她治疗。

在建筑工地上干了将近一年,春兰为了照顾张先生的身体,便辞去了模板工的工作。这期间,因她上镜形象较好,面部表情丰富,被台湾岛内导演看中,请她去做群众演员。其实,早年在湖南长沙,她就因面容姣好、长得靓丽,被摄制组借调到潇湘电影制片厂工作过一阵子,演过一个小小角色。后来,香港导演来台湾拍片,她再次受邀参加,在《契身》《大道城》等影片中饰演群众角色。虽说她的台词只有一两句，但是只要能上镜出演，她还是万分高兴，认真表演。

都说湘女多情，其实湘女也多才。湖南是一个文化、文学、演艺大省。即便像春兰这样的女子，未受过专业训练，但耳濡目染、近朱者赤，加上聪慧勤练，也很快成为非专业队伍里的优秀舞蹈演员，受到台湾许多文艺团体的邀请，进行排练后公开演出……

笔者在采访到这一节时，春兰眉开眼笑，虽然她历经许多苦难、曲折和折磨，但开心、温馨的一面也给了她幸福。

然而，片刻的温馨过后，春兰还必须面对没完没了的苦痛，那就是，她必须持续不断地打工干活，挣钱买房，这样才能在台湾立于不败之地。尤其是2009年当她拿到台湾身份证以后，具有在台购买房屋的公民权，她的这一愿望就更加强烈了。生活经验告诉她，选择较有经济效益的工作，挣钱会更快更轻松一些。这样，她选择了美容美发这个行当。经人介绍，她认识了宜兰美容院专家吴老师，拜她为师，在她举办的培训班里进行两个月的专业训练。吴老师原本对大陆妹持有偏见，开始并不想接纳春兰。春兰诉说了她极其不幸的苦难家史，吴老师深受感动。加上春兰勤奋好学，考试成绩比其他学生更佳，于是她改变了对"大陆妹"的看法，把春兰当作了知心朋友。培训班结束后，许多人想留在吴老师的美容院里工作，吴老师拒绝了。她看中的是春兰。对这位又是老师又是院长的吴大姐提出的合作建议，春兰欣然接受。她表示愿意为她打工，在她院里做助理。她们像亲姐妹似的，配合得相当默契。但凡有不理解或者不太懂的地方，春兰就请吴老师指点教导；遇到不同意见或想法，她也直言相告，肚子里不藏着掖着，也不绕弯弯。她住在台北，距离宜兰有相当的里程。为了不影响工作，她又去参加汽车培训。驾照拿到手后，她毫不犹豫地买了一辆小轿车，来回穿梭于台北和宜兰之间。

功夫不负有心人。春兰历经十多年在台湾打拼，终于挣到了几百万新台币。于是，她决定部分贷款买房，为后半辈子立足台湾支撑起小小一片绿荫福地。台湾的房价很高，她只能在郊野之地购房。虽然生活压力很大，但总算有了自己的居所。她兑现了对父亲似的老公张先生的承诺，没有抛弃他，带着他走进了新房子。张先生无比感慨，他说他这一生娶了4个老婆，唯独享到了福的，还就是在春兰这里。言语间，那份安详和幸福溢于言表……

五

台湾社会政治生态比较恶劣，"蓝绿"阵营争斗你死我活。社会被严重切割撕裂，台湾本省人与外省人互相仇视和排斥。在这样的文化背景下，一般民众对于政治的关注度也是相当高的。像春兰这样的妇女，为了争取大陆新娘应有的合法权益，不得不经常举着旗帜，高喊口号，走向街头进行示威游行。

张先生是老国民党员，深蓝老战士，他给春兰讲了许多台湾政治生态方面的故事，春兰受到他的深度影响，也就决定加入国民党。开始只是一名普通党员，后来经过努力，发展了16名新党员，于是晋升为有着30名党员的党小组长。她常常领着她的小组党员义务为国民党和蓝营阵线做一些力所能及的善事好事。她的强项是演出，只要区公所或者妇委会的人来通知她，哪怕她缺钱并且需要天天挣钱还贷，她也仍然丢下挣钱的活儿，走向街头或者舞台，去参加抗议游行或者公演节目……

2011年，又是一个明媚的春天，春兰认识了台湾中华生产党主席卢月香，知道这个党派有许多是大陆新娘，已经成为拥有4万多党员的一个政党。该党的宗旨就是促进两岸和平统一，服务台湾新住民，争取新住民尤其是大陆新娘这一弱势群体的地位、权益、福利……春兰二话没说，就决定参加中华生产党。台湾党派林立，允许党员跨党进入组织。春兰依然发挥她的强项，参加纯公益义演活动，排演各种舞蹈节目。由于她的努力和贡献，她被提升为台湾中华生产党的中央执行委员。

鉴于台湾社会许多党派只有公益付出没有报酬的现状，春兰还得依靠自己勤奋工作，才能维持家庭生计。好在，她自从与宜兰的吴老师合作后，工作一直比较顺利。美容院里用的化妆品是台湾产的美丽凯护肤品，效果不错,但是进货的成本较高。春兰是个爱思考的人,她想,如果想提高美容院的经济效益,还得走自主研发新产品的道路,采用自己生产的美容产品,既有专利,又能省下成本,可谓一举数得。为了向这个科技含量很高的阵地发起冲锋,她买来一堆化妆品、护肤品书籍进行学习研究,又到台湾乡间和高山采摘花朵样本,请教化妆品专家学习专业知识……就在这个时候,她的老伴张先生的老年痴呆症状愈发加重,甚至发展到了全部失忆的境地。他有一次离家,忘记回家,吓得她四处寻找。找回家后,她问张先生自己是谁,张先生竟然认不出来,说她是商场里的小姐。她差点当场晕了过去。但是她没有遗弃老人,反倒为了照顾老人而辞去宜兰美容院的工作,整天陪伴着老人,为他洗澡、擦身,甚至为他导尿和抠屎……

原本打算嫁给台湾男人享福享乐,在经受许多骗局的十几年间,过的全是受歧视、受折磨、受欺负,并且还要干最苦最累最脏的粗活。但艰辛的日子里,她依然无怨无悔,甚至以恩报怨。她说她很早就爱上了宝岛台湾,爱上了这里的山山水水和同样善良的兄弟姐妹……

从她善意的话语中,我仿佛看见一个用人间挚情维护家庭和睦的传统妇女形象……

为了诉求而呐喊

谷 子

一

狂风在台北市内疾速迅猛穿行,阳光在狂风吹打下显得苍白疲软毫无生机;紫薇花和黄玉兰、三角梅失去了原有的亮丽色彩,焉巴拉叽变色变味;栀子树和桂花树被击打得摇头晃脑落英纷飞。一阵阵呼喊声在上空回荡,举旗呐喊的几乎是清一色的妇女,虽不乏青春靓妹,但更多的却是一脸凄苦、饱经沧桑的中老年妇人。游行示威的人群密密匝匝,吼声如浪如雷,自然引来台湾岛内无以计数的媒体记者。最引人瞩目的当然还是肩上扛着摄像机的电视媒体记者。他们的镜头向着游行示威的一排排妇女扫去。突然,一名中年妇女从后排闯到了前排,对着电视记者喊道,请把镜头对准我,最好你们单独采访我……

这个中年妇女叫孙秀梅,一个大陆新娘,一个性格鲜明的湘妹子,一个敢说敢做敢于担当的台湾中华生产党党员。我在采访孙秀梅的时候,她有些哀伤又有些愤懑地说,多少年、多少回了,她渴望向媒体记者表达她和她的姐妹们的权益和生活诉求,可是她不敢,也不能。台湾当局明文规定,没有拿到身份证的人,是不能参加游行示威的。换言之,民主诉求对他们无效。倘若他们主动参加游行集会,被发现后就会被警方带走,然后视"情节轻重"进行各种严厉处罚,甚至被遣返大陆。孙秀梅曾经多次巧妙地参加反对"台独"和要求台湾当局放宽大陆新娘获取身份证年限,即"十改八""八改六"等等抗议示威活动,可是因为那个时候她还没有拿到台湾的身份证,不能抛头露面,更不敢面对电视镜头接受采访,害怕被警方查认出来而被扣上"违法"的帽子被抓……她说到这里有些儿激动。现在好了,孙秀梅终于拿到了身份证,她压抑多年的情感和怨愤可以释放了,于是她大胆地站到了前排,希望对电视媒体诉说她这些年来在台湾所受的歧视、偏见、鄙夷、打压,以及哀伤和悲痛……

孙秀梅祖籍湖南长沙。她从小浸泡在湖湘文化的浓液里,流连在书香中,对古典诗词特别是唐诗宋词颇有兴趣。一场轰轰烈烈的"无产阶级文化大革命"将她的学业中断,却将她的红色热情唤醒。在对红海洋和"忠字舞"的陶醉中,她发现自己的大字报书写水平和大辩论能力迅速增强,几个人一起围攻她声讨她也未必是她的对手。她正想大干一场的时候,红卫兵总部却勒令她停止活动,原因是她的家庭出身不好,母亲的继父被人诬陷为有"历史污点"……随着年龄渐长,她到了谈婚论嫁的时日。很多人给她介绍对象,因为她长得漂亮且能干,男方都同意,她却不干。她的想法很简单,为了获得良好的社会地位,不受欺负,她决计嫁一个有背景有靠山的老公。这样,她认识了一位解放军干部。

他一脸英气,一身阳刚,绿军装和红帽徽在当时那样的红色岁月里闪耀着迷人的金色光芒,显然很能展示男性独特的魅力。他看上孙秀梅,除了她是长沙城里人,有文化,又活泼,还因为她长得漂亮。当时,孙秀梅在长沙火车站工作,做机车上的行李员和货运员。由于她的勤奋努力加上积极向工会和党团组织靠拢,她被站领导看中,成为培养对象,不久就调到机关当上了宣传干事。抄抄写写,上情下达,办黑板报、写广播稿……成了她的主要工作。同这位解放军干部结识后,他们交往得比较开心。1974年那个桃花盛开的日子,他们领取了结婚证,她一夜之间就成了别人羡慕的"光荣军属"……

正当孙秀梅认为她行走在大街上再也不用被人白眼、瞧不起,反而有些儿神气的时候,她突然发现,丈夫身边冒出了一个小小男孩。她问起时,丈夫毫不遮掩地告诉她说,这个男孩就是他的亲生儿子,他同前妻因为感情不好，又分居两地，经常闹别扭，过不下去了，只好离婚……孙秀梅听到这里，气得差点晕倒过去。她是单纯的人，也是一个个性较强的女性，她十分生气地责问丈夫，为何婚前隐瞒真情欺骗她，不向她讲明真相？丈夫赔着笑脸说，他以为孙秀梅现在都跟他结婚了，不会再计较他过去的事情。孙秀梅告诉他，她最反感的就是被人欺骗。他们的这桩婚姻，从此在她心上留下了较深的情感遗憾和心理阴影。

结婚，就要生儿育女。十月怀胎，一朝分娩。孙秀梅生下了儿子。他们如同其他平头百姓一样，在光阴的消逝中默默地过着平凡日子。然而因为心头阴影尚未消失，她和丈夫时常出现缝隙，甚至不时地争吵。但是，她说归说，念及家庭的和睦与儿子的成长，她也必须作一些退让与忍耐。

铁打的营盘流水的兵。丈夫到了年岁提升无望只能转业地方工作。孙秀梅为丈夫的转业问题没有少操心。她帮助他找了不少单位，因为编制问题，没能进去。后来，她来到了长沙市芙蓉区政府，向区领导推荐丈夫，一次不行就两次三次，终于说服了区委领导。这样，丈夫被安排在芙蓉区劳动局做了副局长。丈夫对于妻子的坚韧持续的奔波，当然心存感激。

事情的起因当然源于双方个性的强硬。孙秀梅在娘家是老大，三个弟妹全听她教诲，否则就会被她责怪。嫁人后，她的这种辣妹子辣脾气并未消减。按说，家里有老婆当家做主，男人可以省去许多麻烦事。然而军人出身的他也有湘汉子的辣脾气。有一回他们为一件事情争吵起来，他火爆脾气发作，拿起脚上的鞋子就向孙秀梅打去。她的眼泪"哗哗"流下。她觉得委屈。她想起当初丈夫对她隐瞒已婚的真相。她还想到这么多年来她含辛茹苦带养孩子为家庭做出许多贡献，不但没能得到丈夫的理解和肯定，今天还招致"家暴"……

她的心寒了。原先心头的阴影嬗变成淅淅沥沥的大小雨点，情感的温度也降至冰点。她哀伤悲痛之后，抹去脸上的泪水，提出了离婚的要求。丈夫惊呆了。在湖南乡下，老公打骂老婆算不得什么大事。可是她不同。她一生最不能容忍的就是受人欺负谩骂。倘若不是规避被人瞧不起的悲凉现状，她当年也可能不会嫁给军人。尽管丈夫打过之后也很后悔，还对她赔礼道歉，哀求她不要离婚，但孙秀梅还是坚持将离婚诉求写成状子，告上了法庭。法庭自然先是进行调解，规劝双方协商解决矛盾。孙秀梅坚持离婚，原因是感情真的破裂，无法弥合……

二

2002年底，长沙郊区山野里寒冬中飘来了片片雪花，北去的湘江波涛起伏，浪击岩礁，水流湍急。白茫茫大地生出冰寒肃杀之气，傲立雪中的梅花就在这样的寒冷时令中愉快地绽放。名字中携带着梅花清香的孙秀梅，跟着台湾来的刘勇先生来到了台北。

几年前，孙秀梅同前夫离婚后，在哀伤与忧愁中一边工作一边疗养身体。这时有人建议她说，你年龄还不算大，可否选择嫁给台湾人？一听说"台湾"两字，她就心潮澎湃，耳边响起"台湾同胞是我骨肉兄弟，我们日日夜夜把你们挂在心上"的歌声，还有那传遍大江南北的"阿里山的姑娘美如水"的美妙音乐。这当然是青年时代接受教育、认同流行文化留下的深刻印迹。当介绍人将一叠台湾单身男人的征婚求爱信拿给她看后，她有些动心了。再经介绍人巧舌如簧的鼓动宣传，她挑中了比她大10岁的刘勇先生。可是在双方互相了解的过程中，刘勇告诉她，写征婚广告时他隐去5岁，实际上大她15岁。她这时已对刘勇产生好感，加上他是主动告诉她为了"征婚需要"隐瞒了5岁，说明刘勇先生对她是坦诚的，不像她的前夫就是不告诉她已婚真相。她想，大15岁就大15岁吧，也就比她原先的心理承受年龄多了5岁。这样，她在办理了提前退休的手续后，还是进入了结婚典礼的各个程序之中。

孙秀梅走进了刘勇在台北的家中，房子还算不错，地段也算较好。然而当她看过刘勇的身份证，才知道他是1928年生人，比孙秀梅整整大了20岁。她这时就很生气了，责问老公为何欺瞒她。刘勇坦言，他的内心也很纠结，本想直截了当告诉孙秀梅大她20岁，但又害怕她嫌他大得太多不肯嫁给他，只好瞒骗了5岁。孙秀梅这时显然感受到悲凉，内心的哀伤如浪涌动。她的前夫就是因为对她瞒骗，让她心生阴影无法抹去。现在新任丈夫依然对她欺瞒。这种欺瞒虽说不算太大问题，却总还是欺瞒啊！为何她总要在人生历程中长久不断地反复地接受欺瞒呢？她当然无法想通。好在，刘勇出手大方，给她买了很多东西。到了台北的当天夜里，就领着她去逛台湾最出名的士林夜市，让她品尝最时兴的水果。看着夜市里琳琅满目的商品，她的心情舒朗了许多。第二天，刘勇又拿出2000元新台币给她零用，她就有些儿感动。刘勇发现，孙秀梅这样的女人需要哄，让她开心，千万不能来硬的。这大概是她的个性所在。

台湾的物价很高。2000元新台币没用几下就所剩无几。这时孙秀梅就想到自己必须出外打工挣钱。刘勇告诉她，台湾不同于大陆，没有身份证是不能外出打工的，否则被抓后就会被遣返大陆……孙秀梅是一个守规矩的人。这样，她就窝在家中看书。刘勇也算是个文化人。他的祖籍在湖北仙桃。出身小资产阶级家庭，家境殷实，故而能够持续读书。1947年夏天，刘勇在汉口灼热翻卷的暑气中迎接考试并高中毕业。他本想报考京城的大学。这时他的同学告诉他说，其哥哥在黄埔军校任教官，他们可以一同相约报考黄埔军校。那里读书不要钱。后来国民党败退台湾，刘勇也就跟着来到台湾。他在岛内成为国民党军队政干学校的第二期学生。这个学校是培养国民党高级军官的，其前身教职员工基本是黄埔军校的老班底。刘勇在这里读了两年，就当上了国民党军队的中尉。由于他的不断努力，以及长官的培养，他当到了上校团长。就在这个位置上，他因年龄大了，也就退出现役，享受"台湾老兵"月薪近3万新台币的生活待遇。刘勇的前妻非常讨厌刘勇赌博和炒股票。这样，他们离异后女人跑到国外去了。现在，孙秀梅成了他的新媳妇或者说新老伴。他们有的是闲暇时间，他就给孙秀梅讲解古典文学、古典诗词，包括古代的军旅诗人作品。孙秀梅学得也算认真，古文功底明显提升。

看着那些在山野中疯长的树木花草，那些自由自在地飞翔的小鸟，孙秀梅感慨万千。她下笔这样写道：

> 群山环抱鸟来乡，环境清幽适徜徉。
> 草木茂密空气好，微风轻送野花香。
> 温泉涤身精神爽，山珍野味引人尝。
> 空中缆车越溪过，真个人间小天堂。

这首旧体诗刊登在台湾的 2013 年《湖南文献》上。孙秀梅告诉笔者，她在台湾的 13 年中，先后写下了数百首这样的旧体诗。台湾《湖南文献》曾经为她出过一个诗歌专版，共有 11 首。她将发表的诗词复印后拿给台湾的大陆新娘们阅读，一时风传，孙秀梅的诗人声名，也就在坊间流行起来。

台湾有很多湖南人，其中不乏"白二代"。原因是国民党从大陆败逃台湾后，历史上的"白军"官兵跟着去了台湾。后来两岸互通，几万湖南辣妹子嫁到了台湾，加上到台湾来创业的湖南男士，总数有几十万。孙秀梅在湖南同乡会里认识了也是文人的蒋先生。蒋先生读过孙秀梅投来的不少旧体诗，认为她有相当的基础。他家住高雄，距离台北有较远的路程。孙秀梅就通过书信、电话和手机短信、微信向他请教，得到他诸多指导，旧体诗词创作的水平明显提高。由于发表了诗作，孙秀梅得到了社会认同，也就增强了她的自信心，更加激发了她的创作欲望。

孙秀梅去了闻名世界的垦丁风景区。那里的森林游乐园原先住着不少少数民族，他们的服饰打扮比较独特。鹅銮鼻灯塔历史悠久，位于半岛最南端的岬角，塔身全白，高耸云天，连接着台湾海峡与巴士海峡。最让她着迷的是龙坑自然生态保护区那片原始森林，那绿浪滚滚望不到边的林木让她产生无限遐想；在那里的 2200 多种植物中，最耀眼的是野牡丹和红豆杉；而台湾猴、黑黄鹂、小云雀、赤腹鹰和野蝴蝶，更让人驻足观赏喜爱无比。为此，她饱含深情地写下了下面这首旧体诗：

> 垦丁地属热带区，美景远胜夏威夷。
> 水上冲浪摩托车，海底观赏热带鱼。
> 林边麋鹿常出没，树上候鸟婉转啼。

沙滩可躺日光浴，豪华旅邸好休息。

台湾景色美不胜收。最让她赏心悦目的自然是阿里山和日月潭了，那里有她少年和青年时代的憧憬和梦想！现在她走进了有山有水的秀美景区，听到了"姊妹潭"那凄美的传说，又乘船游览了艳丽清新的日月潭。花卉和山水辉映，遐想和感想重叠。回到家后，她就写下了赞颂的诗歌。

台湾的美景和古迹很多。青山绿树环抱的阳明山，因了蒋介石先生当年喜爱明朝大儒王阳明这位先哲而名之。山峦上雾霭弥漫，清气缭绕；半山腰硫黄谷蒸腾如沸，潺潺流水起伏而下。孙秀梅仰慕已久，也就专程前往阳明山参观。蒋介石官邸故事篇篇，传说不断，让她听了新鲜。林语堂一代文学宗师，让她仰慕不已。她在这里写下了"樱花盛开满枝头，杜鹃竞艳遍山坡"的诗句。

三

清闲了两年，孙秀梅觉得自己应该外出打工了。于是，她背着包包，一手拿着矿泉水，一手拿着小饼干，四处谋职。她来到了一个居民生活小区，为富裕人家做家务。这项工作不算累也不复杂。一年下来，她挣到了30万元新台币。

她的老伴刘勇这时乐和乐和地走上前来对她说，你嫁给我吃住基本不怎么花钱，你挣到的这30万借给我，一年后我还你40万。一向相信别人的孙秀梅觉得，到台湾两年了，老公对她算是不错，既然他要投资，就相信他一回吧。于是，她将30万元新台币转到了老公的账上。刘勇喜得合不拢嘴。他将这笔钱投入了股市，以为可以狠狠地赚它一把。

3个月后，孙秀梅想起了那笔30万元新台币，问老公说，30万投资的项目现在怎样了？刘勇的脸色一下黑了下来，他告诉孙秀梅说，投资的项目泡汤了，那30万投进了股市，很遗憾，最近股市大跌，30万可能只剩下20万了……孙秀梅当即紧张起来，心跳加速。那30万是她一年辛辛苦苦起早贪黑赚来的血汗钱啊,她不舍得用也不舍得花,他怎么说亏就亏了呢?她想起了她刚到台湾的那段日子,就听到刘勇的子女和邻居说他是赌徒,因为好赌,前妻跟他离婚后跑到美国去了,子女也很少跟他来往,至今不能原谅他的过错。虽然,在她来台之前,大陆也有了股市,但对于保守的、上了一定年龄的她来说,股市是另一种"赌",风险很大,弄不好血本无归。倘若刘勇告诉她30万是去做股票,她无论如何也不会将30万借给他的……现在倒好,30万变成了20万,还不知什么时候20万变成了10万、1万?甚至连"钱渣"都没有了。想到这里,她生气了,告诉他说,也不要你当初承诺的连本带利给我40万新台币,你现在就将我的本钱30万还给我吧!刘勇瞪大了眼睛,反驳说,你有没有搞错,现在叫我还钱,我就得去股市里割肉,也就等于割我身上的肉啊!

听到这样的话,孙秀梅气得眼泪顿时落下。

过了几天,孙秀梅越想越心痛。她害怕30万拿不回来不要紧,再跌下去怕是20万也拿不回来了,于是对老公说,股市里剩下20万,你就退出来将20万还给我吧?

刘勇不作声,不说还钱也不说不还钱。

又过了一阵,孙秀梅越想越不对劲,就又旧话重提,叫刘勇去股市里割肉,还她20万。没想到刘勇告诉她,现在20万都没了,只剩下不到15万……她听了更是紧张害怕。她反驳说,我去问过股市的行家,他们告诉我最近股市大涨,还有报纸上刊登的消息为证,你怎么反倒说又下跌剩下15万不到?

刘勇又是不吭声,用沉默进行对抗。

采访中,孙秀梅讲到这节故事时非常沮丧,也非常哀伤悲痛。可想而知,她一生最痛恨的就是亲人对她进行瞒骗。她的前夫已婚瞒骗了真相,让她觉得心理不平衡许多年;现在的丈夫大她20岁骗她说只大10岁、15岁。现在好了,明明30万是借给他的,他不说明真相,骗她投入股市,拖着不还……想到这些,她的心口就一阵阵发痛,血压升高,情绪激动,欲哭无泪……

一直过了10年，刘勇也没有将30万元新台币还给孙秀梅。

本来，孙秀梅对刘勇还是很有感情的，就因为这30万的欺骗，伤了她的心，让她疼痛到今天还不能原谅他。他们同在一个屋檐下，但是心中已经产生缝隙。

身上没有了钱，孙秀梅只能外出打工。台湾社会愿意请大陆妹子帮佣或者做工，很重要的原因乃是大陆去台人士用工工资相对比较低廉。这是经济发达地区与次发达、欠发达地区产生差距在用工上的真实反映。孙秀梅看见征用工场贴出的广告，就到了台北火车站附近的一家大型车场招聘。由于工资低于当地民众，她很快被录用。孙秀梅在400多个车位的车场清理垃圾、打扫卫生，或者到办公场所擦桌子擦玻璃。工作虽然辛苦，但不像在室外打工，不用淋雨水和晒太阳，每月也能挣到2万多新台币。

由于孙秀梅认真负责，态度诚恳，用心做事，勤奋工作，车场的老板看中她，想请她做车场的主管。车场系现代化管理，必须懂得电脑。孙秀梅乃1948年生人，基本不会用电脑，怎么办？她决定从头学起。她参加了台湾新住民家庭成长协会与台北市"社会局"联合举办的"新移民"亲子电脑辅导课，进行了三四天的培训学习，连续研习课程达到18小时，获得结业，并且得到主办单位颁发的证书。这为她进行电脑操作打下了坚实基础。

孙秀梅的儿子是大陆某高校的研究生，学的就是计算机专业，又在一家大型企业里专做计算机操作的工作。她回了一趟家，半个月哪儿也不去，就是专门向儿子学习电脑操作。她学得辛苦，儿子教得认真。她的理论水平、知识结构和操作技能明显提升。回到台湾时，她完全掌握了基本操作程序。这样，孙秀梅在车场做起了主管，在电脑室里管控和操作，管理了这家物业公司所掌控的两家大型车场。主管需要管理全面工作。她不仅要在办公室里调控调度，还得到停车场检查卫生，了解每天的车流量和各类汽车进出的第一手情况，记录在案，作为资料。

在这里，孙秀梅一干就是五六年，薪水还算满意，却也每天饱受汽车尾气、废气的痛苦和伤害。有一天，她突然发现呼吸不畅，胸闷难受，于是赶紧跑到医院进行检查，胸透、拍片……医生公布的检测结果是，她的呼吸道被感染，患上了较为严重的肺气肿，必须住院治疗。

无奈之下，她辞去了车场的工作，住进医院专心治病。台湾也属福利社会，医疗保险机制体系比较完善。她住进医院时，不用先缴费用。医保开启后，医院根据患者病情主动给你诊断和服药打针吊瓶治疗，等到出院的时候，根据患者所花费的医疗费总数，要求患者按照10％的金额缴纳。她来台获得身份证后，就开始找医保公司投保，现在生病住院，医保公司必须赔付大笔金额。她算了一下，在台北医院住了一个多月，个人缴费不过上万，有了医疗保险出钱，她的开销几乎可以忽略不计。

四

孙秀梅对于民主政治有着相当的敏感和兴趣。这可能与她好强的个性有关，同她经历过"文化大革命"串联和大辩论也有关。关心岛内局势走向，关注新住民现实利益与权益，一直是她不可转移的视点。加上她的老伴是个深蓝老战士，老国民党党员，经常给她灌输的，也是当年眷村的故事和两岸和平统一的理念。这样，像本文开头描述的走向街头，高举旗帜，高喊口号，表达诉求，就成了她经常做的事情。

经人介绍，她认识了中华生产党主席卢月香。生产党党纲中关于推动两岸和平发展，提升人民生活品质，参加公职人员选举，协助新住民争取地位、权益、福利的理念，十分对孙秀梅的口味。她说干就干，很快就加入了中华生产党。那些年，许多新住民为了争得合法权益，在台湾掀起了"十改八"（满10年改为满8年取得身份证）的民众运动，孙秀梅毫不犹豫地加入队伍游行。她不顾身体有病，也舍得放弃挣钱的机会、时间，经常出没于"蓝营"基地和生产党党部，领会上司文件精神，掌握各个程序，也提出一些建设性意见供上司参考。等到大规模示威游行的时间一到，孙秀梅就位列其中，在呐喊声、高呼声、咆哮声中挥臂……

"十改八"获得胜利，为在台湾的大陆新娘及其他新住民争得了8年就可拿到身份证的权益。但是他们还不满足，又进入了"八改六"的积极筹备和实施阶段。这样的抗争是要付出代价的，长时间的折磨和呼叫、呐喊也是费时费神的，要经历其中的挫折和烦恼、痛苦，甚至伤害也是常常发生的，有时过于激烈的抗议示威，还引来了台湾当局的反弹阻挠，警署甚至干扰、抓人……但是，生产党的领头人不屈不挠，孙秀梅这样的中层党员干部，也就坚决参与，鼓劲而不泄气，持续而不中断。他们秉承"坚持就是胜利"的意念，不依不饶不退却，持续作战争胜利。面对民众的滚滚潮流，台湾当局不得不再次妥协退让。于是，"八改六"再次获得胜利。孙秀梅和姐妹们激动之时，也就自然地喊出了当年李大钊先生的那句响亮名言："庶民的胜利！"

　　由于"蓝绿"阵营长期对峙的原因，台湾的民主并非完全成熟。但考察民间百姓参政议政的热情，又不能不说选民对于政治和民生的关注度远高于其他一些国家和地区。像孙秀梅这样上了一定年纪的人，除了为争取权益而辛勤奔波呐喊抗争外，更重要的是培养和训练出了一种政治敏锐和诉求意识。还在她住院期间，当有人说到大陆官员怎样怎样，孙秀梅当即反驳说，大陆官员再怎样不好，有部分贪腐，总比前台湾领导人陈水扁好多了吧！那位同房病友哑口无言。又有一回，孙秀梅听到"深绿"人士议论，说国民党卖了党产，全部钱币应该归全台湾所有。孙秀梅虽说不是国民党党员，依然生气地反驳说：台湾党派林立，有哪一个党，包括你们民进党，卖了党产归全台湾所有呢？为何非要叫国民党这样做？再说了，据了解，国民党卖了部分党产，采纳了宋楚瑜先生的建议，拿出相当的经费为大陆来的农民搭建房屋，农民个人出资一半，国民党党产出资另一半……戗得"绿营"人士说不出话。

　　在台湾，孙秀梅经常站在国民党的立场，很多人见她敢作敢为，就想拉她加入国民党，可她坚决不干。先是她的老伴拉她加入国民党她不干，后来她很要好的姐妹拉她加入国民党，她也当即拒绝。她的内心深处是有伤痕的。"文革"年代她的某个亲属与国民党有染，致使她被戴上家庭出身不好的帽子，这道阴影一直伴随孙秀梅进入中老年。其实她的眼光不仅仅放在台湾，更放在全中国。她的内心隐秘在于她将加入不加入国民党的中心点放在了她的下一代人身上，看重下一代人的感受。她的侄儿跟随共产党高官做事，她的儿子从小接受的也是红色教育，倘若她在台湾加入了国民党，一旦回到大陆老家，面对着侄儿和儿子，将会情何以堪？

从这个小小的细节中，我看见海峡两岸隔离60多年后，大陆和台湾两种不同文化和意识形态碰撞后对台湾新住民心理的强烈冲击，以及冲击后对底层民众产生的刀痕般的伤害！

孙秀梅的多种思维和多项话语表述，是一种智慧，还是一种农民似的狡黠？我很难判断确认。但她对于新住民权益的争取抑或抗争的坚韧精神和决绝态度，是不容置疑的。就在我采访她结束后，她回到台湾，还在微信里给我发来信息，告诉我说，9月16日，她和成千上万的姐妹兄弟又到了高雄，再一次进行游行示威活动，主题依然是"六改四"，不获胜利绝不罢休！

是的，一旦底层民众进行不懈的持续的决绝的声势浩大的抗争示威，呐喊声口号声仿如汹涌澎湃的浪涛铺天盖地而来，甚至如海啸般席卷大地冲击台湾，那么当局的退让就是迟早的事情！

据我观察，台湾社会民众参政议政，不完全是战斗似的火药般爆响的惊天动地行为，也有比较柔性的表达诉求方式，最常见的就是文宣，或者文艺演出。在这个系列里，孙秀梅也是积极活跃分子。她有几个湖南籍铁胆姐妹，经常在一块唱歌跳舞。凡是妇女会或者同乡会、"区公所"或者"蓝营"组织提出要求，她们姐妹再忙也会抽出时间参加，采取演出或演讲的方式表达情感或诉求。

在海峡两岸文化文艺交流交往中，孙秀梅的积极性就更高了。她较为得意的是，曾经参加了旨在推动两岸和平发展的"海峡两岸将军后代文艺演出盛会"，虽然参与的节目不多，却见识了两岸许多将军和他们的后代，甚至是第三代，相互之间加深了了解，联络了感情，增进了友谊……

嫁到台北的土家族新娘

张冬青

多年以后，已经成为服装厂女老板的陈露回想起自己只身一人嫁到台北，从卖快餐的小工做起，风风雨雨，辛苦打拼，一步一个脚印走来的经历，总会想到湖北老家的一句古话："一蓬草总会有一滴露珠养哪！"陈露觉得这句话真是老辈子人的至理名言。她原本是恩施土家族大山里一蓬不起眼的小草，草尖上的一滴露珠，是家乡那块土地造就的与生俱来的坚韧，这些年海峡两岸日趋宽松和谐的环境，给了她蓬勃生长的机遇，以及滴水穿石的勇气和力量。

不能给恩施人丢脸

陈露，1978年出生在湖北恩施土家族苗族自治州建始县花坪乡石码管理区西山村三组一个乡村教师的家庭。1997年，陈露初中毕业后即到当地的石码小学当语文代课老师。陈露是个心中有梦的女孩，向往自由自在的生活。她不能满足乡村教师那点微薄的工资还有枯燥的山村教学。一年多后，她跳槽到建始卷烟厂当了一名技术员。再其后，她还到深圳一家外贸服装厂做过服装代理。2002年，陈露筹集资金在武汉开了一家餐馆。三层的餐馆位于闹市街区，有咖啡厅，主打卖猪排饭，对面有好几幢单位办公楼，生意稳定红火。

陈露闲时尤喜麻将，她的一个麻友闺蜜是早期的大陆新娘，老公在台湾办企业，不缺钱，闺蜜结婚后在台湾待了一段时间，终觉生活不习惯，就带了小孩回到武汉的老家当起全职太太，台湾老公则候鸟一般时不时飞来飞去。这年12月底，闺蜜老公的台湾好朋友小彭来访。小彭也是个麻将迷，加之头一回来武汉，对这座江汉平原的历史名城充满了兴趣。大家一起搓麻玩耍，逛了黄鹤楼、江汉路步行街，在户部巷品尝名点早餐。几天下来，陈露对小彭有了初步的了解。小彭大名彭尹儒，人称阿儒，台湾新北市人，1973年出生，身高1.86米，体重80多公斤，原是台湾曲棍球队队员，现为台北一家银行职员，还开了一家"静连行销有限公司"。阿儒体貌不错，话不多，看上去挺稳重踏实。阿儒对眼前这位身材娇小、瓜子脸、柳眉杏眼的土家族姑娘也有很好的印象。两个年轻人互相交换了QQ邮箱。这之后，阿儒隔三岔五就从台北飞来武汉，让陈露帮忙联系旅馆办些杂事，还问陈露是否可以到他属下的行销公司帮忙打理。一来二去，彼此都挺有心，交往半年多后，两个年轻人就住在了一起。

真正让陈露心动的有这么几件事。

两人平时下馆子，都是陈露点菜。土家族女孩重口味，陈露常点自己最爱吃的麻辣田鸡等，阿儒不怎么动筷，只埋头扒饭。后来才知道这阿儒怕辣，也不吃田鸡。但阿儒总说，你喜欢的我就爱，不吃闻着也香。陈露觉得这男人挺会疼人。

7月盛夏的某天傍晚，两人逛街，满身流汗，就去小店买冰激凌。陈露拿了冰激凌边吃边走，许久见阿儒还候在店内；返回一看，男友还在等着店主找回他两角钱呢。陈露心想，这男人还真是锱铢必较，是个勤俭持家的主。

2003年冬天，武汉冰天雪地，奇冷，阿儒从台北飞过来陪陈露过元宵。当晚，两人在住宿楼底下架炉烧木炭弄烧烤。酒足饭饱后，阿儒将还有许多热炭的火炉搬进屋子。阿儒当时是将窗户打开的，陈露不知道，也是担心风大天寒，又随手将窗户关严，还拉紧了两道窗帘。夜半过后，住在一起帮忙照看餐馆的表妹回家，推门就闻到很浓的炭烧味；急忙开灯，见表姐陈露已经口吐白沫不省人事，阿儒则在一旁面色铁青昏睡过去。表妹好不容易叫醒阿儒，慌忙打119叫急救；阿儒迷迷瞪瞪中穿条短裤衩，背起陈露就从6层的单元房往楼下冲。等到阿儒将陈露放到赶来的救护车上,整个人就瘫倒在地。医生说,这是二氧化碳中毒,如果再迟发现十几分钟,陈露可能就没命了。陈露后来总会跟人开玩笑说,她和阿儒的爱情是麻将结缘,是经过生死考验的。陈露铁心要嫁给这个大自己5岁的台湾男人,她相信大难不死必有后福。

陈露把和阿儒交往的情况告诉了恩施老家的父母,家人极力反对,尤其是在小学教书的父亲。恩施土家族有个不成文的规矩,好女不远嫁,何况陈露是家中的独生女;再者,陈露老家村子里早年有人去了台湾,一去多年,至今不知死活杳无音信。老父亲放出狠话来:陈露要是敢和这个台湾人跑,就再也别回这个家,我就当没生这个女儿!这之前,家里几次催陈露回家相亲,陈露都以餐馆事忙推托。这回,陈露假意说回老家几天看看。返家的当天晚上,趁爸妈不注意,偷取了家中的户口本,第二天一早,就搭车返回武汉。听说女儿已经在武汉和台湾人登记结婚,老父亲气得要到当地报社登报和女儿断绝父女关系。

僵持了一段时间,阿儒对陈露说:就这么下去也不是个办法,丑媳妇总得见公婆;况且我也不丑,也许泰山见了乖女婿会改变看法转怒为喜呢;人都是见面生情,接触了才有感觉。阿儒提出和陈露回一趟恩施老家,陈露想想也是。于是,2004年三四月间,陈露带着台湾新郎,选择一个春天的日子返回恩施。

一早出门,从武汉到恩施建始花坪乡石码西山村,要坐十来个小时的长途汽车,又转公交车,再走一段山路。傍晚时分,小两口终于来到大山深处的家。

半山腰的农家院前,陈露父亲正在忙活着,被身后女儿领来的西装革履、高高壮壮年轻人一声"叔叔"叫懵了,回过神来,便乌了一张脸,鼻头哼出声来,独自进屋去;倒是善良的母亲一边叽咕着:"这死老头,茅坑里的石头",一边欢天喜地地端茶送水。山路底下有人在叫:陈老师,陈老师,你家要的煤球到了。屋里的男人听到喊声,匆匆拽了个背篓冲出门,阿儒也懵懵懂懂在后头紧跟着,等到母女俩赶到山下,一老一少两个男人已经拉扯成一团。阿儒要抢背那装满煤球近百斤重的背篓，陈老师要自己背，不让；拉来拽去的，背篓扯破了，煤球散了一地。

一家人七手八脚将散落的煤球装进破背篓，拗不过，还是阿儒背煤。陈露永远不会忘记这样一副情景：堆满散煤的背篓倚在宽阔的肩背上，细小的篓绳紧勒住高大的身子；阿儒一身名牌西装领带歪歪扭扭，脸上黑一道白一道；薄暮夕阳里，陈露和父母在左右背后搀扶着，一步步往山上走，煤灰一路撒落……如今，陈露只要和人说起她家的翁婿相会，还会止不住盈眶泪花。煤球背回家，父亲打来洗脸水，母亲忙着架锅煮腊肉马铃薯干，陈露趁机把村里的叔伯堂亲叫来。晚餐上父亲倒出自家用玉米酿的白酒劝阿儒喝，大家都觉得这台湾小伙子实在，人不错，父亲也就松了口。第二天一早，翁婿两人就有说有笑，一起到后山去看日出了。

这年7月，陈露在恩施老家按照土家族习俗举办传统婚礼。吹唢呐宰大猪，全村人都参加，流水席，几十上百桌，从早吃到晚。婚礼当晚，陈露老爸将一对新人叫到屋里，父亲拉着女儿的手说：露儿，你一心要嫁去台湾，爸想拦也拦不住；往后你就是彭家的人，你漂洋过海去台湾，爸妈都不在身边，做任何事都要三思而行；你这一出去，代表的不是我们陈家，代表的是大陆湖北，代表的是恩施土家族，一定要自立自重自强，不能给恩施老家丢脸。

我是大陆新娘我骄傲

2004年11月20日，陈露告别生养自己的父母，告别恩施老家告别武汉，来到台湾台北。其时，陈露已经有7个月身孕。陈露原不打算刚结婚就去台，但肚子里快出生的孩子不答应。若在大陆老家生孩子，往后转台湾户口会有许多麻烦。

阿儒的家庭关系挺简单，做警察的公公早年已经过世，婆婆通情达理一直在家做家务，两个小姑，一个出嫁，一个还未成家。2005年3月，陈露在台北住家附近的一家医院顺利分娩，是个女孩。月子里，陈露就感觉到台湾方面对大陆新娘的歧视和不公。陈露作为大陆妹嫁台,属于"依亲"关系。当时,大陆新娘想取得台湾正式身份证要等候10年时间,如今也还要6年。没有在台身份证就没有当地保健卡,陈露住院分娩花了10多万元台币;而台湾当地媳妇有保健卡,分娩只需交台币几千元。同样都是女人都是台湾人的媳妇,这事太不公道,让陈露感到委屈。

陈露是个闲不住的人,再说老是打麻将搓牌也挺无聊,她想早日融入台湾当地新的环境。这就有另外一个问题,这里哪怕是从事小摊贩,都得取得工作证,没有工作证查到要罚款,而大陆嫁过来的新娘要取得工作证得两年以后。因此,只能偷偷摸摸地做。女儿满月后不久,通过阿儒的亲友关系,陈露开始在一家速食店上班,每天在前台跑来跑去,端盘子洗碗抹桌。又过了一段时间,陈露找到一家"家乐福"超市兼职,因为是外头行销公司派送的,主要卖炒面炒饭,只卖周末两天。周末台湾家庭主妇带孩子来逛卖场的特别多。陈露能说一口流利的国语,声音娇柔清丽,待人诚恳热情,人缘特好,货卖得十分通畅。一般人家一天只卖100多盒,陈露却能卖出去200多盒。有一回,陈露接到一个女人打来的电话:"陈小姐,你真能干,你这样卖力,还让不让我们吃饭?"陈露感觉到了同行之间的醋意,往后也就松懈了许多。卖场按日计酬不计件,再说大家都是为老板打工,何必呢?陈露原来是认为自己没有工作证打的是黑工,是想尽努力给老板留个好印象。

台湾一年四季气候温暖,夜市生意很是红火。阿儒小姑的男朋友在台北乐华夜市开了家10平方米左右卖杂货的小店,嫌守夜累,想雇陈露去帮忙看店。于是,2005年5月,陈露开始接触台北夜市生活。

陈露做事上心认真,每天吃过晚饭就到夜市开张。6月里的一个夜晚,天气闷热,八九点钟,一个便衣警察来店里查身份证工作证,陈露无以作答,吓得满身流汗,不知所措,还好下夜班的阿儒及时赶到,说这店是他自己开的,有事让老婆临时帮忙照看一下,这才解了围。陈露为自己始终缺失的身份懊恼,心想,如果不是老公谎报这是自家开的店,自己作为大陆新娘就连看店的资格都没有。7月的一个夜晚,店里生意很好,客人在排队选购,陈露应接不暇。一个中年大婶进店后挑来捡去,忽然转头责问陈露:

"你是大陆妹对不对？大陆妹都是到台湾来捞钱的，钱捞够了可以滚回大陆去！"陈露被骂得泪水在眼眶里打转。隔壁一家卖卤味的看不过去，走过来对那挑事的说："这位大姐，不要这样，你不喜欢人家东西可以不买嘛，不能欺人太甚！"那女人自觉无趣，骂骂咧咧地走了。陈露在大陆就已经是小有成就的老板娘，哪受过这般欺辱，等到来陪夜的阿儒进门，陈露忍不住扑在老公身上，抱头痛哭。

小姑的男友不想做夜店生意，陈露把阿儒说动心，把这家小店转手过来。陈露不到年限还不能办工作证，就以小姑的身份去办，也给小姑一些分红。阿儒兄妹俩轮流来夜店陪伴陈露。陈露平时和相邻店主的关系都挺不错，小店装修了一下重新开业，请周围街坊店友去吃海鲜，一大桌人有说有笑开吃。陈露颇有兴致，席间站起来宣布从今天起她已经是这家店店主。出乎陈露的意料，她这么一说，全桌竟鸦雀无声，大家只埋头吃喝。阿儒兄妹俩赶紧打圆场，阿儒赔着笑说："我老婆年轻，从大陆过来不久，还请大家往后多多关照。"阿儒事后说，在台北开夜市的人，见不得大陆新娘在台湾做生意赚钱。这之后，陈露和相邻店家的关系再也没有以往那么亲近，有些心照不宣说不出来的意味；耳边常能听到一些风凉话，譬如："小陈，你这么能干，以后生意都让你们做就好啦！"诸如此类，陈露只顾忙自己的，也不去理会。

陈露终于有了自主开店的机会，她首先考虑要深入市场调查。夫妻俩在个把月时间里，骑摩托车跑遍了包括台北、基隆、新北、宜兰等的大台北地区，发现了一个情况：整个台北只卖男性衬衫，极少卖女性衬衫。夫妻俩只在一家大百货商店看到有卖 G2000 品牌的女性衬衫，且价位很高。对于陈露，这是个重大的发现，也是一次难得的商机。台湾上班族工作都很用心，且穿着讲究，衬衫西裤皮鞋皮带，一丝不苟；随着这些年社会风气进步，女性参与职场愈来愈多。陈露来台之前在珠海一家企业干过服装推广，这方面熟门熟路，老关系户都还有联系。

陈露是个很有行动力的人，想到就干，老公阿儒也很支持，筹集了十多万元人民币。陈露请了台湾一位颇有名气的资深服装设计师，按照她对女性衬衫的感觉和理念设计，也就是在看好的男式衬衫基础上做些改动，譬如在胸口或袖沿加些花边等。陈露还请师傅按照自己的身材做了一件，穿上后十分挺括，时髦抢眼。陈露飞回珠海的一家服装厂打版制作。赶在2005年过年之前，陈露设计制作的第一批女式衬衫500件到货。新颖鲜活的女式衬衫一上架，市场反应出奇地好，店前人潮涌动。头一晚，人手不足，陈露夫妻俩手忙脚乱，卖了台币3万多；第二晚，全家总动员，两小姑加婆婆一起上阵帮忙，当晚卖了台币12万；一个年节下来，陈露夜市小店女式衬衫的营业额就超过了100万台币。

夜市生意风生水起，但固有的偏见歧视还随处可见。某晚，一位当地中年妇女顾客拿来上回在陈露店里买的衬衫，吵着要退货，我们剪辑如下颇为精彩的对话：

陈露："大姐，有哪儿不满意的，我帮您调换。"

女客："不换，要退，我从来讨厌大陆妹，却不小心买了大陆妹卖的大陆货，退！"

陈露："这位大姐，别生气，您若不买大陆货，就很难在台北买到东西，因为大陆货遍地都是，那您只有去菜市场买，而且也要小心挑拣。"

女客："对呀，我一般都在菜市场买东西。"

陈露："看得出来，您全身上下不会超过1000元台币，菜市场东西便宜，您可以挑拣个大半天。"

女顾客被陈露揶揄得哑口无言。跟随在后头的先生只能出来呵斥："回家，别在这里丢人现眼，耽搁人家生意。"说着一边对陈露赔不是，一场闹剧就此结束。

一波刚平，一波又起。乐华夜市属于台北的黄金地段，原先从小姑男友手中盘过来的小店，房东要收回店面。小夫妻俩心急如焚四处找店，有几家起初都有了意向，听说承租的是大陆妹，又婉言拒绝了。陈露无奈之下只能将店里的货用小推车推着或是摆地摊卖。流动摊贩和摆地摊，本来就被人看不起，大陆妹尤甚。很长的一段时间里，陈露没少受刁难和委屈。夜市路边摊位都有相应的规定，陈露的摊位与人家同样摆放，可市场管理员偏要陈露退进去1米，夜市最明显的优势就是可利用靠近路边的位置，这明摆着是欺侮人。有时遇到下雨，邻近的商铺故意将凉棚的雨水往陈露摊位倾斜；人家都在摊位旁摆放一两个塑胶模特，就是不让陈露摆，陈露有时据理力争，更多时候只能忍气吞声。没有固定店面，陈露就只能租了间50多平方米的仓库。仓库离乐华夜市有十多里地，每天都得往返提货送货。2006年5月，陈露怀第二胎身孕，已经快到临产期，一个台风雨的傍晚，陈露从仓库里提出100多件的成衣打成一大包，等着就近上地铁，却被工作人员拦住，说包太大属大件行李，不能乘地铁；陈露又走到另一头想搭货梯，也被以同样理由拒绝。陈露只能挺着身孕提货走好长一段路去搭计程车，不想过红绿灯时被一辆摩托车撞翻在地。陈露在风雨中捡着散落一地的成衣，泪水和雨水流成一片。

陈露和开服装店的林姓夫妇向来关系好，他们因要转做其他生意，就把店盘转给陈露。陈露精心设计，将十来个平方米的小店做了五六个柜子来隔断，像一个重新装修过的房间。小店位于乐华夜市中心地段，人气很旺。陈露终于又有了自己固定的店铺，再也不用整晚拉着手推车，避来躲去地摆地摊了，她信心满满。

还是在陈露怀二胎的这段日子里，大陆高仿LV、古驰提包在台北夜市抢手热销。陈露从广东进了一大批货存放在仓库里。一天下午，陈露夫妻俩开车到仓库取货，一伙人冲进门来，其中有两个是警察，拿着相机"咔嚓咔嚓"拍照取证，又查身份证工作证，声色俱厉，要处以重罚，阿儒在一旁苦苦求情。估计是有人嫉妒告发，其实当时台北满夜市都在卖高仿提包，没有办法申辩，陈露只能自认倒霉。大陆妹非法打工再加上卖假货，被查办重罚后有可能连人遣返大陆，那么，才1岁多的女儿怎么办，肚子里快要出生的孩子怎么办？陈露急得六神无主，恨不能有条地缝能钻进去。还是一位好心的警察提醒，让阿儒承认自己是店主。这一罚就罚了大几百万台币。阿儒因此被扣留了4天。往后一年多的时间里，阿儒每月从银行的薪酬中扣去5万台币交罚款。但罚款是一笔天文数字，要扣到何时才能了结？扣了一年多薪水后，陈露夫妻俩仔细商议。阿儒辞去已经重组兼并为私人股份制银行的工作。夫妻俩一起加油努力。阿儒转行二手房买卖。白天，阿儒开车上门找客户推销二手房，陈露则牵着小女儿四处推广自己的服装；晚上，夫妻俩一起结伴在夜市守店。

涓流不息，滴水穿石。陈露夫妻俩同心协力，服装生意走向正轨，渐成气候，一派红火。眼下，陈露在广东珠海开了一家有100多个员工的服装厂，产品有衬衫，也有西装等其他服饰。在台北也注册了一家"鸥乐服饰公司"；夜市上有6家连锁加盟店，2家直销店。陈露人缘好，有亲和力，和店主和客户都交往成好朋友，在台北夜市很有名气声望。做夜市生意的给陈露取了个亲切绰号"大圈"，从内心里对这个年轻的大陆新娘表示钦佩。陈露闲下来会对年幼的一对儿女说，你们要是在台北迷路了，就拦计程车到乐华夜市，告诉人家，我妈妈是卖衣服的陈露。如今，陈露已经不是当初那个遇事只会躲避流泪的女孩，而是第一个把自己设计制作的女式衬衫在台北夜市热卖的女店主，是有自己的服装工厂、服饰公司、夜市连锁加销售店产销一条龙的女老板。原先陈露不喜欢人家叫自己"大陆新娘"。这么些年艰辛打拼走过来，陈露已不再忌讳人家说自己是大陆嫁过来的，陈露会在心里对自己说：我骄傲，我是大陆新娘！

家和万事兴

在台北，陈露夫妻俩和早年丧夫的婆婆住在一起。年已花甲的婆婆善良通达。陈露刚到台湾头胎女儿分娩住院，月子里都是婆婆和小姑照顾；陈露在夜市上班，晚上小孩就由婆婆关照。早在和阿儒结婚之前，陈露就邀请婆婆小姑到北京、四川、武汉等地游览，陈露一家婆媳关系很是融洽。

2008年，陈露卖仿冒名牌提包被查扣、阿儒不得已辞去银行工作从事二手房买卖的事，因担心婆婆知道了生气，一直瞒着。一段时间里，婆婆打店里电话，陈露总是不接或假说手机出了故障。

6月里的一天夜晚，9点多钟，陈露正在店里忙着，接到了家里打来的电话。话筒里传来的婆婆口气很是生硬：你终于可以接电话了，家里有事，你给我马上回来！陈露知道大事不好，自己得先回家，交代阿儒抓紧处理店里的一些事情再回。

　　陈露一进家门，婆婆、大小姑、4个舅舅还有婆婆的表妹姨都在客厅里坐着，气氛很是严肃。大舅舅开口就问：这么长时间，阿儒为什么都不到银行上班？你们为什么隐瞒？陈露耐心解释因夜店被罚款阿儒从银行辞职的过程，一直以来对陈露有成见的表妹姨趁机煽风点火：谁叫你们娶大陆妹回来？都是阿儒没本事不争气，大陆媳妇总有一天会把钱都赔光，就是赚了钱也会全都拿走，还会把你儿子也拐到大陆去！稍后赶回家的阿儒认真解释辞职的迫不得已和陈露夜店生意的艰难辛苦，几个舅舅听说事情的原委也相继为这一对夫妻打圆场。这场家庭风波总算暂时平息。

　　这以后，陈露婆婆似乎突然变了个人，成天和表妹姨在家里打麻将，还嫌陈露不管家务事，家里乱七八糟；在表妹姨的教唆下，两人邀约到台湾南部游玩，一去大半月，再也不管孙子孙女，陈露只能每天手牵一个怀抱一个带两个孩子去夜市出摊。

　　陈露打听了解，知道表妹姨家原先也是娶的大陆妹，这女子不仅好吃懒做而且把她老公的全部积蓄赌光，又将仅剩下的做生意的本金也偷窃回大陆，从此不回台湾。陈露还了解到，表妹姨家公公早年当过连战秘书，为人正派，若知道自家媳妇整天在外迷恋麻将，在家装贤惠，肯定没她好看。某日一早，表妹姨又来家找婆婆搓麻，被陈露堵在家门口。陈露说：你以后再也不要到我们家来！表妹姨反问：这是我姐家，我为什么不能来？陈露瞪圆眼义正词严说：我坦白告诉你，你老挑拨我们婆媳关系，你让我很生气，我们家真不喜欢你；你再敢来找我婆婆打麻将，我就用红布带写了字挂在你家门口，我再打电话告诉你公公。表妹姨被这话吓着了，往后就很少来找婆婆。

　　陈露忙完生意后，主动多承担家务事，逢上婆婆生日或节假日，总会买上称心的礼物送给老人，得空也带婆婆出外旅游散心。陈露拿出自己的诚意，并联络阿儒兄妹等多管齐下感化、牵制婆婆，让老人家没有更多时间去会牌友，家里又找回了久违的亲情。如今婆媳关系比以前更加和谐、亲密。

有时，陈露会躺在婆婆床上听老人讲述她当年如何受婆家欢迎，如何与一直不曾谋面的当警察的公公一见倾心等年少趣事。眼下，陈露的大女儿已经上小学，小儿子也读幼稚园，一对儿女健康活泼；夜店服装生意也顺风顺水，日见红火起色。

我有两个娘家

陈露常跟人说，她有两个"娘家"，一个是老家恩施，一个是"中华生产党"。

2009年秋天，一个偶然的机会，陈露认识了在台北开办大型连锁超市的卢月香女士。卢月香是福建龙岩人，是2001年嫁到台湾的大陆新娘。卢大姐很有生意头脑，这些年办农场、做贸易、开超市，生意红红火火，产业在台湾很有影响。卢月香说，台湾各地有近40万先后从大陆嫁过来的新娘，由于种种原因，台湾当局对大陆新娘群体有许多不公平的限制，造成台湾社会和民众对大陆妹的诸多偏见和歧视，我们一起申请组建台湾中华生产党。台湾中华生产党的宗旨就是为台湾广大的大陆新娘争取公平合法权益，改变目前大陆新娘的不公地位和台湾社会的歧视。台湾中华生产党要成为大陆新娘的娘家，要努力推动促进两岸和平统一。只有两岸实现了和平统一，大陆新娘才能在台湾真正有自己的地位，才不会被人看不起。卢月香的一番话说到了陈露的内心深处，想到这些年自己在台北从事服装生意所经历的风风雨雨、不公和辛酸，陈露忍不住流出眼泪。组党筹备会上，卢月香被推选为党主席。陈露任宣传部部长。

目前，中华生产党在台湾已经发展到4万多党员，参加者大多是大陆新娘，还在高雄、金门等地成立各机构，成为在岛内颇有影响号召力的生气勃勃的党派群体。在卢主席的带领下，陈露积极热心参加"悍马雄兵"等各项社会活动；马英九两次参选中，陈露都担任"挺马后援会"组长；挺马造势大游行中，陈露的先生阿儒在队伍前头开指挥车，用大喇叭呼喊。马英九连任台湾地区领导人，中华生产党和陈露都付出了很多的努力。

恩施老家是陈露生命的源头。陈露牢记自己是大陆新娘，首先是恩施的女儿。在台湾的各种社会活动中，陈露都穿上土家族的民族服装，宣传恩施，推广恩施，为两岸经贸文化交流，尽心尽力付出。为提升家乡恩施地方医院的医疗水平，2012年底，陈露组织医疗团队回乡参访。陈露热心公益事业，定期给家乡医疗基金会捐款，认养育幼院儿童。为帮助刚入会经济困难的姐妹渡过难关，陈露采取先期垫付资金，或先从其公司进货，待销售之后再付款的优惠方式，帮助一个又一个大陆新娘姐妹就业，走出了经济和婚姻的危机，走向了自强自立。陈露被推举为台湾湖北恩施同乡会秘书长，被中华生产党评选为大陆新娘模范家庭，近期又被推选为台湾陆配关怀促进会台北分会会长。

湖北恩施土家族水汽氤氲的大山里带着晶莹露珠的小草，漂洋过海在台湾生根发芽，已经成长为一棵葱茏蓬勃的绿树，我们完全有理由对陈露有更多更广阔的期待。

婚姻改变人生

宇 风

一

1952年6月，姜金莲出生在江西省南昌市市汊镇的一个普通家庭。那时不兴计划生育，父母又接二连三地给她生下了两个弟弟、三个妹妹。一家8口人，拖儿带女的，家境自然好不到哪里去。穷人的孩子早当家，作为老大的姜金莲，更是具有一种强烈的责任感，她一边上学念书，一边帮父母做家务，照顾弟妹。尽管日子过得十分艰辛，但小金莲的内心是快乐的，脸上总是充满微笑。她相信，贫穷、苦难都是暂时的，随着弟妹们的长大，他们的日子会越过越好，正如民谚所说的那样——芝麻开花节节高。

然而，14岁那年，父亲将她许配给了邻家的一个儿子，她的人生就此改变。

十分单纯的小金莲心里念着的只是好好读书，根本就没有想过恋爱婚姻之类的东西。再则，她根本就不喜欢那个男孩，两人遇上了也没有什么话可说，自从订婚后，她更是有意躲避着，尽量不与他见面。

姜金莲刚上初中，年纪轻轻就为她指定郎君，父亲也不考虑她的感受，更不征求她的意见，自作主张说定就定了。过去的家长，差不多都将子女看作自己的"私有财产"，具有至高无上的支配权。父亲这样做，从他的角度而言，似乎也有几分道理。原来，姜金莲的大弟患了小儿麻痹症，双腿瘫痪，生活不便，想到他日后生活难以自理，父亲便从整个家庭的角度出发，尽早将女儿"锁"在身边，日后好照顾这位弟弟。

但父亲没有想到的是，他的这份"好心"也是"私心"，给长女带来了多大的痛苦与磨难！

姜金莲初中毕业后不再升学，主动要求到离集镇较为偏远的"五七"农场工作。她想抗争，想逃离家庭，想躲开父亲为她安排的那个男人。那年，她才16岁，身单力薄，干不了繁重的农活，场领导便安排她养猪。作为家里的长女，姜金莲什么活都干过，什么苦都吃过，养猪虽然又脏又累，但对她来说根本就算不了什么。她倒希望活儿更重更苦一些，便可忘却因订婚而带来的阴影与烦恼。

两年过去了，一个偶然的机会，姜金莲招工进了南昌卷烟厂。当时，乡、镇统称人民公社，南昌卷烟厂在南昌市市汊公社只招一名女工。姜金莲工作刻苦、任劳任怨、成绩突出，大家看在眼里，领导记在心上，将这唯一的指标给了她。进入省城工作，是好多人为之奋斗的梦寐以求的愿望，姜金莲从来没有想过自己还有这样的机会与运气，高兴极了，她至今仍清楚地记得前往南昌卷烟厂报到的那个美好的日子——1970年8月23日。18岁的她，可谓意气风发，生活，在她眼前似乎展开了美丽的画卷。

刚进南昌卷烟厂，姜金莲当了一名车间操作工。慢慢地，她的认真负责、细心勤勉便得到了上级领导的认可，调她任仓库保管员。上级领导如此信任，将工厂几千万的财产交她保管，姜金莲感到肩头责任重大，工作也就更加积极认真了。

她想在工作中忘却往昔，但是，随着年龄的增长，无法躲避的婚姻如恐怖的脚步声越来越近，越来越响。她本能地想尽一切办法拒斥那个男人，比如她从市汊镇将户口转到南昌市时，就偷偷摸摸地不让男方知道。要是对方知晓，肯定会从中作梗，让她的招工美梦泡汤，他会掌控姜金莲，不让她跑那么远。姜金莲招工进了南昌卷烟厂，离家越来越远了，与父亲给她安排的那个男人更是没有来往了，但父亲却不依不饶地追着她，逼着她，半点也不肯放过。

1973年，男方提出结婚。姜金莲不同意，要退亲。男方的朋友威胁她，要用绳子把她绑回去结婚！父亲也劝她，说早就定亲了，礼金也收了，怎么个退法？姜金莲说只要能退掉，哪怕加倍赔偿也行。父亲说这样出尔反尔，他的脸往哪搁？今后在当地怎么做人？他一个劲地劝，姜金莲坚决不从。软的不行，父亲不禁动怒发火了。

瞧着父亲既愤怒又伤心的样子，作为孝女的她，不想再作反抗，也就依顺父亲的意愿，在机械与麻木中，完成了简单的婚礼。

男人是个独子，由外公、外婆带大，受家里长辈长期的娇宠，养成了孤僻的性格，与从小为弟妹操心、为他人着想的姜金莲形成鲜明的对比。他们结婚后两地分居，一个在家乡做木工，一个在省城卷烟厂管仓库。尽管两人性格不合，但每到周末，姜金莲还是坐车回到老家，与男人团聚一次。

不久，他们就有了一个女孩，由姜金莲带在身边抚养。

两人虽然没有感情，也没有什么共同语言，但毕竟有了孩子，相互间有了联结的纽带，按说双方会尽量克制，尽可能地去适应对方，建设一个美满的家庭。然而事实并非如此，男人脾气暴躁，动不动就发火。一次，姜金莲因单位有事，周末没有回家，那时通信极不方便，无法及时告知。男人见她没有回来，认为她在国有企业工作，眼里没有他这个小镇木工，瞧不起他，是女陈世美，于是，他将一肚子怒气发泄在姜金莲娘家头上，找她父母大闹。还有一次，男人对她施以家暴，打断了她的一根手指。这样一来，姜金莲便长期待在厂里不回去了，由过去的两地分居变成了实质上的夫妻分居。

她想离婚，男人不同意，只好到法院上诉。那时，法院对离婚案件十分慎重，先做姜金莲的思想工作，自然做不通。只要男方不点头，就不能判离。

姜金莲失望极了，想到要与这个男人绑在一起过一辈子，感到了一股深深的绝望。一天晚上，她背着1岁多的孩子走出工厂，不知不觉来到一条铁路旁。坐在路边思来想去，对未来的生活，心中充满了恐惧。她觉得眼下真是度日如年、生不如死，与其这样一辈子拖着耗着，不如早点自我了断。想到这里，她猛地站起身来，冲上铁轨，在枕木间不停地走来走去。她不想活了，希望一辆列车呼啸而来，从她身上辗过……

就在这时,背着的女儿在她的剧烈走动中受到惊吓,突然"哇"的一声哭了起来。稚嫩而可爱的哭声,将她拉回现实,一下子就打消了自杀念头——不,她不能死,她舍不得女儿!自打小孩出生,她就一直带在身边,她要是死了,幼小的女儿怎么办?对,不能死,要顽强地活下去,将女儿抚育成人!

自杀的念头一旦打消,姜金莲变得格外坚强起来,她要将这场离婚官司打到底,要独自一人将孩子带大!男人见她态度如此决绝,也只好同意离婚。姜金莲终于结束了这场自少年时代就一直纠缠着她的可怕婚姻。

二

俗话说,寡妇门前是非多。但此话对姜金莲而言,却并非如此。离婚后的她上班下班,抚养女儿,日子过得平淡而平静。她心如止水,或者说心如死水,对男人简直死了心。她害怕男人,恐惧婚姻,拒绝与一切男人来往,门可罗雀。常言道,无风不起浪。离婚后的她风平浪静得很,自然也就没有什么是非可言。

当然,她各方面条件都不错,自然不乏相当优秀的追求者,也有同事、朋友给她提亲做媒。一次,给她介绍的还是一位市轻工局局长呢。这些,都被她不管三七二十一地拒之于千里之外,不管多好的人,多好的条件,她就一个态度——不予理睬。

过去的婚姻对她的伤害实在是太大了,以至一二十年时间过去了,她还是单身一人,没有处过一个男友。

随着时间的慢慢推移,姜金莲心灵的伤口也在慢慢愈合。她长期不考虑婚恋,还有一个重要因素,那就是放心不下女儿——她担心继父对女儿不好,那时就悔之晚矣。自己过得不称心,但一定要女儿幸福。女儿读书很努力,也很争气,高中毕业,被江西财经学院录取。

过去虽然单身,但有女儿在身边,她并不感到孤单。而今,女儿上大学了,住在学院宿舍,她感到了一种少有的寂寞。一晃,她已是40多岁的女人了,如果再不考虑婚恋,这辈子,也许就这样终老了。女人美好的光阴十分短暂,就像盛开的花儿,有开也有落。于是,别人跟她谈男人,她不再像过去那样一概排斥。见她有所松动,就有人给她介绍男友了。不过呢,单身久了,对给她介绍的男人,她似乎没有什么兴趣,连见面的欲望都没有。

一次,市测绘局的一个朋友说有一个台湾人,一辈子从没结过婚,问她有没有交往的意向。听说是台湾人,她感到十分新鲜,但一了解,得知要介绍给她的这个台湾男人已经69岁了,比她大23岁,心里不免犹豫。

另一位闺蜜听说测绘局的这位朋友要给她介绍一个老头子,两个朋友当着姜金莲的面就吵了起来。一个说你不该这样介绍,大20多岁,都两辈人了。另一个说你又不了解情况,他有钱,生活安逸,人品也好,从没结过婚,只要对她好,大一点又算得了什么?70多岁的男人娶20多岁的姑娘,这种情况都有,何况他们之间的差距还没有这么大呢!两人就这样你一句、我一句地争了起来,吵得不可开交。姜金莲在一旁劝,她们俩也听不进去,各持己见,不依不饶。姜金莲见状,就说:"我知道你们俩都是为我好,别吵了,免得伤了和气!这样吧,那人到底怎样,耳闻不如一见,我跟他见一面,两人谈谈,再作决定,好吗?"

姜金莲这么一说,两个朋友马上停止争吵。是呵,那个台湾老头好不好,合适不合适,般配不般配,最后不都得由姜金莲本人决定?

于是,测绘局的朋友将这位名叫周秀林的台湾老人带到了姜金莲家中。

没想到这一聊,两人竟聊得十分投机,聊了足足6个小时。

她了解到,老周原来是江西东乡人,算是同乡,方言、饮食习惯等都一样。老周是被抓壮丁给抓走的,前两次被抓,都让他逃脱了。第三次抓进国民党军队,就没了上两次的运气,怎么也逃不脱,只有当"炮灰"。他身上多处负伤,因为个子小,十分机灵,每次都死里逃生。一次,他所在的部队奉命坚守阵地,战斗打得十分惨烈,他们坚守了三天三夜,30多人全部战死,最后就只剩下他一人。1949年,国民党败退台湾,他随部队撤退,但僧多粥少,船只载不了那么多人。场面一片混乱,他被裹挟着推来搡去,怎么也挤不到船上。大伙儿全都慌了神,担心留在岸上会死得很惨,一个个跳入水中，争先恐后地游向那缓缓启动的舰艇。他机灵，游泳技术也不错，总算靠近了大船，但怎么也攀不上去。幸亏命大，船上有人伸出一只手，将他一把拉到船上。刚一上船，他就支撑不住晕了过去。就这样到了金门，又辗转到了台湾。后来，他在营级职位上退伍。如今，老周拿着一份退休金，加上过去的积蓄，生活无忧。老周初中毕业，在部队当过文书，写得一手好字，虽是军人退伍，但身上透着一股难得的儒雅之气，与没有什么文化的前夫形成鲜明的对比。

　　交谈中，姜金莲觉得老周为人坦诚，有一说一，有二说二，从不隐瞒什么。他说他一辈子单身，从没结过婚，如果跟上他，会对她很好，会真心爱她。

　　老周的话打动了姜金莲。男人钱多钱少倒是次要的，关键要对她好。经过第一次失败的婚姻后，姜金莲对婚恋有了不同于未婚少女的认识。当她以审视的眼光，认真打量老周时，发现他西装革履、风度倜傥、精神矍铄，半点都不像一位近70岁的老人。于是，她的心动了。

　　就这样，一次见面，决定并改变了姜金莲后半辈子的人生命运。

　　家人得知她要嫁人的消息，第一反应自然是高兴，当弄清是嫁给一位大她20多岁的老头时，父亲坚决反对。母亲虽然疑虑重重，但总觉得以前亏待了长女，抱着一种既不反对也不赞同的态度，随她自己决定。

　　1996年7月4日，姜金莲永远记得这个重要的日子。这一天，她与老周举行婚礼，结成夫妻。总算找到了一位自己认可的男人，姜金莲欣慰之际，也有几分遗憾和伤感——父亲不仅不同意这门婚事，反而阻止母亲参加她的婚礼。幸而有弟弟妹妹、侄儿侄女、同事朋友等前来祝贺，才不至于特别伤心。

　　4个月后，姜金莲在南昌卷烟厂办了内退手续，随老周越过海峡，一同来到了台湾。

三

　　刚到台北的日子，姜金莲完全成了一位家庭主妇。

时间一长，工作惯了的她就闲不住了，想到外面找份事做。老周说完全养得起她，并且她自己也有积蓄与收入，没有必要到外面去折腾去受罪。但姜金莲觉得自己还年轻，只有40多岁，不能就此养老享受安逸。

于是，她找到附近一家餐厅做临时工，帮着洗菜洗碗、端茶送菜，从早晨7点干到晚上7点，每天12个小时，像走马灯似的转个不停。在大陆，她养过猪，当过车间工、仓库保管员，内退时是一名办公室管理人员，劳动强度不大，基本都是8小时工作制，像现在这样长时间的体力杂活对她来说，还真是一种考验。毕竟，她已45岁了，有时累得直掉眼泪，但她总是给自己鼓劲：要坚持下来，一旦习惯就好了。

她咬紧牙关硬撑着干了3个月，实在是坚持不下去了，不得不辞去这份工作，另找体力轻松一点的活。

找来找去，她找到一家行销公司，推销迪士尼英文教材等，每天不干别的事，就是打电话。通过电话推销产品，拿一份基本工资，再根据业绩提成，试用期3个月。

姜金莲干了半个月，电话打了无数个，但半点业绩都没有。她不禁沮丧了，觉得自己不是干推销的料，向老板辞职。老板不让她辞，说试用期是3个月，你才来半个月呢，怎么就打退堂鼓呢？又做了两天，业绩还是零，她再辞。辞了3次，老板都不让，他说有的人做10天没有业绩，他就会辞退，但她不一样，他看准了她的潜力，只要坚持，她会干出优异成绩来的。

于是，姜金莲留了下来，继续一天到晚打电话，推销公司产品。担心做不好，她向别人学习，不断训练自己，以致睡梦中都在打电话。有天半夜三更从梦中醒来，迷迷糊糊地翻了一个身，不禁脱口而出："喂，你好！"

直到20多天后，她才成功地完成了第一单。有一便有二，只要开了一个好头，订单接二连三就来了。她越做越好，很快地，她的业绩在公司所有员工中名列前茅。

然而，一个突发的意外事件，差点将她遣返大陆。

根据台湾的规定，外地人如果没有台湾身份证，是不能在当地打工的。而大陆嫁到台湾的新娘，要想取得身份证，最早是10年时间；姜金莲嫁到台湾时，已缩短为8年；如今经过争取，还需要6年时间。姜金莲在台湾找的第一份工作，并非餐厅临时工，而是给一家超市打工。但超市管理十分严格，领取工资时需要台湾身份证，于是，姜金莲只做了半个月，就自动离职了。后来在餐厅、行销公司做，老板对身份证没有提出特别要求，她就这样做下去了。但一经发现，公司要受罚，她本人则有被遣返大陆的可能。

正当姜金莲在行销公司做得顺风顺水时，她被人举报了。不知举报人是谁，也许是那些听出她有大陆口音的客户，也许是嫉妒她的同事。一旦查实，举报人可获得相应奖励。

那天，姜金莲正与客户聊得火热，一名警察来到公司，说有人举报这里有大陆人打工，要严查。幸亏她精明，发现苗头不对，赶紧放下话筒，进到另一个侧门，匆匆跑下楼道，半点不敢停留地跑回家中。她吓得不行，回到家里抱着老公，仍全身不住地颤抖不已。

受了这番惊吓，她本来不想做了，但这份工作的诱惑实在是太强烈了，在公司做一天，所得报酬比她以前一个月的工资还要高。她不可能长期待在家中，刚刚做出一点起色，尝到一点甜头，她不想放弃。而那家公司的老板也看好姜金莲，希望她继续干下去。于是，姜金莲上班时，老板专门给她一个单间，她把自己关在里面，连吃饭也是送进门来。但这样长期关着也不是个事，老板开有三家店面，另两家在南京西路和南京东路，这家被人盯上了，那就换个地方吧，反正还有两家店面呢，就将她换到了南京西路那一家。

电话从早打到晚，姜金莲的业绩越做越好。赚得的钱，一部分寄回老家补贴父母弟妹，一部分交给老公存入银行。

一天，她十分投入地工作着，正与一位客户聊得起劲呢，一单生意眼看又要到手了，这时，一位警察仿佛从天而降，突然出现在她的面前。她吓了一跳，本能地想逃，但已来不及了，就那么待在原地不知所措。不一会儿，老板来了，显出一副毫不在乎的样子，与警察谈了起来。他们说的是闽南话，姜金莲虽然听不懂，但也知道老板在为她辩解。慢慢地，两人就吵了起来，警察要将姜金莲带到派出所。她当然不愿去，据理力争。老板也说你们这样做不人道，不肯让警察带人。警察说，希望你们能够配合，有人举报，我们不得不出警。姜金莲吓得魂飞魄散。要是带到派出所给关押起来，要是遣回大陆，不说别的，自己的面子往哪搁呀？

一番僵持、解释，最后双方达成协议，姜金莲可以不带走，但老板必须关门，停业整顿。这样警方对举报人便有了交代，也可就此销案。

事情虽然得到了较为圆满的解决，但姜金莲回到家中，第一件事，就是给南昌老家打电话。刚刚听到母亲的声音，她什么也没说，像个受尽委屈的小孩，在电话里不禁放声大哭起来……

四

尽管有过诸多折磨与烦恼、劳累与疲惫、失落与失望，但经过一番努力与拼搏，姜金莲在台湾的日子，是越过越顺、越过越好了。

那次差点吓破了胆的惊恐，似乎成为姜金莲来台后的重大转折，成为一个新的起点。有过这番经历，她变得更加成熟了：我既没偷又没抢，凭自己的本事干活，争得一份应有的权利，难道这也错了吗？又有什么值得害怕的呢？于是，虽然一时拿不到台湾正式身份证，她也不再胆怯，仍在外面继续打工。这也为她日后关心政治，走向社会，参加政党，为普通百姓争取权益埋下了伏笔。

一旦不再提心吊胆，反而什么事情也没有发生。她在传销公司一做就是十多年，积累了不少经验，每月收入从两三万元台币不断往上升，最高时可拿到五六万。但时间一长，一天到晚不停地推销产品，电话打得太多，她不禁患上了职业病——双耳重听，特别是左耳，神经疼得不行，像有人在耳边吹着口哨。她继续坚持着，向老板提出要求，希望中午能在桌上趴个一刻钟，调整一下。而行销公司的管理十分严格，上班时间是不能停歇的，员工随时处于老板的监控之下。她亲眼见到旁边一位30多岁的女工，一天下午不在状态，不断地起身去拿公司备用的咖啡、饼干，老板在监控室发现了，马上出现在她的面前。因她近段时间业绩不好，老板当即就要辞退她。女工说她下个月就要结婚了,希望能够做到月底。其实离月底也就十来天了,可老板不同意,让她立马走人。表面看来,老板似乎十分残忍,但市场经济就是这样。如果你没有全身心地投入其中,不断地打电话,将客户"搞定",老板就得消耗电话费、房租、水电费等一应管理费用,会增加成本投入。姜金莲是公司的老员工了,业绩一直优秀,老板这才对她网开一面。

后来,左耳重听越来越严重,实在坚持不下去了,姜金莲只得暂时离开这一熟悉的岗位。而她是一个闲不住的人,马上又去家政公司做保洁员。既然拿了人家的工钱,姜金莲总是尽心尽力不停地做。一天,她在一位老太太家做卫生,一丝不苟地做了三四个小时,按照主人的要求,将地板、桌椅、窗户擦得干干净净。做完后,姜金莲又检查了一遍,觉得无可挑剔了,便说道:"阿姨,我都做好了。"老太太起身转了一圈,看了看,指着地板缝隙说:"这里,也要给我擦干净。"姜金莲听了,只得忍气吞声地将那一条条缝隙洗了又洗、擦了又擦。当然,像这种吹毛求疵的情况毕竟少见,大多数台湾人对家政钟点工还是十分尊重的。

随着年纪的不断增大,姜金莲对体力活儿,渐渐有点吃不消了。耳朵休息一段时间后,重听现象有所好转。于是,她调整自己的工作时间,上午8时到12时做家政,下午1时到晚上10时做电话行销,每天工作长达13小时之多。由此可见,除吃饭、睡觉、上下班消耗在路途的时间,她几乎全都扑在工作上了。

但姜金莲乐在其中,感到了生活的甜美。

老周一辈子单身,老来娶了这么一位令他满意的娇妻,他打心眼里高兴,一直爱着她,宠着她。与第一次婚姻相比,姜金莲觉得自己简直掉进了蜜糖罐子。她获得的不仅是男女间的情爱,还有一种慈父之爱。老周大她20多岁,年龄与她父亲相当,但父亲那强加给她的婚姻,使她受尽折磨与痛苦;当她确定与老周的关系后,父亲又极力反对,与她怄气,连话也不跟她说。后来还是母亲从中做工作,说金莲实在是太孝顺了,长期照顾咱们不说,嫁到台湾后还给咱们寄钱寄物,这样的好女儿上哪儿去找啊?直至姜金莲嫁到台湾3年之后,他们父女间的关系才有所缓和。她过去没有得到,或者说很少得到的父爱,在老周这里,似乎全都得到了弥补与满足。

老周为人质朴厚道、热情大方。故乡要修路,他捐出一大笔款;每次回老家江西东乡县,他都要准备四五十个红包派送给乡亲;大陆老乡来找金莲,老周总是热情招待,吃住都在他们家中。老周在高雄市有位战友,每年都带老婆、小孩一大家子来台北玩,在他家一住就是一个多星期。老周不仅请他们吃大餐,还给他们买衣服,买金戒指,送红包。后来,老周成立了新的家庭,战友一家子觉得不能像过去那样叨扰他了,按照"惯例"本应住上一周时间,却只玩了三四天,就提前返回高雄了。老周留也留不住,感到挺没面子的,觉得是娶了姜金莲的缘故,是妻子对战友一家不热情所致,便将一肚子怨气、怒气发泄在她的身上。姜金莲感到委屈极了,一个劲地解释,说她根本就不是这样的女人。她用自己的柔情,慢慢化解相互之间的误会与矛盾。老周当了一辈兵,作为一名职业军人,性格耿直、脾气暴躁。但他们结婚至今,老周像这样的对她发火,总共只有两次,都被姜金莲化解于无形之中了。

姜金莲是一个懂得感恩的人,她总记得老周对她的好。刚结婚不久,他就拿出一笔资金,将她的女儿送到英国去留学。对女儿好,比对她自己好更令姜金莲感动。女儿第一次到台湾,老周陪她们母女一同逛街,女儿见到各式各样的衣服,看得眼花缭乱,这也想买,那也想买。姜金莲对女儿说,买这么多是不可能的,选一套自己最喜欢的吧。没想到老周却在一旁说:"没事,你想买就买,买多少都行。"有了他这句话,女儿就真的买了一大堆。姜金莲与前夫自从离婚后就没有任何来往了,前夫也不管女儿,没有给过抚养费。因此,女儿也将老周视为自己的亲生父亲。一次,母女俩谈心,姜金莲说:"萍儿,你看你父亲对我们这么好,我们一定不要亏待他。我毕竟比他小20多岁,今后说不定管不住自己,会发生什么变化。那时,你可要监督我哟!"女儿听着,不住地点头。

姜金莲已将深埋心中的爱情,转化成了对老周浓浓的亲情。她也想过要为老周生一个小孩,有了孩子,更是一个完整的家庭,但老周已错过了生育的黄金期。于是,那份萌动的母爱,变成了对老周无微不至的关爱。

那天早晨,姜金莲给老周准备了午餐,就上班去了。老周跟她说过,午饭后要去荣总医院看牙科。姜金莲晚上下班回家,去看病的老周仍没回来。看个牙科也不需要这么长的时间呀,按理说早该回家了!望着空荡荡的屋子,顿时,一股不祥的预感弥漫心头,姜金莲一把抓过话筒,打电话到荣总医院了解情况。那边接电话的人说最后一个病人早就走了,医院已经关门了。姜金莲闻言,更是急得不行,赶紧跑出门去寻找。老周在台北没有亲戚,也很少与他人来往,一般不会去串门。即使有什么,也会事先告诉她,或者留一张纸条。那时,BP机刚刚兴起,还没有手机,联系十分不便。姜金莲赶紧坐上一辆公交车,赶往荣总医院。人家电话里不是早就告诉她关门了吗?但她还是下意识地往那儿跑。到了荣总医院,找了几个回合,自然不见踪迹。人到哪里去了呢?会不会是出了车祸,或是突然发病倒地,没有被人发现?慌乱之中,她赶紧报警,又匆匆忙忙往回赶。下了车,她一头茫然,不知上哪儿去找才是。无处可寻,还是先回家中,等待警方的结果吧。

姜金莲拖着铅一般沉重的双腿,一步一步挨到家门。她掏出钥匙转动着,大门开了,里面灯光灿烂,屋中站着的,正是她四处寻找不见的老公!

她扑上前去,一把抱住老周,喜极而泣,失声哭了起来。

老周不解地问:"金莲呵,你这是怎么啦?"

听完她的诉说与担忧,老周告诉他,下午他去得晚了,没想到医院看牙科的人太多,他总算挂到了号,不过是最后一个。看完病,他没有耽搁,怕她担心,马上就坐车回家了呀……

其实,也就是一个时间差,他们俩错过了大约一小时而已。

姜金莲一边听着老公的叙述,一边坐在他的身边,抚摩他的脑袋,生怕再次失去了他。

这场"虚惊",也更加深了他们老夫少妻之间的深厚情谊。

五

年届六十,姜金莲算是退休了。从电话营销、家政主管的岗位上退了下来，但人退心不退，最近两年主要转向了社会公益。

在物质生活方面，她虽然算不上多么富有，但完全解决了后顾之忧。在台湾打拼近20年，她有了一定的积蓄，在台湾、上海、南昌置有房产。作为家中长女，她一直照顾着下面的几个弟妹，常回老家探亲，尽可能地给他们以实质性的帮助。特别是那位患了小儿麻痹症从小瘫痪的大弟，姜金莲更是关心备至。当他儿子以670分的高分考上中国科学技术大学后，姜金莲便主动承担了侄子的学费、生活费等一应开支。令她感到欣慰的是，女儿萍儿也挺争气，从英国留学归来，在南昌开办了一家出国培训学校，事业红红火火，家庭生活也挺圆满，已是两个孩子的母亲了。姜金莲回到南昌与女儿一家团聚，享受天伦之乐，总是感到很幸福。

2010年，姜金莲父亲去世，她回家奔丧，哭得一塌糊涂，伤心极了。母亲说，父亲对你不好，差点毁了你一辈子，没想到你还这么爱他。姜金莲说，父亲有些事情虽然做得不好，但他给了我生命，从他的角度想想，我也能理解……说着说着，又痛哭起来。父母原本住在一起，父亲一走，母亲孤身一人，便跟弟弟住在了一块。

姜金莲真的一点也不恨父亲。生命是一种过程，苦难与折磨也是人生的丰富阅历，她觉得自己仿佛活了两辈子似的。是婚姻改变了她的人生，没有早年的订婚，她就没有动力，不会那么拼命工作，一心想着离开故乡，远远地逃离那个男人。第一次婚姻失败，她才有机会来到台湾，这是她人生的分水岭。她的心胸视野、人生境界，在台湾这些年的不断打拼中得到了提升。自己的日子越过越好，想到台湾还有无数像她这样的大陆新娘，想到还有不少在底层挣扎的姐妹，她就坐不住了，走出家庭，先是做自工（即义工），以实际行动帮助那些需要帮助的人们，后来在一位邻居的介绍下加入了国民党，在国民党党部发文室做一些力所能及的事情。

为了给大陆新娘争取权益，让她们取得身份证，获得工作权，姜金莲通过关系，上达陈情书。老公也很支持她，他的字写得好，就帮着做一些誊抄方面的工作。召开公庭会时，她们出席申诉。虽然没有取得成功，但她和那些大陆过来的姊妹们懂得了如何抗争。正是无数像她这样的人士共同努力，大陆新娘的探亲时间，才由过去的一至两个月，延长至半年，而获得身份证的时间，也由8年缩短为6年。

在参加国民党的七八年时间里，姜金莲因为热心公益，成绩突出，多次获得由马英九签名、国民党中央委员会颁发的表扬状及荣誉证书。她一直珍藏着这些证书，还有她与马英九的单独合影及马英九签字的名片等物。

后来，她认识了台湾中华生产党主席卢月香，受她人格魅力的影响，转而加入了中华生产党。

卢月香的经历，颇有几分传奇色彩。她自1992年嫁到台湾，历经人生的酸甜苦辣，不停地为大陆新娘奔走、呼吁，在台湾与大陆之间架起了一道联系的桥梁。她最大的梦想，就是为两岸同胞服务，为家乡人民谋福利，实现海峡两岸的和平统一。创建中华生产党之初，经费匮乏，她便从自己开办的超市中拿出一部分利润用作党费开支，后来甚至卖掉了自己的住房。

姜金莲的朴实稳重、刻苦耐劳等品质，很快就获得了卢月香的赏识与信任。在中华生产党的五六年时间里，姜金莲经常跟在卢月香身边。2004年，卢月香成立"蚂蚁雄兵"，助连战、宋楚瑜大选，中华生产党的影响遍及全岛；2008年成立"捍马雄兵"，为马、萧大选出力；2012年全力支持马、吴大选获得成功。其中都有姜金莲活动的身影。她也由中华生产党大陆事务部副部长升至常务执行委员、妇女部部长。

如今，中华生产党已有党员42000多人，与台湾72个政党结盟，与32个协会组织对接，外围成员达70多万人。他们协助新住民争取地位、权益、福利等应有的平等人权，已成为台湾政治格局中一支朝气蓬勃、不容忽视的力量与队伍。

近些年来，姜金莲积累了不少社会活动经验，除在中华生产党任职，她还兼任台北市江西同乡会监事。往后，她想在社会公益方面多做一些事情，特别是为老年人、弱势群体服务。她想建立心理热线与生命热线，在关键时刻，向那些饱受心理折磨的人们伸出援助之手，帮助他们渡过难关。

她十分珍惜与老周这份难得的婚姻，他们相濡以沫，在一起生活了18个春秋。在她的照顾下，老周虽然87岁了，但身体仍十分健朗。能得到姜金莲这份真挚的爱，老周说真不知自己哪辈子修来的福分，就是死，也满足了。姜金莲让他马上闭嘴，不要说死这样犯忌的话，要他顽强地、健康地活下去。老周马上说，是，是，不能死，要好好地活，哪怕为了金莲，也要多活几年，多享几年福；又说要是哪天真的死了，就在阴间保佑她，让她买彩票中头奖。尽管物质丰富衣食无忧，根本不需要什么彩票奖金，但姜金莲仍为老周这份心意感动得热泪盈眶……

　　回首往昔，姜金莲感谢上天的眷顾，感谢生活的赐予，她不断告诫自己，要在有生之年，致力于社会公益，以回馈社会，回馈大众。

兰馨于心
——齐兰英的故事

戎章榕

在大陆新娘一行中,我选择齐兰英作为采访对象,随即被同行的作家取笑,说我专挑美女。不错,齐兰英在抵达厦门的大陆新娘中,是长得比较漂亮的一个。但我之所以选择她,是由于她来自浙江诸暨,而我是浙江慈溪人,只因为浙江老乡的这点交集,才选择了她。

接触齐兰英后,立刻就会发现,她不论说话的语调,还是言语中的用词,已完全是台湾人的做派。在她身上已经找不到一丁点儿浙江老乡的痕迹。她也承认,尽管现在每年都不止一次回到大陆,但她已经不太习惯大陆的生活。到了大陆,她会感到手足无措;返回台湾,反而会觉得得心应手。即便是在诸暨家乡,与亲朋好友相聚,她对他们的大声说笑也会嫌吵,这时,她就悄悄地离开。

这也难怪,齐兰英1994年去台湾,迄今已有整整20年。齐兰英是在海峡两岸解冻后,从大陆到台湾定居较早一批人中的一个。20年对于一个人的影响,不光是语言上的变化,那么,最大的变化是什么呢?这不仅是我而且是广大读者想知道的。

牙医助理与牙医

1987年,台湾岛内掀起了"老兵返乡运动"。老兵用歌声、用标语、用故事、用亲情感动了整个台湾,甚至引发香港、大陆媒体同气声援,据说就连蒋经国也动容了。

1987年7月15日，台湾当局宣布解除实施了长达38年之久的"戒严"，并废除因实施"戒严"而制定的30种相关"法规"和"条例"。"戒严令"的废除，为两岸关系的解冻提供了可能。当年10月14日，国民党通过了台湾居民赴大陆探亲的方案，允许民众赴大陆探亲；除现役军人及公职人员外，凡在大陆有血亲、姻亲、三等亲以内之亲属者，均可申请到大陆探亲。同年10月16日，大陆回应公布了《关于台湾同胞来大陆探亲旅游接待办法的通知》。至此，海峡两岸长达38年的隔绝状态的坚冰，终于被打破。从此，与亲人阔别38年之久的台湾老兵，开始了返乡探亲之路。

齐兰英的爷爷回来了，伴随着返乡探亲的老兵大军，回到了魂牵梦萦的故乡诸暨。故乡山水固然能够慰藉沧桑的内心，但毕竟"少小离家老大回"，对故乡的生活习性已难以适应。只是年事已高，需要有人照顾。齐兰英兄弟姐妹8人，举家合议去台一人，照应爷爷的饮食起居。

时逢台湾当局关于《大陆亲属来台依亲居留定居许可办法》出台。"依亲"是台湾特有的用语，是指直系亲属来台定居。

齐兰英踏上"依亲"政策的头班车，27岁只身来到台北。

说是照顾爷爷，也有来台找工作的目的。斯时，大陆与台湾的悬殊还是蛮大的。齐兰英说，那时大陆的每月薪水只有100多元人民币。

人地生疏，找个工作哪有那么容易！台湾当局对大陆妹在就业上实行歧视性规定，如将她们就业的范围限定在制造业、家庭帮佣、看护、营造业4个行业，因此，大陆妹要获得工作很难。

齐兰英心态很好，不懂就学呗！初到台北，从学习开始。电脑、英文、日文……好学的她，频频转场于各个培训班之间。

先是朋友介绍，在一家百货公司当销售员。做了4个月，觉得这份工作并不适合自己，因为她在大陆学的是护士专业。她想了解一下台湾医院的环境。

她从看护做起，第一个看护对象是保险业务员，不料，一周的看护时间却为她今后人生轨迹的转折留下了伏笔。

利用做看护，逐渐与医院上下混熟了，因为形象好，就在门诊护士部门谋得一个职位（相当于大陆的导诊），在那家医院待了两年。考虑这家医院离家较远，觉得上下班还是不太方便。

齐兰英在抵达台湾两年后，爷爷病故了。

她想改换一个环境，就辞去医院工作，应聘台北市一家牙医诊所，担任牙医助理。未曾想到，在那里遇到了她生命中的贵人——牙医。

牙医是个儒雅、有涵养的成功男士。既是牙医，又是诊所的老板。初来乍到，齐兰英隐瞒了过去，既暗示自己是大陆人，又只说自己是外省第二代。这点小伎俩很快地被识破，还好啦，牙医包容了她。

牙医对她很好，教她很多，从做人道理到牙科技术，她那双忽闪忽闪的大眼睛，看在眼里，记在心上。时至今日，她还念念不忘。

牙医家里有间书房，四壁全是书籍，牙医每天有时间都会在那里看书、上网。谈到牙医爱书，齐兰英说起一个好笑的故事。

与牙医混熟了，一天休息，牙医说，今天带你去一个地方。什么地方？她问。他卖关子，说，你去了就知道。

在台北地标101大楼旁，有一栋建筑，远远看过去外观像是宾馆、饭店，牙医遥指那栋建筑说就去那里。齐兰英突然若有所悟，识破了牙医的别有用心，急忙退缩地央求："不要啊，不要啊！"牙医笑了，执意带她进去。"我的天哪，是诚品书店！"齐兰英为自己的无知羞愧，更为自己的无端猜度而无地自容。

牙医循循善诱，101大楼是台北地标，那么诚品书店则是台湾文化坐标。台湾著名作家、舞蹈家林怀民就曾说过："台北可以没有101，但是不能没有诚品。"如果说诚品书店只是读书人的情有独钟，那就错了。人口仅有2300多万的台湾，每年却有1.2亿人次光顾诚品。

牙医还讲了诚品书店的创始人吴清友的创业传奇故事，拿吴清友的话来说："我不是在开书店，而是在推广阅读。"几十年的推广成就了业界的一个传说，也成就了台湾人温文儒雅的气质。人只要置身其间，心就自然沉淀下去，然后慢慢地悠然绽放。谁曾想到，当牙医滔滔不绝讲述吴清友的传奇故事，却为齐兰英日后的边学习边创业埋下了心灵种子。

牙医隔三岔五就要光顾诚品书店一次，每次都会拎两袋子的书回来。他在成长自己，也在影响他人。齐兰英能够感受到，他在用心培养她，她也在用心维护他。她感恩，懂得投桃报李，但凡有顾客进诊所，她都会介绍最好的做牙材料、材质，这就为诊所带来了丰厚的回报。

牙医当年给她每月5万元新台币薪资。这是怎样一种水准？台湾新毕业的大学生薪资多为"22K"。22K？这是台湾用语。别误会，这个名词和金属纯度无关，谈的却是真金白银——台湾的大学毕业生起薪。从2009年3月1日，台湾当局启动的一项就业辅导计划，由台湾当局向部分大学毕业生提供每月2.2万元薪资并外加劳动健保，辅导他们进入职场，实习工作为期一年，俗称"22K"。一年期满，干得好的，也就是25K、28K不等。由此看来，50K是相当丰厚的。

50K，可以让她衣食无忧，优雅地、有尊严地活着。莫说当初，即便现在，莫说在台的大陆人，即便是台湾的同龄人，这个收入水平都不算低。

最重要的牙医是单身。两个孤男寡女，朝夕相处，势必日久生情。

齐兰英说，是政治偏见阻碍了她，也是政治偏见成就了她。

水到渠成，瓜熟蒂落，齐兰英在牙医诊所待了5年，爱情长跑到了修成正果、谈婚论嫁的时机。不料，遭到牙医的母亲反对，为什么？只因为她是大陆人！

与其是儿子听从母亲的话，不如说是儿子政治立场所致。牙医是"深绿"，对大陆有偏见。齐兰英补充道，牙医虽不排斥我，但他排斥大陆人。

国共分治几十年，海峡两岸的政治分歧，不仅影响了两岸的融合发展，阻碍了国家和平统一进程，还分割了这对有情人，使他们不能终成眷属。

其实，政治偏见还让牙医失去了很多的机会。2007年牙医第一次来到北京，敏锐的商业嗅觉使他萌发了投资大陆房地产业的动议，也是由于母亲的阻止，使他至今还在不时后悔！

牙医母亲的反对使得齐兰英很受伤，看不到生活的未来。她说，这意味着她在牙医诊所只能充当牙医助理，虽然待遇不错，但永远是给人打工的角色。假如她不能成为诊所的老板娘，那么，她在诊所就永远没有地位，也就没有未来。如果她现在不趁年轻寻求新的工作,那么,到四五十岁,有此心却无此力了。孤身一人来到台湾立足,必须要有自我保护的意识,不求所有,但求所在,靠自立获取经济独立,靠打拼赢得社会尊重。

心有动就行动。齐兰英决定离开诊所,另谋生路。

"转换跑道"与起跑

"我想转换跑道。"齐兰英嗫嚅地对牙医说,她不知如何开口,一时也不敢当面直接挑明。

转换跑道?多么新鲜、多么形象、多么生动!这在大陆语言习惯中是不多听到的。

牙医低估眼前这位表面看去柔弱女子的能量,没有听出此话的弦外之音。他怎么也不会想到这位说话轻声细语的助理,会辞职,会放弃眼前优越的一切?他只是回应道:"这些年你辛苦了,休息一段时间也好。"毕竟婚姻受挫,彼此都需要冷静沉淀的机会。

齐兰英非但没有去休息,而是接受更为严峻的挑战。

要另谋生路,使她想起初来乍到时,在看护的病人中认识的那位保险业务员,年方30岁,育有2个子女,却因子宫癌住进了医院,以现身说法开导齐兰英趁年轻买保险的好处,同时也鼓动齐兰英加盟卖保险的行列。由于刚到台湾半年,没有身份证,不能从事保险行业。虽然业务员后来出院了,虽然齐兰英离开医院,但她们俩却成了好朋友,不时有电话联络,不时一块吃吃饭,保持着往来。

由于齐兰英是依亲定居,第二年就顺利拿到了身份证。更重要的是,牙医诊所的5年锻炼,发现自己在推销方面的能力。自己向求诊的客人推介最好的材料、材质,不是每每获得成功吗?

斯时,正好有一家保险公司在招聘员工,齐兰英悄然应聘。由于与保险业务员多有交往,使她对保险业并不陌生,顺利地通过了应聘。

应聘入职意味着更大的挑战。在较短时间里,学习、培训、考试,终于考取了保险证。齐兰英打电话告诉牙医,她要辞职,去做保险。

牙医惊愕了,不知说什么好,一语不发,撂下电话表明他的态度。他明白,从事保险业是靠业绩提成,不是谁想做就能做的。更何况这位柔弱的女助理?

齐兰英心里难受,得不到前男友的支持,但她还是义无反顾。她说,我要靠自己。

尽管牙医并不理解齐兰英的离去,觉得她一定会为了面子苦苦硬撑着,但出于怜香惜玉,他为她网开一面,提供了诊所兼职,每月3万块,维持生计,以便她回心转意。她难违他的盛意,领情接受,毕竟感情这东西不是一时就能割舍清的。

齐兰英反而更加努力地打拼。当然,初入保险业,并不顺利,"大陆人要和我们抢饭碗啦!"各种的歧视、鄙视和蔑视接踵而至,甚至恶语相向。尤其当你的人脉拓展、业绩攀升的时候,更会招人嫉妒。这不光是人的劣根性,有人群的地方总是在所难免。还好,南山人寿公司善用中国传统文化来弥合同事间的隔阂,融洽大家的关系。由齐兰英发起组织的中秋节一人一菜活动,参加者挤爆了办公室。萝卜青菜,各有所爱;一人一菜,嬉笑开怀。她的情商在活动中发挥得游刃有余。活动融合了感情,更彰显了企业文化。保险业推崇适者生存,也追求团体合作。

9个月后,齐兰英晋升主管。就在她业务量节节上升之际,还收获了一份爱情。他是公司的同事,在她初入职场的时候,给予她很大的帮助。关键的是,他追得紧,不论她走到哪里,他都追到哪里。女孩子怕追,死缠烂打,女孩子就找不到北了。当然,家里的催促也让她"缴枪投降"。她说,姐姐只比她大两岁,孩子都结婚了。在这样的舆论压力下,在进入保险业两年之后,她也步入婚姻的殿堂。

2002年4月,齐兰英的女儿出生。她随即每月花1.7万元高价将女儿交付保姆抚养,两岁就送幼稚园。而她自己,全身心投入工作。保险业是个竞争性很强的行业,要学习的东西也很多。

齐兰英所在的南山人寿,是一家美国公司,非常重视员工的学习、成长。通过授课、推荐阅读,改变员工的思维、观念。齐兰英在交谈中,无意中流露出他们组织学习的美国人罗伯特·柯里尔写的《秘密》一书。

这本书说是"秘密",却有着广为传播的故事。

比尔·盖茨还在哈佛大学就学时,无意中接触了这本《秘密》,受其内容的影响与启发,决定辍学创立微软公司,实现他那"让每个家庭都有个人计算机"的梦想。他成功了,成为世界首富。

这就是这本书想告诉你的:为什么那些只占人口1%的人,却赚走了约占全部人口96%的总财富呢?你以为那只是意外吗?那是有原因的。你知道某些事情,你就明白这个秘密。

正如一位广告人所说:《秘密》是一本充满力量的魔术书,能让你走出绝境,立刻感受海阔天空的自由;《秘密》是一本改变命运的幸福书,能让你获得快乐,快速掌握开启美好的钥匙;《秘密》是一本拥有奇效的魔法书,能让你瞬间顿悟,马上拥有心想事成的能力;《秘密》是一本揭示真相的哲理书,能让你心想事成,用宇宙能量使你美梦成真!

当下几乎是一个全民励志的时代,像《秘密》这样的励志书一经出版就广受欢迎,除了出版方的商业炒作外,更深层的原因就是我们每个人都在寻求心灵的出路,而《秘密》正是给无数在摸索中前进的人们指明了方向和出路,才如此广受读者们的欢迎!

南山人寿用这样励志的书激发员工的能量、潜力,让齐兰英开悟,犹如别开洞天。她庆幸自己的选择,庆幸自我施展的空间。

齐兰英如今已是公司的襄理,而她丈夫尚是主管。她目前手上拥有500多个客户,大多数是中小企业主。她现在年收入有100~200万元新台币,不仅实现了财务自由,而且每年都会到世界各地旅游。加拿大、美国、日本、澳大利亚等国家都不止去过一趟。既有公司组织,也有个人前往。她强调,这些还不是主要的,她看重的是人脉、空间、视野。

时至今日,就连当初反对她做保险的牙医也承认:"现在看来,你当初的选择是对的。"

浙江诸暨与台湾

齐兰英在大陆新娘中，算是个成功人士。这次来厦门之前，她还接受台北广播电台的访问，称自己是个幸运的台湾人。如今她不再回避、遮掩自己是个大陆人、大陆新娘，尽管她的大陆痕迹越来越淡，台湾味道越来越浓；尽管她张口闭嘴已是台湾口音，但她还是会用家乡话与家人保持联系。她说：我热爱台湾，也热爱家乡诸暨，我拥有两地家人，拥有两地文化，拥有两地优势，应当为两地做更多的事情。

齐兰英认同台湾，融入台湾，不是无缘无故的。她列举几个小故事。

2006年，她邀请父母来台湾，既是探亲，也是为了帮她带孩子。父母在台住了两个月，对台湾印象很好。台湾人善良，素质高，对人彬彬有礼，温文尔雅。让父亲很受感动的是，过马路时，有人从后面超过时会转过身来，鞠一躬说："对不起，借过。"这不是刻意而为，而是习惯养成。后来，再次邀请父母前来台湾，父母谢绝了："我们年纪大了，你好就好，我们放心了。"

当然，她讲述的台湾，也不光是印象好的，她也遭遇过一次打劫。那时还在牙医诊所上班。一天夜里11点下班回家，临行前，牙医交代她明早上班时顺道去邮寄两本杂志。结果走在路上，手提袋被抢了，事后得知是哑巴集团所为。齐兰英补充道，这是她在台湾20年唯一遇到的一次。

当然，她真正热爱台湾、融入台湾，是因为她在这片陌生的土地上找到了立足的事业，得到了爱情的归属，孕育了延伸的血脉……

故土难舍，故人难离。父母年迈，健康每况愈下。这意味着她每年往返浙江与台湾之间愈加频繁，这也意味着与故乡的维系愈加紧密。

在往返的途中，她发现了商机，觉得台湾在汽车配件方面的技术和服务，都值得大陆借鉴。她拟在大陆做汽车配件的销售，引进台湾技术、营销理念到大陆，开拓市场。市场前景是否看好，一时难下定论；但能够肯定的是，齐兰英的注意力开始转向。

开始转向还不只是生意上的那点事。齐兰英2013年加入了台湾中华生产党，也是做保险带来的机缘。大陆新娘尚且能够组织一个政党，那么，完全可以利用做保险积攒的人脉，将在台的浙江同乡组织起来，这不仅有利于浙江同乡在台生存与发展，而且有利于家乡的招商与建设，还有利于浙台之间穿针引线，互联互通。

当听了齐兰英内心的打算，我颇为赞同。突然觉得，选择诸暨的她作为采访对象，不就基于老乡这点交集吗？中国人的家乡观念是融入人之血脉的，这是什么力量都改变不了的。推而广之，同为炎黄子孙，血浓于水，这也是什么力量都无法改变的。

深受感召，我将在台的朋友高雄大叶大学的边教授，介绍给她认识，因为边教授的祖籍也是诸暨，尽管是第二代。没想到的是，尚在厦门期间，她们已经互通了电话。我由衷祝愿在台的浙江同乡会早日成立。

齐兰英，父母当年取名也许并未有深意。中国人崇尚兰花，兰花有"王者之香""天下第一香"之美誉，是高贵、典雅的象征。古人把兰与松、竹、梅并称为"四友""四君子"，但"竹有节而无花，梅有花而无叶，松有叶而无香"的缺憾，使人们对"有节、有花、有叶、有香"的兰花情有独钟。取名兰英，寄寓兰花，也就为我们进一步解读齐兰英提供一个新的纬度。

齐兰英去台定居20年，结婚、生子、事业有成，回过头看，可以说她运气好，生命中频频遇到贵人，不论是牙医还是买保险的丈夫。

当初是那位保险业务员鼓动齐兰英参与保险行列。当她面临抉择、面临情感困惑，她也会找那位业务员推心置腹，一诉衷肠。其实，当牙医与齐兰英的婚姻遭遇男方母亲反对时，他们俩已经走到了一起。牙医也为了她，付出了最大的努力。为她在101大楼附近开了一间更加豪华的诊所，一是避开母亲的视线，二是为他们营造更加温馨的两人世界。牙医之用心，着实让她感动。深谙她平生喜欢蓝色调，在厨房设计上就为她而订制。业务员事前事后都劝过齐兰英，你真没有必要离开牙医，茫茫人海，碰到对的人的概率并不多。只要情投意合，两情相悦，要什么名分呢？一旦老太太百年之后，你们俩还可以名至实归嘛！

是啊，齐兰英当时亦纠结，她坦承：受惠于牙医很多。最后，还是选择了离开。她说，如果选择了牙医，只能拥有一个老公、一个孩子、一家诊所。每天按部就班地生活，尽到相夫教子的职责。那么，她的活动半径是有限的，一定没有现在这样宽阔；她的生活色彩是单调的，一定不会像如今这般斑斓。

齐兰英长得一副姣好的面容和曼妙的身材，但她没有过多地倚重外表，而是着力内心的提升。她一再表示，能够走到今天，能够拥有今天成就，"想法很重要。人活一世，需要有正确的观念"。

齐兰英的人生感悟，让我再度联想起兰花。兰花卓尔不群，人见人爱，固然因其天生丽质的外形，但更因其高洁、独秀的气节；兰花之美固然在其端庄飘逸、清新宜人，但是以花形、叶形为辅助，以颜色、香气为主导。兰馨于心，由内向外散发的清新淡雅的芬芳，才是最为人称道的。

女人如花，人花同理。

人生的三把钥匙

——江南的故事

戎章榕

不能接受那就改变,不能改变那就离开。

——题记

在大陆新娘团抵达厦门的欢迎晚宴上,酒过三巡,脸红耳热,兴高采烈,载歌载舞。这时,一段舞蹈非常吸引眼球,一招一式,颇见功力,一颦一媚,更显风采。在热烈的掌声中,舞者谢幕:"我叫江南,在大陆原来是个演员,曾在湖南常德市歌舞团,是唱歌剧的。"

张爱玲说过,生活像一袭华丽的袍,里面爬满虱子。相信有过生活阅历的人,对此话都会有感慨。人前光鲜靓丽笑靥如花,背转身去,又有多少人在黑暗处饮泪?是啊,谁会想到,这位光彩照人的佳人背后居然有着三次离异的情感坎坷历程?

选 择 离 开

江南 2001 年离开了熟悉的湖南,为什么离开?因为离婚。同时,来到了陌生的台湾,为什么到来?为了结婚。

江南 1954 年 8 月出生在长沙市。少女时代能歌善舞,再加上亭亭玉立的姣好相貌,不到初中毕业就被常德市歌舞团招走了。这一走,为她的人生留下了不可磨灭的记忆,欢乐的或是痛苦的……

歌舞团的工作是唱唱跳跳,无忧无虑,转眼到了谈婚论嫁的年龄。这一年，江南从长沙休假回来，她的婀娜多姿的倩影牵走了一个人的目光和魂魄。他就是从广州调到团里的钢琴老师，也就是她后来的丈夫。

江南起初并不知道，这位风流倜傥的钢琴老师，团里已有追求他的对象，但是，江南还是凭借自身的魅力，将他"拿下"。初恋是美好的，但婚后的矛盾却凸显了起来，尤其是他们俩调回长沙之后。

为了照顾男方父母，江南夫妇1986年调回了长沙。公公婆婆都是高干，对于靠脸蛋谋生的儿媳，早就多有嫌弃。再加上，做演员的经常抛头露面，尤使婆婆嫉妒与反感。如今朝夕相处，抬头不见低头见，婆媳关系随之开始紧张了起来。

江南是被动离开常德的。当她选择了离开，也就意味着放弃。人到中年，她是不可能再回到长沙的文艺团体。也就是说，她要放弃为之付出汗水、付出青春、付出梦想的演艺事业。青春不驻，事业难续。丈夫去了某出版社，也算专业对口。而她却到湖南省汽车工业总公司做一名广播播音员，心里失落是有的。还好，长沙毕竟是大城市，机会很多，各类文艺的培训班、辅导班如雨后春笋。这就给了江南施展才艺的机会，白天在公司上班，晚上、节假日奔赴不同的培训班，忙得她不亦乐乎、无暇他顾！

也许是忙得忽略了丈夫的感受，也许是丈夫耐不得寂寞、花心萌动。丈夫出轨了，移情别恋。这对江南打击不小。人都说一日夫妻百日恩，他们经营了17年的婚姻，说散就散了！更何况他们已有了爱情的结晶——一个女儿。什么山盟海誓、什么执子之手与子偕老，陡然间如冰山化解，轰然倒塌！

生性要强的江南，从公婆高干离休的独门小院搬了出来，寄居在妹妹的家里。妹妹业已成家，住得也不宽敞。这有什么法子？骨肉姊妹，你不援手，谁来帮衬？

此时此地，江南比任何时候都感到家的重要！一个女人，可以没有爱情，但不可以没有亲情；可以没有丈夫，但不可以没有亲人；可以没有家庭，但不可以没有住房。

斯时，国门敞开，两岸解冻，1987年底，台湾当局不仅放开大陆老兵返乡省亲,而且在1990年允许两岸的通婚。第一批娶大陆新娘的也正是这一批老兵。根据台湾当局"退辅会"的调查,约有2万多台湾老兵娶了大陆新娘,大多是老夫少妻配。于是,大陆新娘异军突起,据说,目前在台的大陆新娘有42万人之多,湖南的大陆新娘在台湾的人数,名列全国第三。

江南在人生的低谷徘徊。湖南籍的大陆新娘的进进出出让她心有所动。她讲述当初的心绪时,用非常直观的表述。湖南农村的小姑娘嫁到台湾,回来后就在县城买房;县城里的小姑娘嫁到台湾,转身就在二线城市买房;二、三线城市姑娘去了台湾,就在长沙市拿到住房的钥匙。房、房、房,江南太想要一套自己名下的住房。

自己虽然在年龄上已无优势,但在相貌上还有一拼。徐娘半老,风韵犹存。台湾是当初亚洲"四小龙"之一,经济发达,生活富裕,罩着神秘的面纱。她用一个形象的比喻:人家都说台湾钱多得淹过脚踝。她好奇想见见世面,她更想改嫁定乾坤,靠仅存的一点姿色去捞一把!

当机会真的如愿而至,她的心又凉了半截。经人介绍,她远赴成都与一个台湾老兵见面。我的妈呀,老兵真老!已有75岁,比她大整整25岁,这就是人说的白天做女儿,晚上做妻子?强烈的反差冲击了她固有的观念。不要说她动摇了,连老兵在四川工作的表妹也摇头了。可是,老兵却动心了,不依不饶,追到了长沙。即便是晚上暂住在表妹家,老兵可以整晚不睡觉,不时起身探头欣赏,如获至宝。

江南离婚后,她不想也不愿再见亲朋好友,她在躲避,而躲避的最好出路是远嫁一个没有人认识她的环境。台湾成为她一个上佳的选择。

江南在见了两次面之后,她决定嫁了。她再次选择了离开,也就意味着逃避。她承认,她嫁到台湾,是有所求的,希望过好余生,改变命运。但她对台湾了解甚少,两眼一抹黑,一跺脚就来了。她本着一个信念:瘦死的骆驼比马大。

到了台湾,瘦死的骆驼尚未寻见,马也没有追上。老兵的几个子女强烈反对,不光是岁数相差太大,主要是两个人反差太大。几个子女横加干涉的理由是,江南长得妖艳,有觊觎财产、图谋不轨的企图。靠姿色来搏一把,却因姿色而受阻。

当然，这与当时当地的宣传不无关系。据《中国时报》当年报道，一位现年87岁的老士官长王士龙，近10年来，陆续迎娶了三任大陆新娘，结果一生的积蓄全被骗光，就连最后的养老住宅，也被第三任大陆妻子徐连英贱价变卖，得款2200万元新台币逃回大陆。有名有姓，言之凿凿。一个个案被无限地放大，大陆新娘被台湾舆论妖魔化了。

老兵有3个儿子、5个女儿，寡不敌众。在百般无奈之下，江南在嫁到台湾第6天后就离婚了。离婚了却不能选择离开，离开就意味着返回，返回有何颜面？何以再见江东父老、亲朋好友？

被迫接受

离婚后，江南在台湾有半年的暂住期。在这6个月时间里，她既要养活自己，还要设法留下来。

她来到大润发卖场找到了一份卖锅子的营生。锅子？即便到了今天，江南还是湖南乡音未改。台湾人叫厨具，锅子谁听得懂？文化差异陡然显现了出来。

就凭这副口音，如何把产品推销得出去？客人来了，带有异样眼光回应道："大陆来的吧？"转身随即离去。语言障碍还好办，她发狠把产品说明书全部背下来，这样产品介绍起来就顺溜多了。加上演员出身，在向顾客推销产品时，有型有款，有时让顾客不好意思拒绝，销售业绩也开始上升。

业绩起色了，却遭遇观念的歧视。同为卖场售货员，认为是大陆人来抢台湾人的饭碗，横挑鼻子竖挑眼，不给好脸色。

"既来之，则安之。"江南在讲述往事时，重复最多的就是这句成语。她文化程度并不高，但中国传统文化的精髓还是浸入了骨子里，让她明白人在屋檐下不得不低头，让她懂得隐忍的坚持，懂得忍气吞声、委曲求全。

一面在卖场谋一口饭吃，一面托老乡张罗介绍对象。一个修庙的工匠，比自己大5岁，岁数适当。第一次见面安排在卡拉OK厅，兔子撞到枪口上，音乐一起瞬间激活了江南的文艺细胞，拿手呀，几曲下来，博得了掌声，也博得工匠的欢心。

一来二去，江南又把自己给嫁了，嫁给这个工匠。都这把年纪的人了，应该冲着结婚而去；但是，婚姻毕竟是两情相悦、志趣相投，最不济的也是两个不同生活习惯的人一起生活，还是需要了解，需要磨合。草率的开始往往是草率的结束。江南已有一次教训，还不汲取，看来她真是有点饥不择食。

头3个月，工匠待她真好。带她出去旅游，游山玩水，好吃好喝。即便工匠去工地，江南也跟着，他做工，她在周边转悠拍拍照什么的。两个人进进出出，形影不离。街坊四邻看到后都会喊话："林先生啊，老婆好漂亮耶！"工匠呵呵笑而不答，是虚荣心的满足，还是羞涩感的流露？

然而，好景不长。3个月后，工匠来了一个大转弯，整个态度都变了，变得不可思议！他认为江南是间谍、是红卫兵，要与她离婚。

但这次江南没有同意，两人开始长达6年的拉锯战。她死乞白赖要他帮助拿到她在台湾的身份证，工匠推三阻四地不情愿，不得已就这么僵持着。

6年不是6个月，这中间会遭遇什么曲折的故事，会经历怎样的煎熬？谁也说不准！工匠的态度为什么会发生大逆转？为什么又会维持这个名存实亡的婚姻？为什么要承诺帮助江南拿到身份证？许多的疑点只是凭借江南单方面的陈述是难以说圆的。个中原委，只有当事人心知肚明。

江南首先把这一切推到观念的歧视。不错，不少台湾人对大陆新娘普遍存在偏见，认为这是"有钱台湾男人在解救贫困大陆妇女"。工匠有歧视，他的3个女儿有歧视，警察局同样也有歧视。

有一天，江南还被叫到警察局协助调查。"你是江南？"一副盛气凌人的模样。"你在哪里上班？""你知道没有身份证不能随便出去工作吗？"做完了笔录，江南回到家。

不光是江南感到羞辱，而且工匠也觉得没有面子，自己结婚了，老婆去上班，还被警察局传讯。但是，谁又知道他们夫妻只是名义上的，江南不"打黑工"，谁来养她？

工匠的歧视还来自他的偏见。他一辈子没有来过大陆，对于大陆的印象只是停留在"文化大革命"年代，认为大陆人都穷得叮当响。这种歧视像病毒在台湾社会上蔓延，一些餐馆甚至把一道菜叫作"大陆妹"，也就是"好吃便宜"的意思。

另外，工匠曾是做六合彩的，非常有钱，多的时候，一周能够收入480万元新台币，光是放在银行的钱，利息就有40万之多。有了钱，人就得瑟，吃喝嫖赌。原先老婆帮他签牌，看在眼里，记在心上，你不忠，休怪我不义，逐渐转移他的钱财，留有后路。当他发现时，大势已去。无奈之下，老婆离婚，人财两空，从此一蹶不振。心态会不会由此被扭曲？

婚姻虽然名存实亡，但是，"夫妻"彼此还是有依赖，不然，不可能维持这么长的时间。正如她想通过他获得身份证，而他呢？需要她的文化帮助他打点生意上的事。台湾拼音与大陆是不同的，为此，她回到大陆，都会买些字典回去，以便沟通，做一点力所能及的帮助。江南说，她上过一年的大学，那是回到长沙在汽车总公司工作期间，如果坚持下来，命运会不会改写呢？她自语道。

生活不能假设。她能为他做的也就这些，他们的夫妻情分只有这么一小部分。更多的时候，是冷漠、屈辱和冷暴力。

一天，家里的金戒指找不到了，工匠就质问江南，为此，他们大吵了一架。她说，我虽然穷，但穷得傲气，我们表面上还是夫妻，绝不可能做偷鸡摸狗、吃里爬外的事！

一次误会还好忍受，长期漠视的确让人心灰意冷！

他们吃饭从来都是分开来，各管各的。湖南人爱吃辣，平时炒个辣椒佐餐，工匠喜欢甜食。如果只是生活习惯还说得过去，平时的视而不见则让人心寒。比如，晚上看电视，"丈夫"就着葡萄吃，居然也不问问身边的"妻子"是否吃一点，完全旁若无人的样子。难以忍受的是，每当夜深人静的时候，"丈夫"还爱数落唠叨，不管他说什么，她都不回应。"妻子"学会沉默、学会沉寂。江南感慨地说，如果外人有心，都不知道这间房间还躺有一个女人！

冷漠还好接受，江南硬气，不放在心上，但她还是个女人，最受不了的，是工匠与女儿有说有笑的热乎劲，每当遇到这样的情景，她都会想起自己的女儿，受不了独自跑出去，任凭眼泪簌簌地流下来……

时不时工匠还来烦她、驱赶她。他告诉她，"我要和老婆复婚"。她央求他，"容我赚点钱，再搬出去"。他又说，"我要出国定居"。她回答，"求你帮我拿到身份证就和你离婚"。

"六合彩"中落后，工匠只剩下两间小房。当初嫁过来的时候，江南的箱子还是放在内屋。关系紧张后，工匠就把箱子移至外屋，好东西都放在内屋，内屋从此大将军把门，处处设防。有时偶尔半夜醒来，发现工匠窸窸窣窣在翻她的包，一声严厉的质问，工匠支支吾吾地搪塞过去。最不可思议的是，6年了，江南没有工匠家门的一把钥匙。如果她早回来，就坐在门外等着。当人与人连起码的信任都没有，莫说做夫妻，即便形同陌路的，也会遭人诟病。防"妻"如防贼，这已不是歧视，简直是人格的侮辱！

当一个女人没有自己的归属的时候，内心是何等凄凉！什么是寄人篱下？江南体会最深。在长沙住在公公婆婆家是寄居，第一次离婚住在妹妹家是寄居，那么眼前，就不是一般意义上的寄居，而是苟且偷生！除了一张床，房间四周都堆满了落满灰尘的"东西"，还不容归置打扫。有一年寒假，她的女儿执意要来台湾看望母亲。当看到眼前一切，女儿还是忍不住反问道："妈妈，你住的这是什么呀？！"眼泪瞬间涌了出来，母女俩抱头痛哭……

江南婚后前两年，每年只能在台"探亲"半年，每次返乡，都穿得光鲜亮丽，挂金戴银，珠光宝气，但有谁知道她的真实状况？有谁从她笑盈盈的脸上看出她的内心在滴血？她是活在别人的眼光里。

毕竟做过艺术工作，骨子里还是有改不掉的清高，文化人的傲气。受女儿的刺激，她发出狠心，再不能这样窝囊地迁就下去，要拥有一套自己的住房。苍天不负有心人，有个湖南老乡将自己的住房过户给她，她倾其多年的积蓄，拥有了自己的房子，这是她梦寐以求，也是她引以自傲的资本。

6年中，最为难熬的时候，江南通过调剂的方式，把痛苦忘却。卖场工作一周有一天休息，她就买一张去台北的城际捷运的票，在那里逛一天、吃一天，玩到晚上9点再乘高铁回去，尽可能把烦恼抛在脑后。

尽管洒脱，但眼见飞奔而去的高铁，还是会滋生一些感慨。人生多么像一张单程车票呀，周末去台北，晚上可以回去，而人生过去了就一去不复返。坚强也罢，懦弱也罢，开心也好，烦恼也好，总得一天一天地过下去。

面对飞驰而去的列车，6年来，生性高傲的江南选择了接受，也就意味着接受屈辱、煎熬，难以言说的酸楚和痛苦……

是否改变

与工匠住满了6年，在拿到身份证的第二天，江南再次离婚了。

得到也是失去。

当江南忍辱负重、含辛茹苦地拿到身份证，却传来她的女儿患上了尿毒症的消息，这不啻一声晴天霹雳！更何况江南的天空晴天不多。在这个世上她的唯一血脉，濒临着生命的威胁。她已无力撑起行将塌下来的天空。女儿考上了广东音乐学院，也是她前夫的母校，学的是音乐制作，这是她心灵的寄托，生活再苦、再不如意，再大的委屈，想起女儿，她都能忍受，都能克服。如今，对女儿是致命的病，对她是致命的打击！她开始抱怨命运、抱怨苍天。如果说命运无辜，为什么总是对她有意地过不去？假如说苍天有眼，为什么偏偏无视她的命运多舛？她感到人生空虚、感情空虚，悲观厌世，百无聊赖……

最终还是母亲天性让她撑住，没有倒下。她把桃园县那套房子转手了，为的是给女儿换肾。她的命中是不是就不该拥有一套属于自己的住房呢？

她只身一人从桃园来到台北。与他人合租一家麻将馆后面的一间小屋。住房主要功能是夜间睡觉使用，而麻将馆到了夜间，却是人的喧闹声、搓麻声鼎沸，睡眠的质量大打折扣。没有办法，便宜嘛。"我有得挑吗？"江南自问道。

要生存，首先要谋生。做什么好呢？除了唱歌跳舞，别无所长。去医院做看护吧，老乡推荐道。入门门槛低，她花了4500元培训费，取得了看护证。

她的第一个看护对象是一个86岁的老太太。北京人,教授。生性孤僻,不易接近。前面有3个看护,都因为接纳问题被辞退了。江南来自大陆,见多识广,再加上伶牙俐齿,能说会道,哄得老太太开心,接纳的问题解决了。第二关是换尿布,这可为难了她。尽管有过培训,但是新手,从未操持过,又是那张嘴帮了她,尽挑人家爱听的说,不仅把老太太逗乐了,而且把老太太的女儿也说高兴了。"换尿布,我来吧。"女儿抢着把换尿布的事给揽过去了。做了10天,轻轻松松赚了2.4万元新台币。江南笑了。看护在他人的眼里是低人一等,只要改变心态,同样可以获得欢乐。

第二个看护对象,是一个50多岁的银行女高管,患有淋巴癌。初步接触,女高管怨声载道,抱怨命运不公。她是外省第二代,来自广东,家中9个子女,自己是老末。江南就以自己的身世开导,同病相怜,相互汲取力量,居然成为好姐妹。看护了两个月,如今女高管出院了,她们还保持着联系。

做看护对于江南的人生价值观也有很大的影响。第三个看护对象是国民党的上将,一个月有9万多新台币养老金,但子女都在国外,自己已经完全丧失了自理能力,每天靠鼻食维持生命。钱多有什么用?养儿育女有什么用?面对此景,她想,人活一世,开心是一天,愁苦也是一天,何不开开心心!

对于江南而言,做看护最大的好处,是工作时间的弹性制。比如,她看护将军20天,赚了4万块,她就把当月剩余的10天用来唱歌跳舞。

来到台北后,经老乡介绍,江南加入了台湾中华生产党。这是一个以大陆新娘为主体的政党组织,正是这个组织发起抗议,通过"我要人权、我要身份、我要工作"的示威游行,才将大陆新娘等待身份证的时间从8年时间改为了6年。进入中华生产党,她如鱼得水,发挥专长,教姊妹们唱歌跳舞,旋即被推举为中华生产党的文化部副部长。中华生产党的推广"文宣"有这样的介绍文字——"有个中华生产党,那儿教的舞蹈特别好",想必是因为有了江南?

江南擅长的专业,来到台湾后,却没有用它来谋生,这不能不说是一种遗憾。后探原委,是她第二任丈夫的告诫。当年初到台湾,有人介绍她去西门町夜总会,老兵即予劝阻,那个地方去不得,白道、黑道分不清,怎一个乱字了得!

江南虽未涉足演艺圈,但始终保持这份爱好,把它作为调整身心的一种手段,让自己在困境中坚强地活下来,这算不算"不忘初心,方得始终"?

她必须坚强活下去,因为女儿还需要她。女儿虽然换肾成功,但每月的医药费还需要5000多元人民币。母女俩看来需要相依为命。

何不回长沙?十几年的台湾打拼,最大的收获是在长沙购置了一套104平方米的住房,原先是打算叶落归根之需,但每次回去,总会感到有隔阂,发现自己已经成为故乡的边缘人,融不进去。其实,从根子上看,还是面子上过不去。

总想着混出个人样,风风光光,衣锦还乡。尽管表面上光鲜亮丽,却掩饰不住内心的怯懦。"死要面子活受罪",这种的劣根性导致多少人的悲剧!

谈到晚年安排,江南内心的想法是,今年她已经60岁了,再熬5年,她就可以向当地申请廉租房,每个月可以获得7000元新台币住房补贴,再加上没有工作,可以申请低少收入户,纳入抚养行列。

由此看来,江南之所以放低身段去做看护工作,从表面上看,看护是直接从病人家属手中拿钱,可以不上税,从深层次上看,看护不算职业,没有个人就业的登记,也就为将来进入低少收入户作铺垫。她做看护,是为了满足眼前生计之需,也是为了消除晚年安养之虞。

江南还是颇有心计的。良禽择木而栖,这其实也没有什么可以非议。

不知是谁说过,人的一生,不能接受那就改变,不能改变那就离开。江南的一生都在接受、改变和离开中抉择。俗话说,江山易改,禀性难移。改变最为重要,好的改变在人生什么时候都不觉得晚。台湾13年,将江南改变了吗?有所改变的,是文艺人的清高、湖南人的"骡子脾气"……从根子上没有改变的是她追求幸福的方式,不论是接受,还是离开。

因此,江南没有用人生的三把钥匙打开她命运之门。这或许是她人生悲剧的根本原因?

芳名在外

张 明

我对植物有着一份天然的情感。我想,这与我小时候在乡村生活有着极大的关联。我两岁随父母下放到乡下,在清苦的乡村,满眼都是植物,生存唯一的物质基础就是植物的关爱,瓜菜当粮,水果充饥,哪怕生病了,也是采一把草药煮汤敷服,根本无须打针吃药。成年后,在都市工作,闲暇之余,我最喜欢的就是登山,或者是去植物园走一走。

所以,在第一次见到清新的蔡彬,听她自我介绍是一位从事电子商务的健康使者,而且是经销植物提取的保健用品时,我似乎就把她看成了一株亲切的植物。

我知道蔡彬的身份,一位嫁到台湾才4年的女子。她就像一株不需要名字的植物一样,悄悄地生长在那一片土地上,不串门不签单,不填履历表。台湾宝岛天生丽质,一年四季都有着碧波绿树鲜花。只有岛上的人们才能感受到,植物的拥抱和依偎是如何与他们息息相关。相信蔡彬的感受比他们更深刻。

蔡彬说,有关植物情感的研究很多,有的不可思议得近似荒谬,却很美,美得接近梦想,接近童话。

是的,蔡彬自己就是一株情感的植物。

她的茎叶纤细修长,亭亭玉立,花瓣清丽,洗练缤纷,但又带着三分天真。蔡彬是一个有着情感经历的人。很多人谈起感情经历,记住的都是伤,都是痛,可她不是这样的。她说起和先生结婚前的一段感情,说着说着把自己给说乐了:在她决定要结束那段感情时,她也感到了撕心裂肺的痛。那天晚上她一个人走在街头，不想回家，也不敢回家，她怕控制不了自己伤心的情绪，让老父亲难过，就来到一个闺蜜的家里，哭着给姐姐们打电话。姐姐们从来没见过妹妹这样伤心地哭过，不知道发生了什么事，都慌慌张张飞奔而来。一见到妹妹梨花带雨，泪雨滂沱，赶来的三个姐姐心痛不已。可还没等姐姐们把她事情的原委听完，她竟然伏在闺蜜的床上睡着了。大姐一看，马上释然："没事了，我们都回去吧。"果然，第二天，蔡彬又如一朵雨后的鲜花，更加娇艳地出现在人们的面前，所有的伤痛，都随着泪水流得干干净净，就像一汪清浅而透明的溪水，只映阳光，不留秽物，天真无瑕。

蔡彬就是这样在她轻轻的笑语中，谈起她和先生蒋奇睿的情感故事。

她说，好像是命中注定了似的，她这一辈子一定要遇上这个人。他们走到一起可谓是一见钟情。2月份见面，3月份约会，4月份提亲，5月份结婚。而且，从家庭到社会，一路绿灯。蒋先生到蔡彬家提亲时，上至老父亲，下至姐姐姐夫，都是欢天喜地，其乐融融，好像他们前世就是一家人一样。

蒋先生在后来对蔡彬的描述中，谈了他去提亲时两个令他既震撼又难忘的感受。一个是"君王"的感受。前些日子，蒋先生的一个国际贸易公司在台北刚刚成立。在给公司取名时，他可是颇费了一番思虑。公司的同事们取了一个又一个的名字，他没有一个满意的。是啊，一个自己将要为之倾注毕生心血的未来，就像一个要托付终身的新娘，他怎么能不前思后想，左推右敲？更为重要的还有一个原因——这是他重生之后，将再一次创造自己人生的又一个开始！而且，这一次，他再也不能让自己重蹈失败的覆辙，一定要以成功者的姿势，站立在人们的面前。

"成者为王败者寇"！就在某一天的某一个时刻，灵感不期而至，对，"君王"！他苦苦思索的，他所需要的，正是这两个令人尊崇的大字！好，就是"君王"！于是，他立即着人把"君王国际贸易有限公司"几个斗大的烫金大字高高地挂上台北街头。

他不知道，某一天某一个时刻某一个他生命里如此重要的一个人，在某一个让他意想不到的地点，和另一个"君王"不期而遇。

那是他第一次和蔡彬一起来到宿州,是来提亲的。汽车在皖北大地上疾驰向前,一路的风景令他心旷神怡。身边有美人在侧,小鸟依人;窗外风景如画,春意盎然。蒋先生在台湾似乎从来就没有找到这种感觉。自从第一次创业失败后,那段黑暗的日子里,他似乎再也没有见过阳光,见过春天。这开阔、美丽的皖北大地,让他突然感到这个春天是如此不同,如此亲切,如此新鲜,他预感到他的人生将有一个崭新的境界!

车子终于到达他们此行目的地——宿州。车子刚出宿州收费站,突然,两个异常熟悉的大字映入眼帘——"君王",蒋先生心中一惊,再仔细看看,"君王服务区"。"我们到家了!"耳边传来蔡彬快乐的声音。"是吗?""是的!"蔡彬向前指着,"就在那里。"

"天下竟有这样的巧事!"蒋先生顿感浑身热汗淋漓。事后,蒋先生把自己那一刻的感觉告诉蔡彬,她说她也是心中一惊。"这有什么说道吗?"蔡彬似乎在问我,又似乎在问她自己。

蒋先生的另一个感受,是对"家人"的感受,或者说是对"家"的感受。蒋先生说,一走进蔡彬的家门,他一颗漂泊多年的心,一下子找到了归宿。当老父亲牵着他的手,姐姐姐夫簇拥在他们的身边时,他的眼泪都快要忍不住了。多少年了,蒋先生没有这种情感的经历了。他似乎忘了"家"是什么了。

说到这里,我们有必要简述一下蒋先生此前的经历。蔡彬一直和我这样称呼着他的先生。

早前,蒋先生经营着一家电子工厂。

那时候BB机产业刚刚兴起,蒋先生的时机抓得准,生意做得风生水起,很快成为全台三大厂商之一。作为郭台铭的师兄弟,他颇有些要与郭台铭比肩同行之势。没想到,就在他的事业朝着顶峰迈进的时候出现了问题。这是蒋先生无论如何都想不到的问题,因为,这个问题不是出在技术上,不是出在资金上,也不是出在管理上,而是出在他自己,这位小时候拍过不少电影的他,往往把现实生活艺术化了。他为人率真、豪爽,相信一个人便毫无保留,是他太相信他的经营伙伴了。他怎么也想不到,他数亿元的资金,被他视作得力而从不怀疑的合伙人,在他毫无察觉的情况下,一夜之间席卷而空,一分不剩!得知情况后,蒋先生一直不相信这是真的。他把自己关在办公室,整整两天没有出门。第三天,他走出办公室,把所有的工人召集到一起,向大家宣布:工厂从今天起,停工关门!

顿时,厂区像炸开了锅。蒋先生知道,拖欠大家的工资必须还上。但要求大家再等两天,他把设备卖完就发给大家。

工人的工资毕竟还是小事。这个天塌不了。而真正塌下来的天,是股东、客户、银行等等的资金链一夜全部断了!一时间,索债者纷纷登门,还有人雇请了黑社会分子,把他逼到一座高架桥下,拿着枪向他索命。最后时刻,蒋先生对他们说:"如果今天把我杀了,这个债永远没人还给你们了,如果留下我,我最终是要还上这个钱的!不管是谁的钱,我都会一分不欠!"

此后,妻子带着孩子离开了他,弟弟妹妹远离了他,母亲带着担忧离开了人世,所有以前推杯换盏的朋友都不见了,只有老父亲是他唯一可以联系的人。他不怨他们,他理解他们,他知道如果他们不远离他,那些追债的人也不会放过他们。那时,他才理解了人生的黑暗是什么一种状态,他才知道了孤独是什么一种滋味。

有多少次,他站在楼顶,想纵身一跃;有多少次,他来到海边,想扑进大海的怀抱。可是,一想到年迈的父亲,一想到自己身负的债务,又想到应负的责任,他又坚强地生存了下来。他一生最恨的就是那逃避责任、不负责任的人。

命运总是会眷顾那些不屈的人。

那是一个晴朗的、温暖的冬日的下午。蒋奇睿正在处理手中的工作,一位漂亮的女孩走进了公司。蒋先生以为是客户,热情地迎了出来。仔细一听,原来是位电子商务的产品推销员。蒋先生由于太忙,想打发她走,马上应付道:"谢谢,如果可以的话,请把产品说明书、质量报告、资质证书等送给我看看。"

蒋先生没想到,不到两个小时,那位女孩抱来一个大包,里面装着蒋先生所要的全部资料,并随手递上自己的名片:"谢谢先生,不多打扰您了,看完资料请您跟我联系!"还没等他反应过来,那位女孩便飘然而去。

一直到晚饭后,蒋先生处理完手中的工作,趁着叫外卖的时间,不经意地拿起女孩放在桌上的资料翻了翻。没想到,这随手一翻,蒋先生立刻就被吸引住了。整整一个晚上,蒋先生通宵未眠。第二天一大早,他就拨通了女孩的电话。

蒋先生有些按捺不住自己了,他真的很兴奋,因为,他从中看到了他想要的商机!

很快,蒋先生辞了工作。他要大干一场!因为在台湾,他可能是第一个吃这个螃蟹的人,他要成为台湾第一!

那时,他除了工作,就是工作。这十多年,他就靠自己一个人奋斗、打拼!

直到一次到大陆出差,遇见了蔡彬,他才想起自己都已经适应了的孤独。

因此,走进蔡彬的家,他立即就被那温暖的家庭气息给融化了!终于真的回家了!蒋先生在心里这样对自己说道。

蔡彬说,人要活得优雅,特别是一个女人要活得优雅,就更不能心怀怨怼,甚至仇恨,而要学会理解,学会感恩。每个人都有好的一面,当然也有不能让人满意的一面,而我们应该记住的是别人的好。这样,你自己就会活得更自信,更轻松,更优雅。一个内心有仇恨的人,他连笑一笑都做不到,还怎么优雅?

确实,和蔡彬在一起,你能够感受到她内心自然而然流淌出的纯净和美好,真诚和雅致。

也许正是因为这样的一种特质,才使她在台湾能够比别人走得更优雅,更潇洒,才赢得更多的成功,更多的尊重。

其实,她认识蒋先生时,蒋先生新的事业才刚刚起步,身上的债务还没有全部还清。当他把一切都告诉蔡彬之后,原本希望蔡彬作一个决断。谁知,正是这点,真正地打动了蔡彬。一个男人能把他那么沉重的包袱放在她的面前,绝不是为了求得悲怜,讨得同情。蔡彬觉得,她唯一的责任就是毫不犹豫地为这个男人去分担！虽然，这是个远隔千山万水的男人，她还没有完全了解，但是，她的心，已经作了决定！

理想很丰满，现实很骨感。对于一个没有多少经历，而且还很年轻的女孩子，蔡彬来到台湾，显然，她的准备还是很不足的。

让蔡彬第一个没有思想准备的，是现实的制度原因。这是给她来到台湾被浇上的第一盆冷水。这一盆冷水，甚至让她有些手足无措！

那就是对进入台湾的大陆新娘实行面谈的"黑色"制度。这种制度，简直就是一种剥夺人的尊严的制度。

其实，对大陆新娘在进入台湾时通常被问及的问题我也了解一些。为了判断你是不是假结婚，他们经常会问道："你的先生内裤穿什么颜色？""一个晚上跟先生做几次？""昨天晚上有没有做？"甚至是一些更加露骨、接近色情且涉及个人隐私的问题，而这些竟然是台湾有关部门于台北机场盘问进入台湾的大陆新娘时，使用的连串"考题"。

我记得我的一位台湾朋友，一位地地道道的台湾人，谈起这件他当年遇到的事，到现在还愤愤不平。身为裁缝师傅的47岁的洪先生说，面试过程不仅没有审核标准、先入为主地认定大陆配偶家庭"就是有问题"，甚至以威胁、恐吓态度，不准被面试者"回话"，否则不批准进入。

洪先生6年前在陕西西安市认识了33岁的第二任太太。两人经过了五六年的爱情长跑后，2013年7月决定结婚。2013年11月他安排太太来台定居，没想到太太一到台北机场，就被"隔离"了长达5小时，他焦虑地等到晚上9点多，才有官员出来告诉他，"已经将你老婆给送回大陆了"。

洪先生相当惊讶、生气，和他们吵起来，官员竟然威吓说："你一定是偷渡过去的，如果答不对，就先把你给抓起来。"

他认为，为防堵假结婚实施的"面谈制度"存在许多不合理的规定。例如，台湾先生娶大陆新娘，只要是夫妻年龄差距大，配偶长相、素质好的，都被主观认定是"可疑家庭"，而又没有任何具体的审核判断标准；一旦被认定为假结婚，大陆配偶就面临被遣返的命运，造成家庭困扰，实在不合理。

蔡彬说，这是迎接我初进家门的第一个让我无法忘怀的感受。

接受完"面谈"，走出台北桃园机场。举目四望，机场人少车稀，略显清冷，感觉不出传说中的繁华。没有欢迎和接站的人，没有迎接嫁娶的鲜花。

蒋先生随手招来一辆出租车。

蒋先生没有带着蔡彬去见他的家人，而是带着蔡彬回到他那虽然很整洁但却透着寒酸的出租房内。

这些，蔡彬是作了足够的思想准备的。因为，在蒋先生先前对蔡彬的描述中，蔡彬都已经感受到了。

蔡彬说，这些，都只是刚刚开始，时间长了，你还会发现台湾社会所存在的政治上的歧视、情感上的淡漠、文化上的差异、岛民心态等诸多问题。

但蔡彬就是蔡彬，她说那些问题是现实存在的，就看你怎么去看待，怎么去处理。该顺应的，无法改变的事，我们就少去碰它，能改变的可以努力做好的，就去努力做好。她说，她小时候认识一种花，叫作茑萝花。柔弱缠绕草本，可以盆栽，也可以做园林篱笆之用。它的名字轻盈婉约，让人怜爱、痛惜不已，就像吮着月色、含着春风长大的小公主。蔡彬轻轻地叹道，哪一位新娘在娘家的时候，不是父母眼中的小公主？哪一个女孩子不是在父母慈爱的目光中像鸟一样旋转着小舞步，在梦想中一次比一次接近爱的星空？可是，很多大陆新娘一到台湾，顷刻之间就成为一株秋风里的小草。

但是，蔡彬就是要做那一叶茑萝，她要把她缱绻敏感的触须坚持不懈的纤指，伸向苍茫。

蔡彬到台湾好久了，还没有见着婆家的小叔姑嫂，只是常常去安养中心看望躺在病床上的公公。蒋先生的老父亲已经80多岁，由于他不能常常守在父亲的身边，只好把老人家送到安养中心，请了一位护工，24小时照顾老人家。蔡彬到台湾后，只要有空，都要带着小女儿去看爷爷。蔡彬知道蒋先生还有两个弟弟一个妹妹，她从来没有见过他们上医院，也从来没有见过他们找过蒋先生。因为蒋先生从来不提家里的一切，蔡彬也就从来不问。

后来，她才知道，由于蒋先生娶一位大陆女人，他们很不乐意。和很多台湾人一样，他们认为蔡彬是冲着哥哥的钱嫁给蒋先生的。所以，可以说，他们并不欢迎这位大嫂。不仅不欢迎，他们还要对蒋先生发难。

这一天，终于来了！

弟弟妹妹们告诉蒋先生，他们要登门拜访。蒋先生得知消息，和蔡彬商量：他们不是来看你的，肯定是要谈父亲的养护费。蒋先生说：弟妹们的经济状况确实一般，早就想让我一个人负担。但他们找不到更好的借口，这次，可能就是以你为借口。要不你回避一下，不要见他们。其实，我也不想见他们，但这个问题我必须面对。

蔡彬看着先生：如果我是他们的借口，那就让我来处理这件事吧。蒋先生说：你要是不想见他们，那就别为难自己了。蒋先生担心这事儿不妥，其实也是不放心蔡彬和初次见面的弟妹们以这种方式相见，说什么都不该这样对待自己的妻子，无论从情还是从理上，都说不过去。

但是，蔡彬却不这样想，她觉得蒋先生在这个家庭中，已经是问题的焦点，当年事业上的伤痛，也给这个家庭留下了不可抹平的伤痕，而这一切都因蒋先生而起，在这个家庭中，无论蒋先生怎么努力，都是一种挣扎，不是别人的挣扎，而是蒋先生内心的挣扎，每一次挣扎，都会让蒋先生多一份痛苦。她的到来，又让蒋先生多了一份挣扎。因此，蔡彬觉得由她来替蒋先生处理这些问题，责无旁贷，而且从今往后，她要把所有能分担的全都扛起来。

就从今天开始吧！

弟妹们终于登门了。让蔡彬万万没想到的是，他们把蒋先生的前妻也叫了过来！

其时，蔡彬和蒋先生刚刚买了新房子。就在桃园松山机场和台北之间，一座独立小院。蔡彬早早地迎候在门口。蔡彬的热情并没有换得一行的笑脸。入门后依次落座。蔡彬笑着对他们说："很抱歉，来台湾这么长时间，也没有去看看大家！"弟弟问："你是谁？""我是你们的大嫂。大哥有事出门了，有什么事就跟我说吧。""你是大嫂？这才是我们的大嫂！"他们把一位年长的女士推到蔡彬的面前。

蔡彬稍一愣神，马上笑着迎上去："是大姐呀，失敬失敬！"

蔡彬这才认真地打量起眼前的这位女士。虽然面容姣好，但看得出脸上写着沧桑，也看得出她的善良。大姐凝视着蔡彬，对她微微点了点头。

蔡彬忙着给大家倒上茶水，落座后就听大家说话。意思只有一个，就是老父亲的护理费得由大哥一个人付。

蔡彬听完依然微笑着对大家说："大家的意思我明白了。大家先别急，听我说两句。首先，大哥的境况，并不是大家想象的那样，因为大哥的财务是我在管理。这套房子还是有一点贷款的。""别这么说，大哥没钱，你会嫁给他?!"大弟打断蔡彬，对蔡彬明显表示出不屑。蔡彬笑着说："别着急，等我把话说完。大哥这些年，相信你们比我更了解。但是，你们能这样看大哥，我很高兴，说明你们相信大哥是有能力的。我也相信你们大哥的困难是暂时的！其次，我想要说的是，你们不给付老人家的养护费是说不过去的。别着急，听我把话说完。这在伦理上说不过去，别人知道了也不好听，会让人看不起咱蒋家人。我是这样考虑的，你们看看如何，父亲每月3万元的养护费主要由我们出，但两位弟弟不能一分不拿，我想你们每人每月象征性交100元，100元，我想这不会有什么问题吧。妹妹嘛，按照中国人的风俗习惯，就不要承担了，但是，妹妹得适时抽出一点时间，经常去看望和照料一下老人家。虽然我们请了护工，但爸爸毕竟有儿女，没人去看看，别人怎么想，老人家心里怎么想？你们想一想，是不是这个理儿？这就是我的想法，你们看这样行不行?"

沉默了很久。这一番话，显然是他们没想到的。还是妹妹先开了口："姐姐，我看行。以后我一定会经常去看看爸爸。但是，那一份费用我一定要出，我的境况是不好，但我一定会尽力，我每月出1000元。"蔡彬说："妹妹的情况我也知道一些，你真的不用出钱。""不，这钱已经很少了，姐姐也别再说了！"两个弟弟相互看了一眼，也异口同声地答应："我们也出1000元！"

一看这形势，一直没有开口的"大嫂"忍不住开口了："我觉得可以，就这么定了吧。"她对着蔡彬："我虽然不和奇睿在一起了，但这些年我和这个家庭的关系没有断，他们也一直叫我大嫂。你别介意。弟弟妹妹们，从今天开始,你们还是叫我姐姐吧,这才是你们的大嫂!"她把蔡彬拉到大家的面前,"你们必须当着我的面,叫声大嫂!"

蒋先生根本没想到,一个被他认为非常棘手的问题,被蔡彬就这么轻而易举地解决了。也没想到蔡彬这么大度。这件事情办得真漂亮!

事后,蔡彬和蒋先生作了一次长谈,话题的主要内容就是关于家庭问题。她说:在这个家里,你是大哥,和弟弟妹妹是手足,有什么问题解决什么问题,大家不能老死不相往来;和前妻是另一种亲情,不管怎样,人家现在还是单身,有困难该帮还是要帮;前妻的女儿也是你的女儿,这种血缘是割不断、放不下的,该承担的责任是必须要承担的。所有这一切,我们一定要把它处理好,这些事你都交给我吧,因为我和他们之间没有包袱,至少心理上比你要轻松些。以前的恩恩怨怨都化解了吧。

话说起来容易,可是做起来并不那么简单。蔡彬从那以后,就把相当一部分精力放在处理这些家庭问题上,尤其是在处理与蒋先生前妻及女儿的关系上,更是花了许多心思,一件一件,都是用最真的诚意相待。现在,弟弟妹妹,亲热地和蔡彬大嫂长大嫂短的,蒋先生的前妻和蔡彬成了好姐妹,蒋先生的大女儿亲切地称她蔡妈妈。蒋先生多年积下的家庭怨怼,似乎在一夜之间冰消云散。如今的一家人,温暖如春。

这一切都是蔡彬用心的结果。

说蔡彬是一叶茑萝,可我觉得蔡彬还像一朵太阳花。蔡彬的用心,用的是真心,而不是心计。是啊,盛夏的花园里,开得最浪漫的就是最无心计的太阳花了。面对那样浪漫的花意,再讲哲学的夫子,恐怕也难以自持,不为所动,再忧郁的行吟诗人,可能也难保持崖岸自高的寂寞心境。

自然,这一朵太阳花,还有一个乳名,取自乡间,叫"死不了"。据说折一段断枝,在太阳下曝晒两天,再插入土中,沾土即活,有着极强大的生命力和顽强的适应力。即使在严寒冬日,眼看着它枝叶干枯,但一到来年春日,枯根忽然就衍生出一大片娇滴滴的花锦来。

蔡彬来台后,经过了一小段短暂的寒冬:家庭很排斥,邻里不接纳,社会不包容,特别是一些政治因素造成的氛围,让人感到窒息。

但蔡彬这朵太阳花,却逢春花开。蔡彬凭着自己的素质和能力,不仅帮助蒋先生打理好家庭,处理好人际,管理好财务,而且,她凭着自己的干练和聪慧,在事业上打开自己的一片天地。

蔡彬接触电子商务的时间并不长,不到5年。刚认识蒋先生时,才初步了解。结婚后,很快有了孩子。怀孕时,她不便与蒋先生东奔西走,就在家中一边静养,一边学习电子商务的知识,掌握电子商务发展的动态,特别是关于马云,她不仅关注,还潜心研究。

所以,每当和蒋先生聊起业务上的事,常常让蒋先生吃惊不已:你是什么时候从哪里知道的这些?更让蒋先生吃惊的是,有一天,她告诉他:我有了自己的客户!

在采访的过程中,她谈起她的商务,她说她的成功似乎来得太容易了一点,容易得让你写起我来,都没有一点情节!真的,她真的说出了我的心里话。我笑着说,原来以为自己捡了个大宝,这么一位成功的企业家,肯定有好多故事。她也笑了,真的对不起你!

我真的很想让她谈谈创业上的一些故事,可她轻描淡写:"一个人走什么路,怎么走,有很多时候都不是自己能把握的,我以前怎么也想不到,我会从事这个行业,而且走得这么顺利!说真的,我有今天,第一要感谢我的先生,是他把我带上这条路的;第二,我要感谢台湾当局,是他们奇怪而无理的大陆新娘政策,让我在台湾至今还没有身份证,还找不到任何工作,让我别无选择地走上这条路(因为这样,可以坐在家里,一台电脑就可以展开工作);第三,我要感谢马云,他让我喜欢上这条风光无限的大路。"说起马云,她又眉飞色舞,如数家珍。我笑着说,说不定哪天,你一不小心就成了中国第二个马云!她说:"不可能。我研究马云,不是要找出他成功的秘籍,我只是要知道马云成功的道路上,哪些东西是值得借鉴的,哪些东西是无法学习的,又有哪些东西是无法复制的,这才是我应该关心和应该做的。有本事的人要职位是用来做事的,没本事的人才盯着职位本身。比如马云的'精神控制',他的口才好,能让身边人相信并跟着他干;再比如他的'倒立看世界',他观察、认识世界的视角是独特的,这本事不是谁想有就有的。

马云赶上了全世界电商的大潮,所以他在几乎一片空白的领域里,没有经历太多竞争就获得了成功。我不想步他的后尘做马云第二,因为,我已经知道,我就是我,我叫蔡彬,不叫马云。"

蔡彬侃侃而谈,脸上带着自信的笑容。

她说,电子商务是21世纪中国商业的又一次重要改革,是虚拟经济与实体经济相结合的一个新生产物,是我们平民百姓共同致富的最大一次转机。大家都知道,中国市场是一个受政策影响的市场,每当一个新政策出台的时候,就会造成一个巨大的商机,如果你站在这个潮头,抓住机会,就能成为时代的弄潮儿。在改革开放的过程中,对于普通老百姓来说,真正的大机会只有三次。20世纪70年代末80年代初一次,刚刚改革开放,十几年割资本主义尾巴,使得商业流通很不发达,当政策允许做个体户的时候,很多人不愿失去铁饭碗,只有敢做个体户的人,义无反顾地摆起小地摊,中国第一批百万富翁就是在他们中产生的。第二次机会是在80年代末90年代初出现的,中国开始股票市场的试点。当时,深圳证券交易所还只是一间破旧的平房,要人们拿出自己的积蓄去买几张"纸",谁敢啊?据说,当时有的地方不得不动员党员带头买股票。然而,1万元变成了100万元。第三次机会就是现在的电子商务。还有什么重大改革能给普通老百姓带来机会呢?电子商务充分利用了直销市场倍增学的原理,优势显而易见,可以说是目前世界上最先进的一种经营模式。当然,对每一项新生事物的出现,总有一些质疑的声音和目光。但是,这只是局部存在的现象。"现在信息这么发达,人们接受新事物的能力越来越强,不然,我的业务怎么那么快就拓展到全球了?哈哈,不能再说了,好像是来给你上电子商务课的!"

我们都笑了。

我不能不佩服眼前的这位叫蔡彬的女子,我觉得自己就像停在一株月桂前,感觉到她极温柔极恬静地对我叙说的芬芳,我同时还能听见周围气流中的涌动,那是思想深处的一种深沉的涌动。我不能不说,我们邂逅过的美女很多,但多数头脑简单,而才女又往往长得不尽如人意,只有那种又聪明又美丽的女性,一定会成为女强人。我再次打量了一下蔡彬,我觉得自己是否要换个视角来看蔡彬了。

"我想,如果我真的能把我的事业做好,我要成为慈善家,到那一天,我要做的第一件事,就是把'银发山庄'开到全中国包括台湾在内的每一个角落!"

我问道,有计划了吗?

"是的,我自己有这样的规划。中国已经进入老年社会,包括台湾在内,有许多老人需要关怀,特别是大陆,这方面显然比不上台湾完善的服务机构和机制,我想先从台湾做起。台湾也还有相当一部分贫困民众,特别是像我们第一批嫁到台湾的大陆新娘,她们大多上了岁数,但又没有很好的条件,日子过得非常不容易,加上台湾社会对她们的歧视和台湾当局对她们的漠视,如果我们不伸出援手,她们的晚年会很悲惨。所以,我确实有个'银发山庄'规划。只是,我目前的财力还不允许我启动这个计划,因为,我不打算用先生的资金来做这件事,我想靠自己的努力来实现这个计划。当然,先生支持,也愿意帮助我,而且,他现在真的做得相当好,市场已经发展到美国、加拿大以及欧洲和整个亚洲。

"我在台湾已经4年了,还没有身份证,但我跟先生说,不用给我办台湾的身份证,因为我一定还要回到大陆,我原本就是大陆人,如果祖国统一了,我就更不用办了!祖国的发展日新月异,我的事业应该在大陆。你看,我捐助希望小学、赈灾活动、救助贫困学生,每年大概100万元,虽然不多,可是我所有的这些行动,都在大陆。我想你能理解我的用意吧?"

我连连点头。

……

时间过得真快,安排采访的时间实在是短了一些。在采访结束的归途中,我一边梳理采访的思路,一边又想起一些植物的名字,它们有的达到一种境界,令人着魔。我想,真正令人着魔的可能是它们的芳香,是它们在大自然中开放的姿态。它们有的风姿绰约、高贵不俗,让人们对它产生不可遏止的热爱;它们有的甜蜜清新、招展枝头,在美好的大自然里,在人们的眼中心里,让自己香飘千里芳名在外!

远嫁的女儿

张 明

我们每个人的一生，都需要一次巅峰状态，去脱胎换骨一次，去抵达生命的极致，给人生一次惊心动魄的壮游。

出生在江南小镇的秋红，真正的脱胎换骨和抵达生命的极致，是从她当上新娘开始的！因为这是位有些与众不同的新娘——她做梦也想不到，她会从一个江南小镇，嫁到那么远的地方。小时候，台湾这个地名，就像一个梦境萦绕在她的心里，想不到长大后，她竟然稀里糊涂地就嫁到那个梦一样的地方！

秋红说，如果说远嫁台湾是她的脱胎换骨，那么她走向巅峰应该是从深圳开始的。

那一年，刚刚20岁的秋红辞去了在家乡一家罐头厂的工作，只身前往深圳。按理，20岁的女孩，还是在春风里撒欢的年龄，还是在阳光下开花的年龄，还是在月光下恋爱的年龄，还是在父母怀中撒娇的年龄。可是，少女秋红却只身走向远方，开始了她的人生壮游。

刚到深圳，从小就能吃苦的秋红可以说什么都干过。秋红说，其实，她根本不用那么找苦吃，就能有一份安定不错的工作。那时候，她年轻漂亮，文字基础也很好，她的第一份工作就是在企业做文员，很多的文字材料只要是经过她的手，主管基本不需要作什么改动。她把老板的意图领会得好，文字表达得准确而清晰，是相当难得的一个文员。不仅如此，她的口头表达和沟通能力也很强，有时，有些业务主管感到没把握的时候，就让她出面，业务轻轻松松就谈妥了。其实，她只要在这个企业一直做下去，做到高管根本不成问题。但是，这不是秋红真正想要的。秋红之所以要走出家乡，是有着自己原本的人生规划的。那时候，她其实也还不知道自己要干什么，她只是觉得自己不能平庸一生。因此，一年之间，她走了三家大的企业。她最初的想法，就是要了解一些东西，要学习一些知识，而那些是书本上学不到的东西。那些成功企业，她都是用心走过的，把成功的运作和经营的方式方法记在心里，她梦想着有一天，她拥有自己的实业，并把自己的实业带回家乡，为家乡的父老脱贫致富，为家乡的经济建设作贡献。这个想法，是她在家乡那座小罐头厂时就有的想法。那时，她看着自己美丽但却并不富裕的家乡，看着善良却依然贫困的乡邻，唯一的想法，就是要用自己的智慧和双手去改变家乡的面貌。

然而，她毕竟年轻，毕竟是一个花季女孩，所有年轻女孩难以逾越的情感关，她同样也躲不过去。她是在工作中结识的卢先生——在一家两岸都颇负盛名的台湾电脑公司的工程部工作的台湾小伙子。爱情，往往就是那样不期而遇，往往就是那样防不胜防。确实，那位来自台湾的小伙子不仅长得帅气，口才好，办事能力也很强，而且，出手大方，每次与秋红在工作接触之后，都要邀请秋红吃饭或者送一些小礼物。秋红感觉这个小伙子和一般的台湾人不太一样。因为她接触的一些台湾人，大多数都很"节约"。开始，秋红对小伙子这样慷慨和关心还有些不太适应，尽管都是单身在外打拼的年轻人，都需要感情生活，但秋红在交往上一直都是很谨慎的。但是，小伙子的穷追猛打，还是让秋红有些招架不住，不知不觉中，秋红慢慢接受了小伙子的好意。

但是，让秋红没有想到的是，当她确定自己的恋爱，满怀喜悦地告诉家人时，却得到一片反对之声。大家一致觉得：台湾虽然很熟悉，但也很陌生，而且又那么遥远。特别是当时的两岸政治现实还没有达到现在的状态，让一个女孩子嫁到那个有些不着边际的地方，实在让人放心不下。

为此，秋红很认真地和小伙子进行了一次长谈，结果是，秋红可以不去台湾，他们将来就在深圳定居。这样的妥协和秋红的坚持，终于赢得家人的认可。

正是由于这份来得有些突然的爱情，使这位年轻的女孩子几乎完全改变了自己人生的计划，也使她的人生从此脱胎换骨。

2003年，一个春暖花开的日子，他们举办了婚礼。

那时，他们两人在深圳都是高薪阶层，很快，他们共同买下了结婚后的第一套房子。结婚那天，秋红又悄悄把自己多年积蓄的30多万拿了出来，买了一部小轿车。

两年，他们幸福地工作，幸福地赚钱，幸福地生下了他们的女儿！

就在秋红第二次怀孕时，情况开始有了一些小小变化。起因是这个孩子到底要不要生下来。

因为秋红的身份还是在大陆，当时的生育政策还是一胎制。按照政策规定，秋红是不能再生第二胎的。可是，作为台湾的先生，是不能接受这个政策约束的，他是有权利生下这个孩子的。可是，秋红真的不想要，或者不想这么快就再要一个孩子。秋红的考虑，就是女儿还小，这两年因为孩子，她已经影响了工作。最好不要孩子，实在要孩子的话，也要晚一点最好。

为此，两个人的意见一直统一不了。

秋红是一个有个性的姑娘，有一天，她告诉先生：已经和医院约好了，准备去医院把孩子拿掉。先生一听就急了。情急之下，他竟然二话不说，抬手就是一个耳光，打得秋红半天说不出话。他威胁道：如果秋红敢擅自不要孩子，他就要她付出代价！这一言一行，让秋红怎么也不敢相信那是真的。想不到自己相处了两年的男人，竟然为了这件事如此对待自己！虽然他们平时也有些磕磕碰碰，但基本上都是语言上的碰撞，像这样的出言和出手，是她怎么也想不到的。此后，先生对秋红严加看管，上班送下班接，不知道情况的人以为他们是多么恩爱。

随着时间一天天过去，正在秋红无计可施的时候，婆婆从台湾飞了过来。她耐心地做着秋红的思想工作，主题只有一个：大陆不能生孩子，到台湾去生吧！

婆婆是位厨师，天天好饭端到手上，把秋红的生活起居照顾得好之又好。婆婆说，到台湾生孩子，你就放心吧，不仅婆婆能照顾你，台湾的生活环境、教育条件哪儿都比大陆强。

但秋红纠结于心的并不是这些。先生的那一个耳光和那句威胁，像一根刺深深地扎在秋红的心里。她每次和婆婆谈到这里，婆婆都说：那是他情急之举，以后不会再发生了。她说她了解儿子，他不是那样的人。婆婆还说，你正好可以离开一段时间，让他反思一下自己。

毕竟，是女人；毕竟，是为了孩子。秋红最终还是被婆婆说服了。

2007年，秋红带着7个月的身孕，一脚踏上了台湾的土地。

那时，她根本不知道，她一切美好的生活和愿望，都将成为过去！一下飞机，她没有想到台北还比不上深圳的一个角落，而且，这个台北，甚至比家乡的安庆繁华不了多少。小时候把台湾宝岛描述得像个梦一样的地方，原来却是这个样子。《冬季到台北来看雨》《美酒加咖啡》里那如诗歌一样美丽、香艳的台北，她一点也找不到影子，大街上行人不多，公交车上乘客稀少，和繁华热闹的深圳实在是无法相比。秋红心里想：看一个城市就像看一个人，不能只看外表，要看内涵。因此，她对那个心中的宝岛还保存着一分期待。

但接下来的一切，更是让秋红有些措手不及。从第一次接受移民机构那些不堪入耳的问询之后，她每半个月接受警方一次检查。秋红说，就因为我们来自大陆，在警察眼中，我们都是"可疑人物"，大陆新娘的地位，在台湾差不多都与色情业者、流氓、小偷等同，而且，还有一个"匪谍"的帽子，随时可以给她们戴上。再就是要经过漫长的等待，才能获得台湾地区居民的身份。秋红到台湾已经7年了，还没有一个正式的身份证。从装束打扮来看，她们与时下台湾年轻女人并无二致，但是，在社会待遇上，她们之间却有着明显的差别。因为台湾当局不承认大陆学历，毕业于安徽一所名校的秋红，在台湾相当于没有学历。所有的大陆新娘几乎每天无所事事，没有交际，没有朋友，更多的就是接受社会异样的目光。

台湾当局对大陆配偶在就业上实行歧视性规定，即使在获得身份证之后，允许她们工作，但仍将她们就业的范围限定在"制造业、家庭帮佣、看护、营造业"4个行业，因此，大陆新娘获得工作权很难，获得一份好的工作，就更不容易。大陆新娘所承当的工作，都是又苦又累的。在上海某肿瘤医院工作过的一位主任医师，嫁到台湾后却只能从事护士的工作。

尽管如此，上述所承受的还只是社会上的不公，作为个人的婚姻，如能属于幸福婚姻便是好事，这类婚姻的共同特点是婚前两情相悦、有情人终成眷属，且双方年龄相近、文化程度相当。但是，如一首流行歌曲所唱的，在数以万计的大陆新娘中，"幸福的人能有几个？"在两岸通婚中，有许多是没有感情的婚姻，甚至是充满暴力、虐待、痛苦、耻辱的婚姻。

让秋红万万没有想到的是，她来到台湾，她的婚姻竟成为那些充满暴力、虐待、痛苦、耻辱的婚姻中的一个！

到台湾后，她发现一切并非像丈夫和婆婆描述的那么美好。社会的歧视和政治的原因似乎还可以忍受，但是家庭的环境，使得秋红真的忍无可忍。首先，是来自小叔子、小姑子鄙视的目光，他们都把秋红当成乞丐，似乎她嫁到台湾，就是图他们的钱来的，台湾很多人都认为那些大陆妹嫁到台湾，都是为钱而来的。

秋红刚到台湾，没有任何经济来源。因为准备不足，来到台湾之前，也没有兑换一些台币，差不多是身无分文。为此，她把自己的窘境告诉先生，想让先生帮助她解决这个问题。没想到先生让婆婆来解决。婆婆虽然答应了，但每个月只给她2000元台币。说实在的，在台北，2000元台币，根本不能满足生活所需。而且，这2000元，还不是每月都给的。

生完孩子，是个男孩，秋红以为先生回来，会带些钱给她。可是先生不仅没有带一分钱给她，还带回来一个实在让她难以承受的消息——他把秋红辛辛苦苦积攒的家当——婚前秋红个人购置的5套房子和一部小轿车全部卖掉了！理由是：他的钱不够花了！

这实在是太离谱了！而且这些都是以秋红的名字购置的。卖房卖车，居然连招呼都没和秋红打一声。秋红实在接受不了这个事实。

秋红提出：要么把卖房和车的钱还给她，要么离婚。

谁知秋红的话刚一出口，先生顿时变成凶神恶煞，冲上前来随手两个耳光，把秋红打倒在地，然后就是拳打脚踢，甚至抓住秋红的头发朝墙上猛撞，连婆婆都拦不住。就这样，生产还没有满月的秋红被关在屋子里打了一个小时才停歇。看着先生要出门，秋红拿起手机准备报警，却又被婆婆拦住，先生又折回身，继续对她拳脚相加。此后，只要秋红一提起房子和离婚的事，就免不了换来一次家暴。有一天，秋红睡觉醒来，床上居然插着一把宝剑，把秋红吓得一骨碌爬起床，外套都没穿，脸都不敢洗，直奔到楼下。这是秋红第一次逃出家门。

看见秋红披头散发，邻居知道秋红又被打了。有好心的邻居拿来衣服、送来早点，并悄悄地告诉她，赶快去家暴收容所。

在收容所里，秋红住了一天不到，婆婆就找她来了。

婆婆说："回家吧，孩子还要喂奶，你怎么能不回家啊！"

秋红说："您都看到了，这样下去，我不知道哪天就没命了。"

婆婆说："真不知道他怎么变成现在这个样子，以前没有发现他有这种倾向啊。对于经济上的问题，花钱没有节制我是知道的，因为小时候家境好，现在也没有问题，虽然在大陆工作，我也知道他年薪很高，但他还是经常让我寄钱给他。"

这让秋红再次吃了一惊："他在深圳的月薪是每月4万元人民币，还向您要钱？"

秋红回想起他们相处的日子，想起先生花钱的习惯，想起虽然每月把工资都交给她，但他每周都要取出1万元，一个月的工资也基本要花完的。她没想到，每月这样的开销，他还向婆婆要钱。现在居然卖车卖房，到时候再没有钱花，是不是还要卖老婆、卖孩子？

婆婆说："没关系的啦，我们家不缺钱，只要你们过得好就行。"

"谁过得好就行？是你儿子过得好就行吧。他现在把我那么多房子和车子都卖了，而您每个月才给我2000元台币，我怎么生活？现在，要么把我的房款交给我，要么，我就再也不回这个家了，必须离婚！"这次，秋红似乎真的下定了决心。

"可是孩子还饿着哩，怎么说，孩子要紧啊！"

一提起孩子，秋红的心又软了。她提出只有先生回到大陆她才能回去，不然就把孩子也送到收容所。

一转眼一年过去了。其间，先生从大陆每两三个月回来一次，每回来一次，就是争吵和家暴，而且一次比一次凶狠。最后一次，先生回大陆，秋红再次从收容所回来时，看着门前的台阶，每一级似乎都是一座无法攀登的高山，让她两腿发抖，那种恐惧和心酸让她无法形容。她再也没有勇气踏进家门了。她想，孩子也大了，就从今天给他断奶吧，自己实在是一天都坚持不下去了。一定要彻底走出来！

秋红徘徊在门口，往事一件件一桩桩涌向心头，当她想到先生过着如此挥霍无度的生活，又如此对待她这样一个远在他乡并曾经相爱过的人时，她的心沉入深深的谷底。秋红毅然转回身，她终于没有再次踏进这个家门一步！

于是，秋红在她人生壮游的路上，又走上了一个更加艰难的旅程。

漫长的离婚诉讼开始了！这个离婚诉讼之漫长，是秋红的又一个没想到：在台湾7年，离婚的官司打了5年，而且，至今还没有看到头绪。原因是，夫家一直不同意。在台湾，只要是大陆新娘，离婚有着各种各样的条件，其中一条就是：只要夫家不同意，这个婚就离不了。

原本，秋红想，就带着对亲生骨肉的无限牵挂独自踏上返乡之路吧。因为孩子她是带不走的。可是，她想到，自己的一双儿女如果自己不管不问，就在这样的丈夫和婆婆教育下，他们还有未来吗？不，她不能不留下来，留在台湾，她要监护好两个孩子！

这个选择对秋红来说，是异常艰难。因为自从走出家门，秋红没有了一切经济来源，除了几件换洗的衣服，真的是身无分文。

第一个月，秋红应聘了20多家单位，没有一家愿意接受，也没有一个人敢留她，理由只有两个：没有身份证，没有担保人。

第二个月，她为了生存，还是去找工作，正好有一家私人小店急需人手，就让秋红应个急，也许是老板出于好心想帮秋红一把。可是，不承想，第二天，就被警察逮个正着。警察要秋红拿出身份证，秋红什么都拿不出来，警察当场就要罚秋红的款，连带老板也要一起罚。可是，秋红才上一天的班，哪里有罚款的钱？这时，老板也急了，就要和警察理论，秋红急忙拦住老板，对警察说："真的对不起，是我的错，我只是来给老板帮个忙，他的小店准备关门了，我只是来帮老板收拾一下，不是来打工的。"警察问老板是不是这回事，老板只得点头称是。警察走后，秋红连忙向老板道歉，并对老板说："咱们把这个小店关个两天吧，不然，明天警察来了，还不知道要找您什么麻烦哩！"老板说："是啊，你说得对，只能这样，幸亏你刚才处理得好，要不然，我也有麻烦哩。说真的，台湾对你们这些大陆妹太不公平了！"

为此，秋红再也不敢找工作了。那些时候，秋红只能住在收容所。她想，我这么一个健康又有知识的人，怎么能够给收容所增加负担呢？总得自己找点事情做。于是，她找到台湾的一些免费培训机构，开始去学一些技能。半年时间内，她先后学习了护理、美容，闲下来的时候，就到街头去卖报纸，或者，到医院当几天护工挣一点生活费用。但，这都是一些临时性的工作。

一转眼就是6年了。离婚的官司一直在打着，先生一家一直在拖着，或者置之不理。因为没有合法身份，秋红也就一直过着温饱无着的生活，但这一切秋红也都挺过去。最恐慌最无助的是长达4年的离婚官司，每次开庭，一个小小的大陆姑娘在远离家乡的地方，独自面对夫家庞大的律师团，秋红只有选择刚强！此外，让秋红更加难过的是，两个孩子她无法照顾，无法见面。尤其是随着孩子一天天长大，孩子的教育让她无比牵挂，忧心如焚。婆婆的教育方式形成的后果，她已经看到了，她不想让自己的孩子将来成为像她先生一样的人。可是，现在她没有办法养护，更没有办法承担两个孩子的教育。因此，秋红从没有将心力放在官司上，没有用曾经的过错惩罚自己，没有和对方争辩是非对错！她一边痛苦地面对这一切，一边思考着如何改变自己的生存状况。

一天，她听说台北有个"新住民协会"，可以为她们这样的大陆新娘提供很多帮助。这个消息让秋红兴奋不已。第二天一大早，秋红饭也没吃，简单地洗了把脸，就匆匆忙忙来到新住民协会。

接待她的就是这个协会的创会会长陈敏生先生。听完秋红的诉说，老会长十分同情，当场答应，要把这事儿管到底！陈会长当场拍板：第一，让秋红先搬到新住民协会来住,免收她的房租,理由是帮助处理协会的日常事务;第二,帮助秋红解决身份证问题,由新住民协会出面协调,以孩子的监护权向当局申请;第三,帮助秋红解决工作问题,有了身份证,就可以让秋红自食其力!

原来,这个新住民协会就是为了她们这样的大陆新娘而设立的一个机构。秋红在这里不仅感受到了一个有尊严的人所得到的一切——那就是工作权,她还得到了人性的关怀——有人愿意倾听她们的心声并为她们发声。

秋红在这里工作十分勤奋,她一刻都停不下来,就像一台不能停歇的机器,从上班一直到下班,忙得脚不沾地。秋红说,她如饥似渴地工作,将所有的心力,全部投身工作、投身公益,一方面是因为感觉到工作是一件多么幸福的事,另一方面,也是为了麻痹自己,不让自己有时间去伤心。

每每夜深人静,秋红总是夜不能寐,反复地在心里问自己:我怎么变成现在这个样子?上不能孝顺远方的双亲,下不能照顾自己的一双儿女,我留在台湾做什么呢?为什么找了这个男人,和孩子的缘分这么浅?自从孩子断奶后,就基本无法与他生活在一起,在收容所住了那么长的时间,其实不是真的想离开家,对孩子的牵挂和留恋,真的是那样让人肝肠俱断。孩子都还小,对妈妈的思念也让秋红寝食难安。孩子有时吵着要妈妈,让婆婆也很无奈,实在没有办法了,婆婆便打电话劝她回家:回家吧,他又不是天天打你!听着婆婆这样的话,秋红实在无语,她只好对婆婆说,如果天天打说不定我还习惯了,可是我不知道什么时候挨打,不知道他什么时候会动手,整天都那样提心吊胆地过日子,你会懂吗?

从婆婆的言语中,秋红听出了婆婆的家庭教育存在的问题,这使她又更加担心自己的儿子被婆婆带成他爸爸那样。两个孩子的学习在学校都是前三名,就和他们的父亲一样,智商和能力都不成问题,但是,如果做人不行,将来孩子一样会被社会抛弃。但为了不伤害孩子,她没和老公抢孩子,尽管老公和婆婆每次都在孩子面前说她的坏话,但她从来不说孩子的爸爸和奶奶的坏话,因为这会对孩子产生不良影响。每次在法庭上面对丈夫和婆婆的谩骂和指责,秋红从来一声不吭,只是在走出法庭后,才一个人躲起来痛哭一场。那种内心的绞痛无法形容。那些年,秋红说她最怕的是过节,没有孩子和家的节日,那就是一个母亲的难日!

女儿渐渐长大了,12岁的孩子已懂得一些事情了,女儿很懂事,很乖,从来不多说话,但秋红隐隐看到了女儿脸上有着些许淡淡的忧郁。儿子小一些,虽然不懂得大人的世界,但是,他知道需要爸爸妈妈,他每次见到妈妈都要说,你要是和爸爸和好了该多好呀!秋红真的是听不得这样的话,除了流泪,她无法满足孩子那么真切的期待。因此,她就更不能把另一份伤害加给无辜的孩子了。她只有把伤痛埋在心里。

在新住民协会里,秋红感觉时间过得快了。这里的事情还真不少,因为像她一样的大陆新娘太多了!到了这里,她才知道,世间还有这样的一群人,而不是只有她一个人。终于,有一天,秋红找到了她心里苦苦思索的答案:冥冥之中来到台湾,是我的命中注定,老天是要我来照顾这一群远嫁的女人,帮助她们和我一样好好地生活在台湾、好好地为新住民发声!

帮助她找到答案的就是这一群远嫁的新娘。那一天,一位秋红熟悉的叫琼的朋友走进了新住民协会。秋红像往常一样热情地把她迎进协会的办公室。刚刚坐定,她就迫不及待地向秋红借手机使用,她说她的手机被老公没收了,老公把她关在家里,不让她出门,也不让她和外面联系,她这是偷着逃出来的,她要借个手机给大陆的娘家人打个电话。秋红一听,二话没说,就将自己的手机借给了她。可是,等她打完电话,那位叫琼的朋友说什么也不愿意把手机还给她,她说她不能没有手机,她说等她家里人来接她回大陆时再还给秋红。这时,秋红发现琼已经有些不正常了。

果然,一个星期不到,一天快下班的时候,她的一个朋友打来电话告诉秋红,说琼已经住进了安宁医院。秋红一听,赶忙请假去了安宁医院,这时,琼已经认不出秋红了!秋红拖着沉重的脚步,回到新住民协会的租住屋。晚饭都没吃就走进浴室,一边洗澡一边流泪,为琼也为自己。秋红慢慢地洗着洗着,她想到:我不该这样放纵自己的负面情绪,和别人比起来,我还有孩子,我的孩子毕竟健康地成长着;我虽然不能孝顺父母,但他们也都健康地享受阳光。可是,还有许多姐妹比我更加不幸,更有多少姐妹已阴阳两隔！她想：我要做一个有价值的人，我要帮助这些无助的远嫁的女儿！

第二天，秋红换上了她好久没舍得穿的一件裙装，把自己收拾得干干净净，精神焕发地走进新住民协会。

从此，她除了努力工作，就是学习许多相关的法规和知识，她要用法律的武器来保卫自己和她的姐妹们！她要用知识的力量来改变自己和姐妹们的命运！

一切的苦难慢慢过去，就像一朵朵花儿要经过风雨才慢慢开放。

这是秋红人生的又一个拐点，这是秋红人生壮游开始上坡的又一个开始！

在新住民关怀协会这 4 年里，秋红在协会的支持下，以孩子监护权的名义，拿到了身份证；在朋友的帮助下，借钱开了自己的美容工作室；把 200 多名安徽籍的大陆新娘组织起来，成立了"家在两岸徽姑娘姐妹会"，等等。她努力为那些有同样命运的姐妹提供一切帮助，关切所有家暴及单亲的家庭状况。她明白这些姐妹除身心受创外，最难的是经济无法独立。秋红在美容工作室开班授课，让姐妹们有一技之长，可以养活自己和无辜的孩子，扬眉吐气。

秋红似乎找到了曾经丢失的自己，也找到了人生新的目标，她再也不会抱怨生活种种不如意，她可以勇敢地面对所有的困难。她把这些努力当作自己人生的最好最丰厚的礼物送给自己！她笑着说，每个困难的背后都有祝福，每个伤痕都将孕育花朵！

是的，只用两年的时间，秋红的美容店已经是将近 200 人的团队了。她不仅在台北开课，还把课堂开到桃园。不仅岛内的大小媒体都报道了她的事迹，连香港的中评社都为她写了专访。2011 年她被台湾移民机构聘为"外配基金项目"美容讲师。

2013 年成立的"家在两岸徽姑娘姐妹会"，刚开始困难很多，因为很多新住民的生活只有家庭、公园、菜市场三地，她们根本不了解外面的世界，也无法和她们取得联系。为此，她们只有利用网络科技，像 QQ、LINE 群组，一个找一个，一个联系一个，通过这种方式，把姐妹们一个一个结合到一起，现在，她们联系上的全台的安徽姐妹，已有1万多人了。"家在两岸徽姑娘姐妹会"在两年里办了80多场活动，并开设了专门的网站。在台北的姐妹们一个月可以相聚一次，大家在一起聊聊困难，谈谈心事。只要姐妹会能够帮到大家的，秋红都义不容辞，想尽一切办法为大家排忧解难，姐妹会真的成为姐妹的一个家。此外，为了慰藉远离家乡的新娘们思乡之苦，秋红又着手为大家筹备"在台皖籍新娘游家乡"的活动，2014年，活动已经办到第二届了。每次活动，报名的姐妹们争先恐后，那些"一入侯门深似海"的姐妹们都想着早一点回家看看自己的亲人和故乡的热土。2014年7月举行"2014安徽旅游推介会"，安徽也将开放台湾人落地签，而天柱山与太平湖，也将与台湾的阿里山、日月潭结为兄弟山和姊妹湖。

秋红的这些事迹从遥远的小岛传到家乡，安徽省台办专门找到秋红，感谢她为家乡的姐妹做了他们想做却做不了的事。2014年5月8日，安徽省委书记张宝顺与副省长花建慧率安徽经贸文化访问团一行参访台湾，专门找到秋红，要看看"徽姑娘姐妹会"。听说家乡的省委书记要来看大家，姐妹们兴奋不已，奔走相告。当她们和张书记坐在一起，许许多多的话如江水一样滔滔不绝，许多人流下感动的泪水。原定一个小时的见面，整整谈了两个多小时，姐妹们才依依不舍地把书记送走。临行前，张书记对大家说，看到大家认真在台湾过生活，心里很感动，尤其是独自在这里、没有"娘家人"的协助，要去适应夫家生活、取得身份，以及争取台湾认可，相当不容易，这也体现了过去安徽人走出安徽、走向世界的创业精神。张书记还说，徽姑娘们坚韧、拼搏的热情，联系着两岸的亲情和情缘，欢迎大家带台湾同胞、亲戚到大陆走走，大家都来担当促进两岸友好的"和平使者"。他还表示，他希望姐妹们以后有什么事可以对秋红讲，也可以和他讲，只要能够做到的，家乡的政府一定尽力！

随行的国台办交流局局长程金中是安徽人，他也当场表示，大陆已成立专责服务中心，帮助陆配处理证件、就业、户口或是孩子就学问题，也会持续跟台湾进行协商，让大家的生活更方便。

秋红说，徽姑娘在台湾虽然人数不多，但1万多姐妹中，也有一些颇具影响力的姐妹。秋红谈到这里,说,姐妹会能走到今天,走得这么顺利,她要感谢一个人,这个人就是蔡彬。她说,做电子商务的蔡彬,业务已经遍布全球,姐妹会的很多活动,都是蔡彬出资。刚开始几次聚会联系蔡彬,邀请她来参加活动,她都太忙,不是在东欧,就是在南亚。后来,当蔡彬参加完一次活动后,就和姐妹们商量,把每个月的时间定下来,或者提前安排好时间,争取每次自己都能把时间腾出来。并且,为了帮助姐妹们共同创业,蔡彬和秋红商量,把自己的创业经验与大家一同分享,把 1 个月的一次姐妹会,变为创业讲座,把 3 个月一次的商务高峰论坛,从理论层面转化到实践中去,争取每年出去考察一次,而且把大陆作为进行商务考察的首选之地。

现在,秋红已经把蔡彬的电子商务在一定范围内向姐妹们进行拓展,而且已经开始有了收益。2014 年 4 月份,秋红不仅还清了她此前在台湾的债务,还在台北的中心地带开设了自己的工作室,仅电子商务这一项业务,在短短的 5 个月时间里,她的收入就达到每月 20 万台币的纯利润。秋红自信地说,蔡彬和她要在一年内,让一起创业的姐妹们月收入 100 万!要让姐妹们真正用自己的双手开出一片天!她还说,台湾的一些政治人物,整天高喊着台湾人要有自己的"出头天",我也要让我的大陆新娘们有自己的"出头天"!

在没有真正接触这些远嫁的女儿之前,我不知道世界上还有这样的一群姐妹,而且她们就是和我们在同一片天空下一起成长的姐妹,我真的不知道世界上最深的峡谷在哪里,不知道世界上最美的风景在哪里。海峡两岸,这一湾浅浅的海峡,在我们那些远嫁的女儿的心中却显得那么深,那么深!但是,远在台湾的大陆姐妹,让我看到了海峡两岸的又一道美丽的风景,看到她们壮美的人生!

只是我的纸太短,我想象不出远嫁的女儿还有多少,若要展开她们的全部,又能写出怎样的美丽春秋?

一个秋红,我笔下一个失败的秋红,又是一个成功的秋红,她在失败中学到了成功的态度,她又用这种成功的态度,去迎接今后人生的种种挑战。在结束采访,站起身送走秋红的时候,看着她自信、成熟的背影,我从心里默默地祝福着她以及和她一样还身在远方的女儿们!

君生我未生

尚　昱

她是我的采访对象。她的故事虽然波澜不惊，却也是大陆新娘百态人生中的"一态"。

10位作家，要写20位大陆新娘的故事，采用的是双向选择、自由组合的办法。2014年9月2日，作家与大陆新娘的正式见面会上，大陆新娘们每人演讲5分钟，简要地介绍自己嫁到台湾前后的或悲或喜的经历，以及她们后来如何殊途同归地聚集到台湾中华生产党的旗帜之下，为新住民争取权益，为两岸和平统一而奔走。我寻问身边一位端庄美丽的中年女子："您可以和我分享您的故事吗？"她微笑着柔声说道："可以的，只是，我怕你会失望。我没有像那几位姐妹一样，有'一肚子血泪'，我先生年纪虽然大一点，但收入不错，对我很好，我嫁过去之后，他一天都没舍得让我工作，我过了10年衣食无忧的生活，我的故事平淡无奇……"我感到有些意外，回头想想，确实，刚才她自我介绍是"中华生产党海外事业部副部长"，台湾"新住民委员会副主委"。她的演讲，几乎没有提到自己嫁到台湾前后的经历，而是着重讲了她在中华生产党做党工和为新住民提供义工服务的体会。

相识即是有缘，我既然选择了采访她，就不打算更改。于是我笑着说："没关系，我们是要如实地呈现大陆新娘在台湾的生活百态，并不刻意追求夸张的效果。平平淡淡才是真，与一波三折的精彩故事比起来，你的幸福更重要，我很高兴知道你在台湾过得很好。"

就这样，她和我分享了她的"大陆新娘的故事"。

我叫罗丽萍，1965年出生于湖南衡阳。直到2005年远嫁台湾之前，我一直生活在那里。

我看你和我的年纪差不多，你一定明白"台湾"对于我们这一代人来说有多么神秘。那是教科书上写着的"祖国的宝岛"，那是报纸、广播、标语口号中"我们一定要解放"的地方，那里有着我们从未见过面的"骨肉同胞"。如果说"台湾"这个地名对于我们家有什么非同一般的意义，那就是：有时，在夜深人静的时候，家中的长辈们会悄悄地谈起我的大伯父。

我那位当国民党宪兵的大伯父，在1949年的某一天，带上伯母匆匆离去再无消息。父亲他们经常分析猜测，一去不返的伯父，究竟是不是随蒋介石去了台湾？当时怀有身孕的伯母，究竟生的是男是女？后来又生了几个孩子？如果他们现在生活在台湾，或者是世界的任何一个地方，我的堂哥或堂姐是不是也该成家了？

在"文革"期间的政治气候下，家里有亲戚在台湾是件犯忌讳的事，所以，"伯父可能在台湾"这件事，非但没有让我对台湾产生亲切感，反而令台湾在我心中更加扑朔迷离。那时我做梦也不会想到，我将来会在台湾度过我的后半生。

我与台湾的缘分，开始于伯父从台湾归来。

1987年11月2日，台湾当局宣布开放民众赴大陆探亲，从那一天起，我们全家就心怀希望，希望从海峡的那一边，能传来伯父的消息，虽然我们并不能确定1949年后便杳无音信的伯父是不是去了台湾。一年多的时间过去了，就在大家快要放弃希望的时候，家里忽然收到了伯父的一封电报，内容是他已踏上祖国大陆的土地，将于某日乘坐某车次回归故里……

后来我们才知道，伯父确实随着撤离大陆的国民党部队到了台湾。几十年来，他无时无刻不在思念着家乡和亲人。大陆"文革"期间，他的儿子正在海外留学，比在台湾更方便打听大陆的消息，所以他对大陆"文革"的情形略知一二。伯父是个小心谨慎的人，怕给亲人惹上麻烦，所以把思念之情深埋在心底，断绝了与家乡的一切联系。台湾当局开放赴大陆探亲之时，伯父又因为有个儿子是现役军人，被排除在允许探亲的名单之外。归心似箭的伯父，度日如年地等到1989年儿子退役，才得以踏上家乡的土地。

血脉亲情真是奇妙。我记得那一天，我和父亲去接站，我们并没有约定什么相见的"暗号"。尽管相隔了40年的沧桑岁月，父亲仍坚信他一定能认出自己的兄长，而我，心里一直有着"亲人相见不相识"的担忧。载着伯父40年乡愁的列车停稳后，我与父亲一个向左、一个向右分头寻找，我在人流中一眼看到一位西装革履的老先生，虽然他早已不是老照片上年轻时的模样，与父亲也并不很像，可我还是觉得他就是我们的亲人。

我按捺着激动的心情，上前小心地问道："请问，您是台湾来的罗先生吗？"

他说："是的！"

我兴奋地告诉他："我是您的侄女。"然后就大声招呼父亲，"爸爸，这边！我找到伯父了！"……此后的情形，就如当年大陆老兵返乡的纪录片中无数次出现的场面一样，兄弟姐妹抱头痛哭互诉别情，给健在的长辈磕头，给逝去的长辈上香，大宴宾客遍告邻里："少小离家老大回"，如今游子回到了家乡的怀抱……

如果我告诉你，我姐姐和我后来分别嫁给了比我们大30多岁的台湾老兵，是我伯父牵的红线，你会觉得有点不可思议吗？可事实就是如此。

自从1989年那次轰动乡里的"探亲"之后，伯父有机会就会"常回家看看"。随着改革开放的深入，大陆与台湾之间物质生活的差距也越来越小，这使我们与伯父的亲情更加纯粹。

谁也没想到，还没有享受几年富裕生活的滋味，姐姐的家，就被突如其来的金钱砸碎了！

我姐姐和姐夫——现在应该称前姐夫，他们两人的爱情，曾经像一出琼瑶剧一样浪漫纯情而又轰轰烈烈。他们在中学就开始恋爱,因为早恋,受到双方家长的强烈反对和猛烈打压。他们没有被拆散,而是坚持到了适婚年龄。但家长仍然认为"会早恋的孩子,不可能是好孩子",他们仍然得不到支持和祝福。姐姐的前夫坚持不断地给姐姐写情书,给家长写信表明心迹。我父亲曾把他写的信拿给自己要好的朋友看,让朋友帮着判断可不可以把女儿托付给这个男人。父亲的朋友被他的文采和真情深深感动,劝我父亲说:"老罗,这是真爱啊!你就不要再为难这一对有情人了吧。"就这样,他们才结束了七八年的爱情长跑,最终结为夫妻。没有想到,他们婚姻持续的时间,还没有恋爱的时间长。而婚姻解体的原因,竟然是因为他们的感情"可以共苦,却不能同甘"。

　　姐姐的前夫聪明能干,是改革开放后第一批下海试水的弄潮儿。他做钢材生意,很快就发了财。1990年,还没有多少人拥有私家车的时候,他家里就买了小轿车。在财富迅速增长的同时,他的自我感觉也迅速地膨胀起来,身边有了比我姐姐更年轻漂亮的小三,并且向我姐姐提出离婚。海誓山盟言犹在耳,姐姐想不到曾经那么深情款款的他会如此绝情。你相信"一夜白头"的传说吗?以前我也以为是文学的夸张,我姐姐的婚变让我相信了,这是真的!在与前夫离婚的第二天,不到40岁的姐姐,头上真的生出了缕缕白发……

　　伯父又一次回乡探亲时,看到我姐姐形容枯槁,大为震惊。此后,见我姐姐整天足不出户,神情恍惚,很是担心。有一天,伯父小心翼翼地对我父母说:"她这样下去不是个办法,我有个建议,说出来你们要是觉得不合适,也不要生气……"

　　父亲忙问伯父有什么主意,伯父说:不如离开这块伤心地,换个新环境重新开始。

　　我们世代生活居住在老家,我姐姐一个弱女子,能到哪里去寻找重新开始的新环境呢?伯父说:"我想带侄女到台湾去。"

　　"可是,她怎么才能去台湾呢?"

　　伯父说:"这就是我怕说出来你们会生气的地方,现在两岸的这种情形,她如果要到台湾去生活,就只能通过婚姻。可在我的人脉关系中,与我有交情的都是和我年纪相当的人。我有位战友,人很好,经济条件也不错,现今单身,有意在大陆找一个配偶……我怕你们嫌对方年纪太大。"

伯父的提议,在我们家里仿佛一石激起千层浪。经过反复的讨论,家人达成共识,嫁个年纪大的,总比任由她自闭家中,落下毛病要好。而且我们也相信伯父的人品。

当年伯父奉命撤离大陆时,上级规定不许带亲眷,违者严惩。伯父不忍抛下伯母,硬是偷偷把伯母带上了船。据说伯母当时躲在角落里吓得发抖,伯父安慰他说:"不用怕,违纪抗命的是我,被发现了也是抓我去枪毙,你还可以活下去,生下我们的孩子……"我们家的人都觉得,伯父对妻子如此情深义重,物以类聚,人以群分,伯父推荐的人,一定错不了。

于是家人把伯父的建议跟姐姐说了,没想到姐姐居然同意了。原来她离婚之后足不出户,一来是伤心过度,二来是因为自己当年的恋爱、现在的婚变,都闹得满城风雨人尽皆知,令她觉得实在无脸见人,她确实也希望像伯父说的那样"离开伤心地,到一个没有人认识的地方,重新开始人生"。眼前要达到这一目的,只有通过婚姻这一块跳板……

我问:你姐姐嫁到台湾以后过得好吗?

她说:应该是过得很好吧,否则姐姐后来不会介绍我也嫁给台湾老兵。据姐姐说,后来的这位姐夫,对她十分疼爱,为她花钱也出手大方。但是姐姐可能是受了第一次婚姻失败的刺激,觉得自己手上没钱,就没有安全感。她变得非常热衷于赚钱,她在台湾、大陆都有投资理财,开了10间店,早已衣食无忧,可有时还会去做护工、钟点工。我常常笑她想不开,不过在我的影响下,她现在也很乐意做义工了。

姐姐的故事说完了。我问:我记得你说过,伯父第一次回大陆探亲那年,你已经结婚,儿子刚满1岁。后来,你又是因为什么嫁到台湾的呢?她叹了口气，开始说自己嫁到台湾的故事。

　　姐姐的爱情失败，是经受不住财富的考验；我的家庭解体，是承受不了清贫的考验。相反的原因，却让我们殊途同归嫁到了台湾，这也许是我们姐妹的宿命。

　　我与前夫的婚姻和大多数普通中国人一样，是经人介绍相识结婚的。当时，他是钢管厂的工人，我是市百货商店的营业员，也算是门当户对。虽然没有经过刻骨铭心的恋爱，但因为姐姐婚姻的不幸，我反而庆幸自己的家庭平平淡淡才是真，我期望着日子就这样天长地久地过下去。

　　2000年，我工作的百货商店柜台被私人承包，我下岗了；前夫的工厂效益也不大好，孩子要入托入园上学，正是花钱的时候，我们的生活一下子陷入了困顿。下岗的初期，我也曾努力地找工作，可那时候，几乎所有的招聘都要求"25岁以下"，我那时已经30多岁了，找工作本来就不容易，何况因为孩子还小，需要就近照顾，找工作还要附加一个"离家不能太远，晚上不能加班"的条件，更加没有单位愿意聘用我了。就这样蹉跎了几年岁月，前夫渐渐地不耐烦起来。他不止一次地说起，如果儿子将来考上大学，就把我们共同购买的集资房卖了给孩子做学费，这是我们作为父母应该为儿子做的。至于我，他是没有义务养的，他只能负责孩子的生活费，我的生活费，要自己去赚。话里话外，透露出嫌弃我吃闲饭的意思。我听了这些冷言冷语，感到非常寒心。这不是我们共同的家吗？一家人不是应该共同面对困难吗？如果不是因为照顾孩子花费了更多的精力，我不一定会下岗，如果不是为了照顾孩子，我找工作不会那么难。他怎么可以把家庭遇到经济困难的责任，算到我一个人头上？

　　真是贫贱夫妻百事哀。有一次儿子生病，服用了含青霉素的药物导致过敏，浑身发冷，紧急送到医院抢救，需要交200元钱，我们两人搜遍了自己所有的口袋，居然凑不齐这200元。打电话向朋友借，找了几个人都没借到，最后还是父亲答应马上送钱到医院来。抱着孩子，坐在医院的长椅上等着父亲送钱来的时候，我流着眼泪一遍遍地在心里对自己说，我再也不要过这样窘迫的日子了……也许在前夫的心里，早就想甩掉我这个包袱了，他只是在等着我提出分手。孩子病好后，我提出离婚，他马上答应，我们很平和地协议离了婚。

我记得，离婚那天，他很伤感地对我说："你每月哪怕能有300块钱的收入，我们都可以白头到老……"他不是个坏人，只是没有什么本事，也没有一个男子汉的担当。

离婚之后，姐姐介绍我认识了现在的先生。他名叫吕剑峰，是湖南零陵县人。与姐夫是老乡兼好朋友，比我大30多岁。姐姐现身说法劝慰我：不要太计较年龄的差异，人品好，疼你爱你是最重要的。因为姐姐再嫁后过得不错，父母也不像当初姐姐远嫁台湾时那样忧心忡忡，就这样，我开始试着与先生通信。从收到他的第一封信开始，我就对他颇有好感。他的字写得整洁漂亮，文笔古朴典雅，一看就是很有文化、很有修养的人，是我喜欢的类型。

我们通过电话和通信互相了解了大约一年时间，他毫无保留地向我坦承了他的三段坎坷情史：

我先生的第一段婚姻是"父母之命，媒妁之言"，那时他很年轻，还是个学生，婚后继续在外求学。本来就没有什么感情基础，加上聚少离多，结果妻子与丧偶的哥哥日久生情。父母极其为难，不想丑事外扬，于是嘱咐他干脆在外谋生，少回家乡。遇到这样的尴尬事，先生对家也不再留恋，便从了军，成为国民党炮兵学校学生总队的一名学员兵。1949年，他随部队撤退到台湾。

我先生的第二段婚姻，是到台湾之后，与一位女警察结为夫妇，并育有一个男孩。孩子1岁以后，因为一个偶然事件，他发现孩子的血型与自己不可能有血缘关系。事情摊开后，那位女警察同意离婚，但始终不肯说出儿子的来历。

我先生的第三段婚姻，是在两岸开放探亲之后，他经人介绍，娶了一位大陆女孩。没想到女孩无心于家庭生活，只想多多赚钱寄回老家。她倒也不是想不劳而获，榨干丈夫，一味地向丈夫要钱的那种人，她是抓住一切机会，拼命地打工。大陆配偶在取得身份之前，在台湾打工是非法的，所以后来她遭人举报，被遣返大陆……

先生有这么复杂的情史，不但没吓倒我，反而激起了我的同情心。从他来信的字里行间，我看得出来，他虽然历经沧桑，但内心仍然非常善良。他对几位前妻不仅从没有口出恶言，还负担了那位与他没有血缘关系的名义上的儿子的生活费，直到他成年；那位大陆新娘被遣返时，他也给了她一笔钱，并愿意等她回来。是她自己承认与我先生没有感情，他们才了断了这段婚姻。我想，他对辜负他、欺骗他、利用他的女人尚且如此善待，而我，是打算要和他好好过日子的，那他会对我多好啊？

电话通信联系一年多以后，他由我姐姐陪着回家乡来与我相亲，那是2005年5月22日。我到长沙黄花机场去接他们，一眼就看到我姐姐身边的一位老先生，我就想，真是文如其人啊，他就像他的信给我的印象一样，儒雅斯文。我对他的年龄是有思想准备的，见到他本人后反而感觉比我想象的要年轻。我先生常年修习太极拳，还获得过太极拳功夫七段和国际承认的太极拳教练证书，所以他身体很好，精神矍铄。

我想，他在与我通信通电话的过程中，就下定了要娶我的决心，这次见面只是让他更加确认并付诸行动。他此行带齐了两岸婚姻所需要的台湾那边的全部手续和材料，并且在办妥结婚手续之前，他就在大陆为我买了一套房子。我后来曾经开玩笑问他：还没有领证就买房，你就不怕我是那种通过结婚骗财的女人吗？他表示，无论经历多少次挫折，他都相信人间自有真情在。这就是为什么经历了三次失败的婚姻，他仍然要寻找共度一生的伴侣。说实话，他对生活的这种勇往直前、不怕失败的态度，非常打动我。

我问她：听说，台湾当局搞了个大陆配偶进入台湾时的"面谈制度"，大陆新娘一进入台湾,就要接受官员非常严苛的问话。有的问题涉及夫妻生活的隐私,令人难以启齿。一旦回答不慎,或者因难堪而拒答,就有可能被判定为假结婚而遣返。还有居心不良的面谈人员,故意刁难谈话对象,有这样的事吗?

她说:听说前两年是这样的,比我早几年嫁去台湾的大陆配偶,说起这事时,仍然会眼中含泪,那种屈辱感刻骨铭心,多年以后仍然挥之不去。我很幸运,嫁过去比较晚,因为面谈制度设立后,大陆配偶不断地抗议抗争,台湾的正义人士也出面声援,到我婚后赴台湾与先生团聚的时候,情况已经有所改善。官员所问的问题,不再是简单粗暴地在夫妻生活那点事上找破绽,而是更人性化了。前人栽树后人乘凉,我对先行者为我们争取到的权益很感恩,这也是我现在愿意加入台湾中华生产党、做义工,为新住民服务的原因。

言归正传。我虽然没有被问到特别难堪的问题,但是因为一个小小的意外,险些被疑为假结婚而遣返大陆。

事情是这样的,我买的是3点飞往台湾的机票,候机的时候,听到机场广播通知:有一架马上就要起飞前往台湾的班机,还有空位,乘客如果想早一点到达台湾,可以改签这一架班机。我什么都没想就去改签了机票,提前登上了飞向我的新生活的航班。

我没有想到面谈室就设在机场内,为防假结婚的"夫妻"有充分的时间"串供",飞机一落地,不等两人见面多谈,就被叫到面谈室一起接受盘问。我因为改签了航班,比约定的时间提前了两个小时到达台湾。所以当时的情况是:我被留在面谈室内,机场广播一遍遍地通知我先生速来接受面谈,我先生却因为不知道我已提前入台,还没有到达机场。

"如果你们真是夫妻,你的先生怎么会连接机的时间都弄错?"我看得出来,官员眼中的疑云越来越浓。我反复向面谈的官员解释我与先生"错过"的原因,从负责面谈的官员的表情上看,他并不相信我的话。

也难怪他不信，也许是我潜意识里希望能快一点见到我先生，所以鬼使神差地改签了机票。可这只是我的一种心情，逻辑上却说不通——我提前到了，先生并不知道，想"早一点见面"的解释，如何能消除人家的怀疑？

随着时间一分一秒地过去，官员渐渐失去了耐心，准备将我遣返。正当我的心几近绝望的时候，我先生忽然气喘吁吁地出现在面谈室的门口。我当时真是又惊又喜："谢天谢地，你终于来了！"一看表，离我原定的航班到达还有一个多小时。

先生喘息未定，就坐下来接受问询。我们回答了他们提出的所有问题，给他们验看了我们结婚的所有证件，以及在大陆的婚房、举行婚礼的照片等。假的真不了，真的也假不了，我顺利地通过了面谈，进入了宝岛台湾，正式成为台湾人口中的"大陆配偶"。

先生后来告诉我他为什么会提前一个多小时到机场。那一天，他因为我就要到来而非常激动，一个人在家坐立难安，索性就去机场。到达以后，看着时间还早，就在机场外踱步。不知道为什么忽然感到心绪不宁，他就走进了机场大厅，没想到一进去就听到广播找他，说再不去面谈，我就要被遣返了。先生吓了一跳，赶紧向面谈室跑去……

我与先生的结合，有着各自的不得已的原因，我们都有诚意要和对方共度一生，但很难说有没有爱情。可是这次有惊无险的经历，却令我觉得我们的婚姻冥冥之中似有天助。我决心要好好珍惜这段缘分，好好待他，好好过我们今后的日子。

正如我下决心与先生交往时判断的那样：先生是一位善良宽厚的人，我来到台湾与他共同生活后，他兑现了婚前对我的承诺，珍惜我，爱护我。我先生这个年龄的人，一般是不会把"爱"挂在嘴上的，但他会用实际行动做出来。所有的节日、纪念日，他从不会忘记送我礼物。有时候我觉得，先生对我的疼爱，甚至有几分自私几分傻气。举个例子吧，有一次我们家的灯坏了，先生搬了梯子想自己爬上去换灯泡，我忙拦着他："你都这么大年纪了，摔了怎么办啊？让我来。"先生也拉住我："不行，你摔了怎么办？"那天我姐姐刚好来我家串门，就说："哎呀，你们两口子好肉麻，我来好了。"我先生居然真没客气，让我姐姐爬上梯子换了灯泡。为这事我被姐姐笑了好久："你先生可真是疼你啊，老婆是宝贝，不能摔，大姨子就不怕摔了？"

我的先生收入很好，生活比一般的台湾老兵富裕，原因是这样的：我先生人很聪明。他从军之初时是炮兵，但在军队中还刻苦学习医术，后来考入了军医训练班，学习了一年10个月，一毕业就成为一名外科医官。先生一生勤奋好学，不断地进修提高，一级一级、一个科目一个科目地考，最终获得了职业医学专科医师证书。直到退休之后，我先生仍然手不释卷，还考了中山医学大学医学研究所，获得了28个学分。先生退役后在台北当了一名医师，还兼任组长。医生在台湾是非常受尊重的职业，收入很高。他属于"军公教"人员，退休存款可以享受利率"十八趴"的优待，加上他多年的积蓄、投资、不动产，他一个人的收入，足以让我们维持富裕的生活，所以嫁到台湾后，先生一天也没舍得让我出去工作。

也许因为先生没让我出去工作，我接触社会面比较小，也许因为先生有一定的社会地位，接触到的人素质比较高，不会轻易地对他人贴标签，反正我平常并没觉得因为自己来自大陆而受到歧视。如果说感受到明显的恶意和偏见，就只有一次。那天我和先生一起坐计程车，碰到一个特别"白目"的司机。那个司机可能是觉得我与先生的年龄相差比较大，相处状态很亲近，却又不像父女，就好奇地问我们是什么关系。我很坦然地说，我们是夫妻。没想到那家伙竟然当着我先生的面"勾引"我，他说，你还这么年轻漂亮，为什么要嫁给一个老头？不如跟了我吧，我们两个更般配……

我警告他，再说这种话我要去投诉他，他才闭嘴。我愤怒地说：我和先生过得好好的，为什么要跟你？我先生有修养有学问，你一个计程车司机，拿什么和他比？

事后我先生有点伤感，说："我确实是年纪大了，要是年轻的时候，像他这样的，我几拳就能把他打趴下……"

有时候，年龄确实是个无法忽略的问题。和先生结婚后，我们有过几年鱼水之欢，但随着先生年纪渐长，我们的感情和相处状态，越来越像是一种亲情。不在一起时我们会互相牵挂；在家时，他看他的书，我写我的"脸书"，即使半天不说一句话，我们也觉得很充实很安心。尤其可喜的是，我的儿子非常贴心懂事，给了我先生极大的安慰。

儿子虽然在大陆长大，没有和我们一起生活，但先生对他视如己出，负担了他上学的费用，还安排他到新加坡留学。我儿子很有出息，现在他已经学成归国，有了一份体面的工作和丰厚的收入。我知道，如果没有我先生的培养，我的儿子不会有这样好的前途。记得儿子读大三的那一年，我和先生回家乡过年，那是与儿子相处时间比较长的一次。有一天我儿子招呼大家吃饭时，非常自然地叫了一声"爸爸"。是的，不是郑重其事的"改口"，是脱口而出，就像他早就这样叫过似的。我先生当时激动得老泪纵横，他跟我说：在今天之前，我此生最大的遗憾是没有亲生骨肉，今天这一声"爸爸"，我此生无憾了，我们就是相亲相爱的一家人。

我前面说过，我先生第一段婚姻不堪回首，令他远走他乡一直不愿回家。我们结婚五六年后，先生说：你是我真正的妻子，我要带你回家乡，让你认祖归宗，成为堂堂正正的吕家媳妇。那一次回乡非常隆重，他带我一起拜祭了祖先，大家纷纷称赞"小姨奶奶"（按照他在家族中的辈分排的）年轻漂亮。先生说，因为娶了我，他终于过上了幸福安康的日子，这一次回家乡，让他放下了过去的一切恩怨。

先生有时候会对我说："我很感谢上天让我娶到了你，但是我年纪大了，你还这么年轻，我最担心、最不愿意的事，是在最后的几年拖累你，成为你的负担。"每次谈到这个话题时，我都会安慰他："年龄是明摆着的，你又没有瞒我，我当时既然决定嫁给你，就有这个思想准备。你放心，你对我、对我儿子都这么好，以后我好好照顾你几年，也是应该的，就算我回报你对我的好……"

过了几年衣食无忧的生活后,我觉得人还是需要存在感、成就感的,我想做一些对社会、对他人有益的事。正好在这时候,我在瑜伽课上认识了一位福建三明嫁到台湾的女子,一交谈,发现我们都同姓罗,还是同年同月同日生的,于是成了莫逆之交。她了解了我的想法后,介绍我参加了中华生产党,于是我经常出去参加中华生产党的活动,呼吁两岸和平统一,为大陆配偶争取应有的权益,为新住民解决各种各样的问题。比如,台湾老兵去世后,他们的配偶可以领取"半薪"(也就是他们生前退休金的一半)为生活费。有些大陆配偶在老兵去世后回到大陆生活,每次要领取这笔钱时,都要回台湾"验明正身"才能领取,非常麻烦。后来,在我们的努力下,当局建立了大陆配偶网上验证系统,大陆配偶只需通过网络连线验证,就可以领到她先夫的退休金,已经有100多位大陆配偶因此受益……

台湾当局和大陆配偶的互助组织,为大陆新娘开办了各种培训班,目的是帮助新住民尽快融入台湾生活。我也经常去学习,如今已取得了美容美发技术士的证照。我并不需要以此谋生,我就用所学的本领去做义工,比如为老人院的长者们义务理发。

做社会工作令我精神愉快,非常有成就感。我经常在"脸书"上写下我所做的和所想的。2014年3月,台湾广播电台看到我的"脸书"后,采访了我。他们说,没想到一位大陆新娘,心态如此正向,生活得如此阳光。那一期节目播出后,反响不错,原先我的"脸书"没几个读者,节目播出后猛增了4000多个粉丝,还经常有粉丝跟我交流。

先生见我参加中华生产党后生活得更加充实更加快乐,了解之后,也认同中华生产党的理念,所以十分支持我的工作。他已经向中华生产党捐了两次钱,有时还参加我们的活动。

她的故事讲完了。我问了一个在她讲述的过程中,一直想提的问题:"你觉得你和先生之间,有爱情吗?"

她想了想说:"我先生是爱我的,我能感觉到;我感激他给予我的爱,敬仰他的人品，欣赏他的才能，这是不是爱，我不能确定。"

于是我在网上搜索到那首描写忘年的诗给她看："……君生我未生，我生君已老。恨不生同时，日日与君好……"我问："你看，用这首诗形容你和先生的感情贴切吗？"

她看着看着，脸上绽放出惊喜的笑容："对！我和先生的感情就是这样的！"

大陆女儿台湾媳

尚 昱

　　这个题目取自大陆新娘吴国红自己作的一首诗，她说，诗是 2009 年写的，那一天，祖国大陆有一位张司长（她不知道那位张司长具体是哪个部门的领导），来到台湾与她们见面，倾听嫁到台湾的大陆姐妹们的心声，交谈甚欢，她心情激动，就写了这首诗：

　　　　大陆女儿台湾媳，
　　　　两岸姻缘千里系。
　　　　浓结血脉民族情，
　　　　因缘聚会落宝岛。
　　　　只盼娘家亲常至，
　　　　慰藉思乡日月载。
　　　　举杯共祝中华盛，
　　　　海峡两岸终融一。

　　诗是她回到台湾后通过 QQ 发给我的，还配发了一个害羞的表情。她谦虚地说："写得不好，但确实是每次与大陆亲人见面互动时的真实感受。"
　　吴国红给我的名片上，印的是"台湾新住民发展协会理事"，见我探究的表情，她告诉我，像这样以大陆新娘为主要成员的社团法人，在台湾有很多个，不断地在碰撞融合之中，中华生产党是现在人数多、影响大的一个。如果大家理念相同，目标一致，合并或者互相加入对方的团体，是常有的事。

吴国红身材丰满，圆脸，眉眼弯弯的，总是带着笑意，显得很喜兴。初次见面，我就冒昧地问她："你和先生过得还好吧？"她的脸上似有一丝阴云飘过："我老公已经过世了。"也许是看我有些歉疚，她反而宽慰我："没关系，都过去了。生老病死，人生常态。我想我老公他也喜欢我生活得快快乐乐的。"

吴国红曾经在厦门工作过多年，现在女儿又在厦门上大学，所以她此次来厦门，要见的人、要做的事很多。但是她非常配合我的工作，我们商量好时间，我采访别人时，她去会客，我有时间时，她就留下来，给我讲述她的故事。

我1965年7月出生于江西省南昌市。1981年，我高中毕业后，在江西制药厂工作，当化验员。1992年，工厂因为效益不好，给员工发了遣散费就关停并转了，我得到1万元的遣散费。我的家境并不富裕，不能坐吃山空，必须在这1万元钱用完之前找到工作，于是我来到厦门寻找机会。我还曾在厦门大学住过一段时间呢。刚到厦门的时候，我举目无亲，口袋里也没有钱。我有位朋友的女儿在厦大上学，我就白天出去见工，晚上在她宿舍的床上挤一晚，直到找到工作我才搬出去。

后来，我找到了一份在幼儿园当生活老师的工作，那是一家为厦门的台商子女办的幼儿园。做了一段时间，他们见我有高中学历，就让我兼教一点文化课。

我就是在这个时候认识了我的第一位丈夫，他是中文系的大学生，贵州农村的孩子，毕业后怀着干一番事业的梦想离开家乡来闯特区。我们是在年轻人那种朋友带着朋友来参加的聚会上认识的，他在厦门的一家私企做白领工作。我们谈了两三年的恋爱就结婚了。那时候生活虽然很清贫，但我们对未来充满信心。我们觉得自己都还年轻，相信凭着勤奋和努力，我们的生活会越来越好。谁知天有不测风云，1995年，在我们结婚一年多，孩子才半岁的时候，他不幸遭遇车祸去世。他是家中的独子，公公婆婆失去了唯一的儿子，伤心过度，不久也相继病逝了。

　　他在我们感情正炽热时突然撒手人寰，我很长一段时间完全无法接受这个事实。他去世以后的数年时间里，有人给我介绍对象，我根本不加考虑。我的心里满满地装的都是与他相知相爱的记忆，别的人根本就进不来。

　　因为自己在幼儿园当老师，近水楼台先得月，我就每天带着孩子上班。幼儿园的负责人理解我的困难，允许我"公私兼顾"，把女儿与幼儿园的小朋友放在一起照顾，也没有要求我交学费。所以虽然那时候工资不高，每月只有五六百元，但生活还能够维持下去。

　　孩子一天天长大，到了女儿该上小学的时候，学费成了摆在我面前的最大问题。我当时的收入，只够维持母女俩温饱，没有钱负担女儿的其他费用。也就是在那时候，我开始考虑找一个肩膀靠一靠，萌生了再嫁的想法。

　　前夫已经去世四五年了，他是我的初恋，爱是不能忘记的，我只是把他深深地藏在心底。我慢慢想通了，逝者已去，活着的人要好好活着，何况我们还有女儿，他是我们爱情的结晶。女儿出生的时候，我和她父亲无数次地为她规划过美好的未来。现在她父亲不在了，我有责任来达成她父亲的期望——培养她成才，让她有一个光明和幸福的前途。

　　有一位台湾来的老奶奶，她儿子是厦门台商，她来厦门替儿子照顾孩子，她先后有3个孙子，都在这里上幼儿园。多年以来，老奶奶每天早上把孙子交到我手里，晚上又从我这里把孩子接回家，天长日久，我们成了忘年交。她很了解我的情况，一直想着怎么帮助我。

　　有一天，奶奶邀我去她家里吃晚饭。盛情难却，我没有多想，就带着女儿去了。一进门，我就看到有位老先生端坐在客厅里。奶奶出来招呼客人，介绍他是来自台湾的林先生。然后又向林先生介绍了我。看到奶奶热情张罗的样子，看到林先生对我关注探究的眼神，我心里就明白了七八分。因为奶奶早就对我说过，她想从台湾介绍一个条件好的先生给我，能够在经济上帮到我。这位林先生想来就是那个"能帮到我的台湾人"了。可是我心中微微有点失望,因为他看上去年纪不小了,应该是属于我的父辈了。

吃过了这次饭后不久,奶奶果然来问我:"你觉得这位林先生怎么样?"我坦言:"太老了。"

奶奶给我分析利弊,极力劝我接受他。她说,除了年纪大点,林先生各方面条件都是很好的。他是大陆去台的老兵,经济上有保障。他曾经娶过太太,生过儿子,前些年都不幸生病去世了。再婚家庭最大的麻烦一是子女不接纳,二是将来继承遗产的纠纷,他现在就自己一个人,这两个问题都不存在。他自己没有孩子,以后肯定会把你的孩子当成自己的孩子来疼爱。你虽然比他年轻很多,可也38岁了,女人到了这个岁数,又有孩子拖累,也不太容易找到合适的人嫁了。奶奶还说,林先生在大陆已经相过3次亲了,另外两个都比你年轻漂亮,一听他这条件,都表示愿意接触接触。可是林先生那天一见到你,就认定你了。他对我说,不用再安排相亲了,就是你了。他说你长得面善,一看就是能过日子的好女人。林先生是我的朋友,他的人品我是可以担保的,他一定会对你好的,要不然我也不敢把他介绍给你。

我知道奶奶是真心想帮我,不好意思一口回绝,我就说:他要是真像你介绍的那么好,就先给我买套房子,让我和女儿有个安定的住处再说。

我本意是想为难他一下,让他主动退却,这样就不会伤了我和奶奶之间的情意了。那位林先生不是说看上我是因为觉得我是个好女人吗?我一开口就要买房子,他应该会觉得自己看错人了吧?

没想到他二话不说就答应了。他马上交了两万元定金,在集美订下了一套120平方米的期房,房产证上写的是他和我两人的名字。他的这个举动,让我看到了他的诚意,也令我相信,他会对我们娘俩好的。从那时候开始,我们有了真正的感情交往。

他的忠厚,他对我的好,总是能不时地让我感动一下。2002年,我们的感情水到渠成,一起回到南昌准备结婚。那时候我弟弟年纪不小了，还在家待着，没有合适的工作。我老公和他聊天时，问到他想做什么。弟弟说他喜欢开车，想搞运输，但是自己没有车。没想到我老公就把这件事默默地放在了心上。

那一天，我们去民政部门登记结婚时，发现我老公所带单身证明少一个手续，他忙飞回台湾去补办手续。飞回来的时候，他拿出的不光是补办的手续，还拿出一沓钱。他说，"用这些钱，给你弟弟买辆车，让他做自己喜欢的事吧。"我弟弟现在家庭和美，事业发展得不错，这都是从那辆车起步的。

我嫁给老公两年后，他就生了重病，我一直尽心尽力地照顾他。他的朋友看在眼里，跟他开玩笑说："老林，你的耳垂又厚又大，是福相，所以才能娶到这么好的老婆。"其实我是觉得，老头子（这是我对他的昵称，在家我都是这么叫他的）是个好人，值得我对他好。这都是后话了。

办完结婚仪式后不久，老公就回台湾为我办理了入台手续。没想到入台手续会那么烦琐，整整花了两个多月时间。在"新婚别"的这两个月里，他天天要打好几个电话给我。他的牵挂、思念和担忧，通过长长的电话线，声声传入我心中。我原本以为，我们的结合，只是两个孤独疲惫的人，互相依靠取暖对抗孤独，我没想到他会如此热烈地投入这场感情。他的热情感染了我，渐渐地，我也每天在期待中度过：期待他的电话，期待能早日赴台与他团聚。

等我们母女俩的入台手续办好的时候，已经是深冬，春节临近了，所以机票非常紧张。机票是托朋友想办法好不容易买到的，那时还没有直航，要经停香港再转机飞往台湾。南昌到香港的航班是上午10:30到达，如果按机票上的时间，要等到晚上8点，才能坐上从香港到桃园的飞机。朋友教我，可以候补，如果早一点飞，桃园的航班上还有空位，办个改签手续就可以提前登机到达桃园。但是这样就不知道能坐上哪一班航班，几点能到达。所以我就对老公说不要来接机（当时还没有面谈制），告诉我详细地址，我会自己打车。我候补到了下午1:00的航班，下飞机，上计程车，向他所住的眷村驶去，远远的我就看到我老公站在路口，眼睛向着我来的方向张望。看到我从车上下来，他非常高兴，他说他1:00不到就站在这里等我，我一看时间，他已经在路口站了两个多小时了。

就这样，我带着孩子来到了台湾桃园的新家，开始了新的生活。从那一天起，直到他去世，整整8年的时间，我们一天都没有分开过。

我现在能回忆起的家中最美好最温馨的情景是：女儿"咯咯"地笑着，满屋子跑来跑去。老头子脸上是满满的宠爱，却佯装生气地说："你跑得我头都晕了，小心，别摔着！你看你看，这么不听话，你妈妈把你给宠坏了！"女儿说："老爸，你不是也被妈妈宠坏了吗？如果妈妈没来，你什么事都是自己做，你现在什么都不要做了。妈妈也被你宠，她怎么没被宠坏。女人是宠不坏啊。"……虽然不是亲生的，但他很疼爱我的女儿，我女儿也一直都和他很亲昵，总是称他"老爸"，跟他撒娇。那时候，一家人真是其乐融融。

只可惜美好的时光太短暂了，不到两年，在一次例行身体检查时，老公被查出得了肾癌，所幸发现及时，还处在早期。他是在台北的荣民总医院做的手术，切除了一个病变的肾。

老公这次大病之后，我们家生活中最重要的事，就是一趟趟地跑医院，一是要定期复查，防止癌细胞转移扩散，二是手术后他只剩一个肾，不胜负荷，所以要定期去医院洗肾。每次看病，我都要从桃园眷村的家中出发，推着坐在轮椅上的老公，走半里路，再坐上桃园到台北荣总医院的接驳车……看完病再原路返回。每看一次病，都要早出晚归，花一整天时间。在送他就医的6年时间里，我把自己走成了一道风景，我用轮椅碾碎了闲言碎语，赢得了朋友和尊重。

我在台湾的许多朋友，都是这个时期交下的。在成为好朋友之后，他们坦率地告诉我：曾经，他们对我是充满了鄙视和怀疑的。看到老林从大陆娶回来一个这么年轻的老婆，还带着个孩子，很多人都断定我就是图他的钱。老公生病之初，他们又断定我坚持不了多久，就会抛下老公一走了之。直到见我日复一日，年复一年，奔波在送丈夫看病的路上，他们才相信，大陆新娘并不是像传说中的那样，个个都是贪图金钱享受才嫁给台湾老兵，一旦夫家遇到困难，满足不了自己，就会翻脸无情一走了之。他们说，因为亲眼看到我所做的一切，他们才相信，大陆新娘，与丈夫也是有感情的，夫妻也是能够同甘共苦的。他们表示，是因为亲眼看到我的所作所为，改变了他们对大陆人的看法。

　　说到这里，我想要说几句题外话。抛开政治的因素来说，台湾人对大陆新住民的负面看法，也是事出有因，并不完全是因为歧视与偏见。有的大陆姑娘确实是冲着钱嫁给台湾老兵的。有的台湾老兵娶大陆新娘的心态也不正，互相之间还会攀比谁娶的大陆老婆更年轻貌美。双方都不是为了感情，结婚以后怎么可能过得好？俗话说好事不出门，坏事传千里。两岸婚姻生活正常的家庭不会成为新闻，一旦发生大陆新娘榨光了老兵的钱就弃之不顾之类的事，就会被媒体炒作，闹得街知巷闻，渐渐地，"大陆新娘"就被整体污名化了。本地人经常耳闻目睹了这样的事，难免以偏概全，给我们这个群体贴上了负面的标签。这虽然是不正确的，却是无法避免的。我的看法是：台湾的大陆新娘们所受的委屈和不公，大部分来自台湾当局尤其是民进党执政时期相关规定上的歧视，一小部分来自个别无良的夫家，也有一小部分，是在替自己表现不良的同胞背黑锅，账不能全算在台湾当地人头上。

　　就比如说我吧，当地的一般民众并不会因为政治立场的原因而敌视我。

　　跟你说一件我遇到的哭笑不得的事吧。那时我在卖场工作，有一位男子和妈妈一起逛卖场，听到我说话的声音，就问我是哪里人，是不是大陆过来的。我说是的。他马上转用闽南语招呼他妈妈："妈妈快来看啊，这个人是大陆人耶！"我笑笑说："先生，大陆人有什么不同？是横鼻子竖眼睛吗？"他不好意思地笑笑就走了。你可以说他有点不礼貌，但他显然没有什么恶意，只是因为不了解而大惊小怪而已。

　　台湾的普通百姓是很淳朴善良的，在不相识不了解的情况下，他们可能会对某个群体有误会有偏见，可是当面对自己身边的具体的人时，他们是根据你的为人而不是根据你是哪里人来判断你的。你做得好，人们一定会尊重你。

我有时候也难免要和政治立场偏绿的民众打交道，只要避开蓝绿话题不谈，就能够友好相处。

唉，一说到这个话题我就会有点激动，有点离题了。我们还是言归正传。

我老公的手术做得很成功，癌细胞没有扩散。但病后恢复治疗的过程繁复而漫长。除了要经常跑医院，家里的日常护理也是很花精力的。在照顾他的过程中，我渐渐养成了他一起夜我就会醒来的习惯。他毕竟上了年纪，又动了大手术，"独肾难支"，他的身体变得非常虚弱，双腿无力。我因为担心他会摔倒，每次他上卫生间时，我都会醒着，等他回到床上，我才能安心再睡。

我老公从罹患癌症到去世，和疾病苦苦抗争了6年多时间，医生说，如果不是护理得好，以他的年龄和身体状况，坚持不了这么久。我看得出来，在生命的最后一段路上，他坚持得好辛苦。当预感到自己的病情已不可逆转的时候，老公开始经常会跟我说一些肺腑之言。他说："我当初只见了你一面，就决定非你莫娶。现在看来，我的眼光果然不错，你确实是善良贤惠的好女人，很遗憾我没能好好照顾你，这么多年反而是辛苦你了。"我说："老头子，我都嫁给你了，就是一家人，一家人就应该同甘共苦，说这些干什么呢？"他说："你还没有取得台湾身份证啊，如果不能帮你拿到台湾身份证，我怎么对得起你这么多年的辛苦付出？我死也不能瞑目！"他说这话时，我们结婚已经7年多了。而按照台湾当局的有关规定，大陆配偶需要结婚满8年才能拿到台湾的身份（因为大陆配偶的不断陈情抗争，也因为政党轮替，国民党执政后，已经减为6年）。

我要解释一下为什么"拿到台湾身份证"对我来说很重要。当时是民进党执政时期，对大陆配偶的限制非常严苛。按照那时台湾的规定，大陆配偶在台湾的身份分为4个阶段，结婚的最初两年被称为"团聚"阶段，接下来是4年"依亲居留"阶段，之后是两年的"长期居留"期，再之后才能申请台湾定居，拥有各种权益，总共要结婚满8年才能取得台湾身份。而在台湾的外籍配偶，只要4年即可取得正式身份，可见那时台湾当局对大陆配偶的歧视有多么严重。一旦大陆配偶还没有取得正式身份丈夫就去世了，大陆配偶将不能继承遗产，不能在台湾自己的家中居留，只能一无所有地被遣返大陆。这样的人间悲剧，在台湾已经上演过多次了。

我老公病重住进加护病房后，交流变得有些困难，每当他与医护人员配合得好，或是做了比较痛苦的治疗后，我就会用亲吻来鼓励他。通常我亲了他的左脸，他就会指指右脸，或者把右脸侧过来，表示还要来一下，然后我们就相视而笑。护士看到这一幕时，夸赞我说："阿姨你真棒，都到这个时候了，你还能让老先生笑得这么开心。"

他生命的最后一年多时间，都是在医院度过的。在我取得正式身份后的第14天，他溘然长逝。我永远不会忘记这个日子——2010年1月21日，我记得很清楚，那一天是星期四，你去查查看，就知道我说的对不对了。我相信，"要活到为老婆拿到正式身份"，确实是他与疾病作斗争的动力。他最终做到了，走得很安详。临走时他对我说："我留给你的钱不多，但也够你们母女生活了，你们好好过日子……"我现在可以住在我和他生活了8年的桃园的家中，可以领取他的"半薪"（这是台湾对荣民的优惠政策，荣民的遗孀，可以领取他生前退休金的一半为生活费），生活基本没问题。这一切，都是老公"拼命活下去"为我争取来的。

有时候，我的朋友邀我一起去庙里"拜拜"，求神佛保佑，我就会对她们说："你们去吧，我要求什么，还不如回家拜，我老公会保佑我。"知道我这段经历的朋友就会说，"对对，你还是拜老公吧，你老公比较灵。"

你知道为什么在我的身上看不到悲伤的痕迹吗？因为我心安。我能为老公做的、该为老公做的都做到了，我心里没有愧疚和遗憾。我也曾劝过我辅导的新住民：不管当初你是为了什么目的嫁来台湾，只要他当初没有瞒你骗你，那就是你自己愿意的，你就应该跟人家好好过日子。这是一种承诺，也是一种责任，做不到当初就不要答应嫁给人家。

老公还在的时候，照顾病人虽然辛苦，但时间都填得满满的，没有时间忧愁和悲伤。他去世后，我非但没有"解脱"之感，反而觉得心里一下子空落落的了。在他刚走的那段时间，我每天晚上还像他生前一样，会不时醒来，这时，孤独和寂寞就会像潮水一样袭来。现在有时在书房上网，好像都会感觉老公在卧房发出声音，以为他有事情，像他生前一样会立即站起来过去帮他，但很快会清醒过来，又坐下来，陷入深深的思念……

好在我是个性格外向的人，有朋友，参加了新住民自己的组织，可以时而做做义工，时而去协会帮帮忙，时而帮姊妹解决一点困难，生活过得充实又满足。

我并不是老公去世后，为了填补生活的空白才参加新住民协会的活动以及经常去做义工的。我来台湾不久，有一次送老公到医院看病，看到医院里招募志工的广告，了解到"志工"就相当于我们大陆的"志愿者"之后，当即就报了名。2006年的时候，在女儿的指导下，我学会了上网，在QQ上结识了台湾新住民发展协会的干部，他们也时常邀我一起参加志工活动。那时候按照台湾当局对大陆配偶的有关规定，我如果去打工，会被视为非法。但我觉得自己还年轻，不能老在家待着，应该接触社会，为他人做一点有益的事，所以我就去做志工。我在医院做了近两年志工，开始是帮助照顾赡养中心的老人，后来进入安宁病房，照顾那些临终的病人。老公动手术之后，因为要花大量的精力照顾他，我才离开了医院志工行列。

我觉得台湾的志工制度非常好，值得大陆学习。台湾的志工并不是像我们在大陆那样的"做好事"，要成为一名志工，先要到有关部门提出申请，然后要参加志工培训班，学习一些基本的知识和专业的技能，然后试做3个月，合格之后就发一本志工证书，以后每做一次，服务多少个小时都登记在里面，一般是年初会统计前一年的工作时数并盖章。登记服务时间，完全是为了荣誉，不是为了将来自己需要时换取同等时间的服务，因为台湾做志工的人很多，基本能够满足社会需求。服务时数超过300小时，就会获得一本荣誉证书，在有些场所，凭此证书可以享受免费的优待。对于志工来说，重要的不是优待，而是做志工的那种荣誉感。

我认识一位在1949年随父母来台湾的老太太，家境很好，年纪很大了，还经常做志工，她说自己出来做志工是为了戒麻将瘾。老太太说：一闲下来就老想邀人打麻将，做志工，服务他人，积德行善，总比打麻将有意义。

我现在累计做志工四五百个小时了。你说，如果在大陆，我这也算是活雷锋了吧？哈哈，开个玩笑。

我们能为台湾的新住民做些什么呢？给你举几个例子吧。

有位贵州农村的姑娘，嫁到桃园乡下11年，丈夫、公婆相继去世以后，她想回大陆，但是因为文化水平不高，不知道她的相关证件在台湾要3年加盖一次，在大陆要5年换一次证。11年，她的所有证件都过期了。我们新住民的团体，帮她找海基、海协协调，为她补齐了证件，给她捐了机票，送她回到家乡。

还有一个大陆新娘，在2009年还没取得身份就离了婚。按台湾的相关规定应该遣返，但她躲了起来，在台湾打黑工为生。后来妈妈去世，她要回家奔丧。要想回家，就要去当局自首等待遣返，这要用去一个月时间。后来，也是新住民协会为她陈情。最后是象征性地只关了一天，就把她直接送上飞机，让她回家。

有一个大陆姐妹，和先生感情不错，先生生病，她一直非常尽心照顾，却为老先生的女儿所不容。女儿先是以父亲病重不能出庭为由，代理诉请父亲与继母离婚，未获法院批准。后来她拿到长期居留证后不久，先生病逝。她有权利继承丈夫的遗产，又受到各种刁难，拿不到她丈夫存款数据的证明。是我们帮她找法律服务处，找到免费律师，为她开到了证明。

……

这就是我在台湾所经历的，和我在台湾所做的。也许我个人的力量有限，帮不了太多的人，我只愿自己是一座桥。需要帮助的姐妹，能通过我这座桥，达到快乐的彼岸。作为一名大陆的女儿台湾的媳妇，我尽我的所能，帮助了自己的同胞，我至少在接触过我的台湾人心中，留下了大陆人的正面形象，我为此感到很安慰很自豪。

吴国红的故事讲完了，但我和她的友情没有结束。我们谈得很投缘，互相加了微信，留了QQ号。在写她的故事时，我怕记录不准确，时常会就细节问题向她请教，每次都能很快就收到她的回复。我上网的时候，如果遇到她也在线，看到她的头像在闪亮，我们就会聊上几句。

我问："你在忙什么呢？"

她回："在忙选举啊！昨天去了台北，支持一位亲民党的市议员候选人。宋楚瑜也去了呢，还讲了好长一段话。"

我问："你是支持亲民党的？"

"我们当然要支持亲民党了。谁对我们好，我们就支持谁。过去大陆配偶要拿身份证，不光要结婚满8年，还要先生担保。身份证延期，也要夫家担保。有的大陆新娘的丈夫和家人，为了完全控制大陆新娘，不肯出来作担保，以至于大陆新娘除了依附于他们，没有任何权利。有位河北人李小姐，先生过世后，夫家就拒绝为她的证件延期担保。为了解决这个问题，协会通过亲民党提案，取消了拿身份证需要担保人的规定。"

有一次，她发给我一张选"里长"文宣图，解释说："里长相当于我们大陆的居委会主任，我住的眷村就在她的辖区。我经常需要找里长办事，当然也有和新住民姐妹有关的事。里长都非常帮忙。她还说：'你要办什么事，一句话。'令我非常感动。我现在为她助选，替她接待来办事的人，端茶倒水。以后还要陪她拜票。"

有时她发来一段话:"你看,你看,民进党的人又在发表媚日言论了,颠倒黑白!我老公曾经告诉我,他的兄长就是被日本人杀害的,他和母亲眼睁睁看着自己的亲人被日本人杀害。老公生前每次看这样的新闻都会破口大骂!"

看到大陆人在台湾又有什么负面新闻传出,她会痛心地发来一条:"唉,不争气啊,我们大陆人的形象,就是让这样的人给败坏了。"

前几天,她又用微信给我发了一段视频,是某个大学运动会的啦啦操表演,下面注明"这是我女儿组织的",配了一个笑脸,表达心中的欣慰和喜悦。

……

在与她的这些零零碎碎的交流中,我忽然想到一句诗:"一枝一叶总关情。"

曾言言：从双城生活到以爱为家

李 劢

她曾是个女超人

我和曾言言的话匣子是被一碟台湾香肠打开的。9月初的沿海城市的傍晚，天气依旧闷热得像盛夏，我们坐在一间姜母鸭餐厅里，曾言言正在担心这个季节吃姜母鸭会不会燥热得晚上睡不安稳。这时候店家上了头一道热菜，切片台湾香肠，酒红色的猪肉香肠冒着油光，和乳白的蒜片一起摆在一只很大的盘子里。

"知道吗？我和我先生的一桩趣事，就和台湾香肠有关。"曾言言熟练地用牙签把香肠和蒜片穿到一起。她说原本她也不习惯这样的吃法，但她的丈夫离开台湾到大陆时，常常会用饼干箱那样的铁皮罐子装满台湾香肠带来，再买回一些大蒜，吃的时候将蒜掰开，一口香肠就一瓣蒜，大蒜清洌的微辣让香肠吃起来不会太油腻。跟着丈夫这样吃多了，她也爱上了这种食法。每一次从外地回到台北，丈夫会驾车带着她，特意绕远路去买一种用黑猪肉做成的香肠，她说那是台湾最好的香肠，肉质细嫩，不肥腻。

"不过，我还是会想念上海的红肠。"曾言言说。

她生于安徽，在上海长大，像大多数人印象中的上海女子那样有白净的皮肤和神采奕奕的眼睛，说起话来的音调是上扬的。然而出人意料的是，回忆起自己的童年时代，曾言言说她并不喜欢喧嚣扰攘的上海。也许城市的光鲜与传奇是留给外人惊叹的，作为一个生活在20世纪80年代末的闸北区老弄堂里的孩子，她的生活是每天看着邻居们排队洗刷木质马桶，用瘪掉的篮球从井里打水，用黑乎乎的煤饼生火烧饭。"我最讨厌马桶的臭味和煤炉的黑烟了。"她的语气里没有真正的厌恶，像许多谈起故乡的人那样，有一种忆苦思甜的怀念意味，还有幸福女子特有的活泼。

　　曾言言的父母是教师，亲戚里也出了好几位教师。也许在家人眼里，她就该像个教育世家出身的孩子，将来也去当老师。可她并不愿意，她像90年代经济腾飞的上海一样有股一往无前的气势，世世代代一成不变的安稳生活不是她想要的。曾言言说她从小就有种逃离的愿望，还有种隐约而强烈的预感，自己将来一定会离开眼前的生活，只是尚不知道会去向哪里。

　　大学毕业后，曾言言去了一家上市台资公司工作。那家公司是行业内的佼佼者，实力雄居亚洲前三。她凭借着聪慧与能干受到公司高层赏识，职位一路攀升，薪水也相当可观。二十出头的年纪，所有妙龄女子都一样青春无敌，勇往直前。同龄的女孩们走上职场，顺理成章地开始讲究起口红的品牌和裙子的面料，而曾言言却逐渐展现出敏锐的市场嗅觉与投资天赋。她笃定地认为工作是赚不到钱的，于是开始研究股票和不动产。那时上海机场的股票刚上市，她看准时机入市，幸运地赚到了自己的第一桶金，然后用从股市赚来的钱加上积蓄在小陆家嘴购置了一间公寓，用来租给在商业中心上班的单身贵族。曾言言是个有勇亦有谋的幸运儿，她坚决地从闸北区的老弄堂里迈了出来，从平淡而稳健的生活里迈了出来，意气风发的女强人生涯像外滩对岸的建筑群一样蓄势待发，正要拔地而起。

　　那时候，曾言言有个从学生时代就开始交往，已经谈了7年的男朋友，他是上海人，像很多本地男青年一样温和体贴，对下班后一场电影和一枝玫瑰的浪漫感到满足。然而在曾言言看来，本本分分规划着工资过日子的生活早已无法容纳她蓬勃的理想和热情，她希望男友能更上进一些，能更打拼一些。

　　机遇总是乐意降临在对它敞开怀抱的人身上。公司要在苏州投建新项目，一向备受器重的曾言言被指定为苏州项目的全权负责人。公司甚至周全地考虑到了她的个人问题，愿意为她的男友也在项目所在地安排收入可观的职务。曾言言觉得这是为两人今后共同生活打下良好事业基础的机会，而男友却认为天上不会掉馅饼，甚至像个心理阴暗的人那样露出揣测的表情，暗指曾言言之所以在台资企业事业顺遂，是因为遵循了"台巴子"的"潜规则"。从校园时代一路走来的恋情在不同价值观的相互拉扯下已然疲惫不堪，而伤人的话覆水难收，成了压倒爱情的最后一根稻草。曾言言选择了与男友分手，但她终究是个内心柔软的人，理智上放弃了道不同不相为谋的那个人，7年的感情却不是朝夕之间就能放下的。她只能尽最大的努力，全身心地投入到工作中去，用忙碌来麻痹自己的神经，但只要稍微松懈下来，就忍不住要泣不成声。

千禧年前夕，公司的副总告诉曾言言，有一位台籍领导要来上海，要她负责安排对方在上海的事务和生活。当时曾言言在公司里已经是"副理"，对接待来自台湾的高层人员早就习以为常，她欣然接受了任务。

"曾小姐，这次来的这位领导可能会不大一样。"曾言言的上司对她说，"说不定他会追求你。"曾言言只当这是句玩笑话，尽管这位对她关照有加的上司意味深长地告诫她不要和台湾人结婚，即便真的嫁给台湾人，也千万不要去台湾，要留在上海生活。曾言言认为上司多虑了，她从来没有想过嫁给台湾人，更没有去台湾生活的打算。那时她甚至觉得自己已经不需要爱情，风生水起的事业才是她人生的全部。

"可是，命运偏偏就是喜欢让不可能变成可能。"曾言言笑了起来。

她成了甜蜜的小女子

命中注定的人姓张，很快就如期从台湾来到了上海。

张先生比曾言言年长11岁，是个沉默而稳妥的人，在曾言言看来，他甚至有些呆板和木讷。那时候曾言言还没有从失恋的感伤里走出来，和张先生同乘一辆车去外地见客户，张先生就坐在副驾驶座上默默看着她在后座抹眼泪。相处时间久了些，张先生忍不住问了曾言言如此伤心欲绝的缘由，她不知自己是太过倔强还是不好意思，只冷冰冰地回答："失恋了而已。"她本无意与张先生讨论自己的感情问题，但他还是很诚恳地建议她，如果真的放不下，就去找前男友好好聊一聊。

曾言言没有预料到张先生会一语带给她一线生机。她当机立断买了火车票去见当时身在外地的前男友，两人在深夜的咖啡厅里相对无话，她一直在哭，他却并没有安慰她。等到眼泪干了，脸颊紧绷绷地疼起来，曾言言知道自己该离开了，一段失败的恋爱至此真正烟消云散。第二天回到公司，曾言言向张先生表达了感谢。张先生对她说，既然放下了上一段感情，就好好面对接下来的生活。她感激地点点头。事后回想起来，曾言言说也许从那时候起，张先生就已经走进了她心里。

他们开始变得熟络，工作之余的交流也逐渐多起来。曾言言发现张先生虽然有些沉闷寡言，但却为人谦和、踏实，心地善良又心思细腻，而且还是个"黄金单身汉"。想到张先生一个台湾人在上海生活肯定会有诸多不便，曾言言决定给他在上海找个女朋友。她热心地将自己最好的朋友介绍给他，朋友却认为曾言言当局者迷，没有发现和张先生最般配的正是她自己。好友的话点醒了曾言言，另一方面，张先生也开始频频约她下班后共进晚餐，正式对她展开了追求。在 AA 制约会持续了一段时间以后，曾言言终于和张先生确定了恋爱关系。

有一次，张先生去苏州出差，半夜里忽然给曾言言打来电话，平日里温文尔雅的绅士像个孩子一样在听筒的另一头哽咽着，他告诉曾言言，他的外祖母去世了。曾言言忽然心头一颤，她始终坚信孝顺是中国人最珍贵的品质，在那个瞬间，张先生平日里所有温柔的表情都浮现在她眼前，她在心里决定要和这个男人共度一生。

曾言言告诉父亲自己交了男朋友，又在某天下班时让张先生送她回家，顺道去家里吃个便饭，她决定借这个机会正式把他介绍给自己的父母。曾言言心里是有些忐忑的，毕竟父亲不久前还拿她和前男友轰轰烈烈的分手调侃过她，再者，她也不确定木讷的张先生会不会让父母满意。她藏着期待和小小的担忧坐上了张先生的车，途中张先生神神秘秘地绕路到浦东的八佰伴商场去买了些东西，等到了家，她才发现张先生是给她父母买了茅台酒。她说过她父母喜欢酒，他便一直记着。一顿饭吃下来，他与曾言言的父母相谈甚欢，她的父亲很喜欢他，说他老实、沉稳，能成为她的依靠。曾言言一边对父亲说着"八字还没有一撇呢"，一边却已经欢喜地把父母对张先生的喜爱转达给了他。不久后，张先生告诉曾言言，他的父母要从台湾到上海来与曾言言的父母见一面，那时张先生的父亲已经七十高龄，曾言言意识到老人家这一次动身，应该就是打算把两人的婚事定下来了。

2002年10月中旬，相恋一年半的曾言言和张先生在上海登记结婚，一个月后又在台湾举办了婚宴。和许多从大陆嫁到台湾的新娘一样，曾言言看到台北的第一眼也是失望。对习惯了穿梭于大上海的曾言言来说，台北实在谈不上繁华。但与千辛万苦从大陆过来讨生活的人不同，曾言言当时并没有长住台湾的打算，抱着观赏游历的心态，便也很快习惯了落差。环岛旅行10天后，她就从台湾回到了上海。3个月之后，她发现自己怀孕了。

丈夫陪着她在上海的医院做产前检查，拥挤杂乱的环境和医护人员不耐烦的态度让丈夫对未来漫长的10个月感到格外担忧。在与她商量后，丈夫决定带她回台湾产检。到了台北的医院，曾言言虽然还没有"健保卡"，但已经能够和当地居民享受同样的医疗保健服务。当地医院的整洁有序、医护人员亲切耐心的态度和其他就医者的礼让友好，让曾言言很快就放松了下来。

在台湾养胎的那段日子里，曾言言才发现台湾相较于大陆的发达和先进并不在市容，而在人文素质。她记得有一回要过马路，人行横道的绿灯还没亮，她因在大陆生活时那种恨不能争分夺秒的惯性使然，看四下无车就迈开腿踏上马路，被丈夫一把拽了回来。还有一回，丈夫带着她乘捷运，那时她的肚子已经微微凸起，见到车厢里空着的"爱心专座"想也没想就坐了下去，丈夫悄悄提醒她，一会儿要是有比她更需要座位的乘客上来，记得起身把位子让给人家。曾言言说，这两件让她有些汗颜的事她一直印象深刻。后来带着孩子回上海，还没下飞机时她就先对孩子说，在上海的地铁里，小朋友可能也会没有位子坐，地铁里可能会非常拥挤，需要忍耐一下。她的孩子问,为什么上海的人们不把"爱心专座"留给老人和小朋友?她只好摸摸孩子的额头,对他说,上海的现在已经比妈妈小时候好了很多,要多给上海一点时间。

曾言言最终是在熟悉的上海生下自己的孩子。不久后,孩子的户籍顺利转到了台湾。曾言言在摸索着学习如何做一个母亲的时候,发现自己怀上了第二个孩子。这个突如其来的生命令她措手不及,她认为自己完全没有做好迎接又一个小生命的准备,然而丈夫已经把她再次怀孕的消息告知了在台湾和加拿大的家人,亲戚们纷纷致电祝贺,使她感到越来越焦虑。在第二个孩子到来以后,曾言言和丈夫才真正进入了婚姻生活的磨合期。

她的冰河时期

曾言言的夫家在台湾经营着一间上市公司,在商界颇具地位,她进门后即被告知要打消重返职场的念头,公婆对她说,张家的女人是不到外面去工作的。起初曾言言对此无法接受,但身在上海的父母劝告她,既然嫁给了张先生,成了张家人,那么就该按照张家的生活方式去生活,加上婚后不久就怀了孕,丈夫的事业重心也基本从大陆移回到台湾,曾言言只好半推半就地成为全职太太。

在台北,她的生活条件优越,公婆待她也很好,只是她或许还没能完全抽离昔日商务精英的状态,面对忽然空闲下来的大把时间和一个尚有疏离感的城市,她感到心里似乎有一个空洞的缺口,需要用什么来填上。在两个孩子上小学前,她频繁地往返于台北和上海两地,用一个城市的气息来驱赶另一个城市的寂寞,双城生活给了她一段心理上的缓冲时间。

虽然彼时已经是2000年后,但由于当时台湾当局的政治倾向性,海峡两岸的经济与文化并没有获得一个公平的、开放的交流环境。曾言言在台北的家中看电视,发现新闻资讯里但凡提到大陆,无一不是反面报道,媒体口径一致,甚至不乏失真失实的蓄意歪曲。舆论导向作用下的社会氛围也可想而知,据说当时生活在台湾的大陆人常常无缘无故遭到欺负,更有极端者见到大陆人甚至会拳脚相加。曾言言觉得这简直匪夷所思，不该是一个令她感到过舒心惬意的文明社会应有的现象。回忆起那段时间的台湾生活，曾言言说她总是小心翼翼的。有时她一边挺着大肚子，一边牵着大儿子在社区里散步，知道她来自大陆的邻居出于好奇便来向她搭话，问她大陆人是不是大都穷得吃不饱肚子，是不是每天都要啃树皮。不管如何澄清，对方总归要露出怀疑的表情。被问得不胜其烦，她干脆抱着恶作剧的心态承认了，免不了会看见一颗得意扬扬的同情心。还有人听说她从大陆来，便揣测她是潜入台湾的"匪谍"，阴阳怪气地问"你收集多少情报啦"，让她气得几乎觉得有些好笑了。不过曾言言知道，大多数台湾民众并没有恶意，种种误解完全源于对大陆的现状缺乏认识，因此遇到和社区邻里的这类小摩擦，她总会调整好心态，并保持幽默感。

只有一次，曾言言真正对邻居动了气。她记得是家里的门锁坏了，于是她去找社区管理员联系维修，几个邻居听说才用了几个月的门锁突然就坏了，便一口咬定那是大陆的"黑心货"。曾言言顿时觉得有一团火从胸口直冲上脑门，她顾不得平日里娇滴滴的上海小姐形象，将写着"made in Taiwan"的锁摆到邻居面前，义正词严地和对方争论起来。她觉得，别人说她什么她都能一笑置之，但要是伤及她的家人和故乡，则必须严肃地表明态度。她想起自己在上海时，的确是有那么点东方巴黎的优越感，对本地人眼中的"乡下人"在态度上还真有些不经意的轻视。只身赴台后，一些台湾人强烈的地域歧视像镜子一样让她幡然顿悟，背井离乡的生活不仅催生了乡愁，也使得一种对大陆的浓郁而温暖的感情忽然在她身体里苏醒了。

转眼，孩子到了该上小学的年纪，曾言言意识到不能再带着孩子台北两个月、上海两个月这样奔波下去了，应该给孩子一个安稳踏实的学习环境。考虑到台湾的生活环境、校园氛围和教育机制相对先进，加上公公婆婆已经年过八十，需要儿孙留在身边照料陪伴，曾言言终于下定决心正式迁往台北长住。离开上海前，她把家里的大部分家具和杂物低价转让给有需要的人，并将房子也租了出去。她挽起袖子收拾得风风火火，小儿子却走过来怯生生地问："妈妈，我们是不是要永远离开上海了？"曾言言脑子里"嗡"的一响，心一下子就痛起来。

　　定居台北以后，曾言言由于没有工作也没有驾照，每天除了为家人准备三餐和点心，只能百无聊赖地闲在家里。对那时的她来说，丈夫是最亲近，也是唯一能依赖的人，可是丈夫每天忙于工作，下班回家早已精疲力竭，无暇再与她交谈，甚至连关心孩子的精力也没有了。曾言言忽然感到前所未有的沮丧。台北仿佛是一个巨大的骗局，将她带离上海，投进窒闷的生活里。爱说爱笑的上海小姐脸上生动的表情消失了，她接受友人的建议去看了心理医生，被确诊患上了抑郁症。

　　曾言言把医生开的药随手丢在大门边的鞋柜上，丈夫看到后大吃一惊，他没想到妻子每天兴高采烈地招呼孩子们起床上学，井井有条地打理家事，在他下班回来时满面笑容地迎接，原来都是在强打精神。

　　"我真的很不开心。"曾言言对丈夫说。

　　素来不善言辞的丈夫问她："那么，医生开的药你吃了吗？"

　　他的不解风情瞬间点燃了她。她脑中迅速浮现出他晚饭后一言不发，陷在沙发里看电视，而她坐在一旁看着他的情景，电视屏幕发出的幽蓝的光投在他的眼镜片上，他的脸没有任何表情，像无底的深潭。她脑子里忽然冒出了"婚姻是爱情的坟墓"这句她本不相信的话来。

　　"难道我以后要依靠药物来维持心理平衡吗？太可笑了！"曾言言庆幸自己是个倔强的女子，她要自己拯救自己。

　　在台湾，许多民众会在其居住的社区范围内组成志愿者组织，这些人被称作"志工"，大多是心系社会公益的热心居民。志工团体会在社区内组织各式各样的活动，如讲座、兴趣班、沙龙，旨在丰富社区居民的日常生活，也促进邻里之间的互动交流。许多后来融入了台湾当地社会生活的大陆新娘都曾受到过志工团体的帮助，她们经由志工团体的联系，接受专业的心理辅导，再通过参与社区活动，逐渐走出自我封闭的状态。不少大陆新娘还参加了职业技能培训，并顺利地在志工团体的帮助下找到了工作。曾言言所在的社区，志工团体已经相当成熟，常常开展各式各样丰富多元的活动。曾言言觉得与其闷在家里胡思乱想，不如走出去找点事做。于是，当丈夫上班，孩子们上学后,她开始密集地参加社区组织的各类讲座和公益活动:油画班、肚皮舞班、古筝班,5个工作日里有4个工作日都被社区活动排满,遇到休息日,她就和通过社区活动结识的朋友们聚餐,或是一同参加短途旅行。生活又变得丰富多彩起来,不知不觉中,曾言言恢复了往日的开朗,她发现原来一切并不像想象中的那样糟,人群和社会远比想象中要包容,只要学会接受,便能被接纳。

那包抗抑郁的药被原封未动地在鞋柜上搁了许久,丈夫打趣说过期的药还是备作不时之需了,曾言言却执意留着它,说要当个纪念,也是个提醒。

爱是无所不能的

台湾生活终于露出了可爱的面容。

曾言言发觉自己在心态上已经从一个客居台湾的外地人变成了关注生态环境与民生权益的当地公民。她会时常关注台湾的环境问题,和志工朋友一起向家人和邻居宣传和推广环保知识、节能意识和素食主义。周末,如果丈夫没有空或是需要休息调整,曾言言就自己带着两个孩子出门。她拒绝像丈夫一样把孩子往室内游乐设施一丢,自己在一旁偷闲。她希望孩子能够多接触自然,多舒展身心。于是她领着孩子们到户外去,并经常驾车或者坐铁道交通去乡间远游。曾言言的转变让丈夫和公婆都很惊讶,婆婆还佩服地对她说:"你真是太厉害了,好多你带着小朋友去的地方,我在台湾生活了这么多年都还没有去过呢。"

因为曾言言的变化,夫家人也不知不觉受到了她的感染。首先经历"和平演变"的是她的丈夫。他是那种典型的出身优越的男人,彬彬有礼却也有些一板一眼,没有人摆好碗筷就不坐下吃饭,未削皮切好的水果就不吃,陪孩子玩耍在他看来永远是女人的工作。曾言言虽然并不介意为全家人布置餐桌,为长辈和爱人准备餐后水果,但她更希望家庭成员们能够一起参与日常琐事。她深深记得那种一个人机械而麻木地为家务忙碌的空虚感,她认为做家务是出于对家庭的爱,这个家里的每一个人都需要付出行动去投入爱。曾言言开始教孩子们做力所能及的家务，比如在她做饭时帮忙摆好餐具，吃完饭后一起洗净和擦干碗盘。母子三人说说笑笑其乐融融，让坐在沙发上看电视的丈夫忍不住频频侧耳。当孩子们想吃水果的时候，曾言言拿起一个苹果在围裙上擦了擦，随即就送到嘴边咬了一口，孩子们也愉快地学着她的样子啃苹果。丈夫看懂了她活泼的小心思，一丝不苟的绅士也拿起一只苹果在西裤上擦了擦，送到嘴边干脆地咬下一口。忘了苹果是甜是酸，但曾言言的心里注满了蜂蜜。

她非常开心地回忆着这些温情的片段，并告诉我，现在每周末带着孩子去郊游踏青，基本都是丈夫在兴致勃勃地规划，聪明的妈妈已经功成身退，只负责坐在副驾驶座上使劲地夸奖爸爸。说着，她给我看了丈夫刚刚发给她的短信，是通知她订好了儿子生日当天餐厅的座位。"现在这些纪念日也都是他在主动张罗，简直乐此不疲。"她非常自豪地对我说。

许多人说曾言言是幸运的，她诞生于爱情的婚姻给予了她最温暖安全的保护，优越的生活条件使她无须在社会的夹缝中为生计奔波。而曾言言自己觉得她的生命里一定有贵人在暗中相助，每当她陷入迷茫无助，总会有一束光从幽暗的深处向她射来，带给她新的生机。

谈到自己心态转变的原因，曾言言说是因为懂得了感恩。"感恩"也是我从许多大陆新娘那里听到最多的两个字，她们中的许多人赴台后历尽艰辛，在苛刻的"陆配"政策和社会舆论导向的高压下小心翼翼地生活。风风雨雨数十载，她们失落过、恐惧过、灰心过、迷惘过，却从未轻言放弃，坚强而柔韧的心经历过漫长的时间的考验，付出的青春终于在彼岸的土壤里长出了玫瑰。她们没有许多中年妇人脸上那种精明的市侩的表情，磨难使她们的面容显得疲惫而又温柔。我一度无法找到一个合适的词语来形容那种安然而坚毅的表情，直到听见她们说"感恩"，感谢所有的痛苦，感激所有的过去成就了现在和将来。

曾言言想起她的两个孩子先后出生在上海，年逾古稀的公婆屡屡不辞辛劳，特地从台北赶到上海照顾她坐月子。当时她觉得理所当然，然而当她定居台北，在以一个女主人的身份经营家庭生活的过程中，她才感觉到身份与责任并不是人们施予关怀的根本原因，是爱将一切紧密地联系起来。她醍醐灌顶一般醒悟过来，感到自己的心一下子就变得柔软了，她说那是一种心灵成长。

于是，获得了许多爱的曾言言也开始主动给予爱。"爱"和"感恩"是她解开一切生活谜题的钥匙，也是她教给孩子们的"魔法的语言"，因此比起很多硬邦邦的妈妈，曾言言总是显得很有办法。满怀爱心与热情，加上素来善于思考，充满智慧，她改变了丈夫，改变了公婆，改变了大伯大嫂，森严刻板的富贵人家变成其乐融融的"张家大院"（曾言言在社交软件上建立了一个家庭讨论组，取名"张家大院"，就连严厉的公公都是其中的成员）。

回首在上海打拼的那段日子，曾言言有种恍如隔世的感觉。有人说性格决定命运，所幸性格是可以改变的。从7年恋情的惨烈收场到刀枪不入的女强人生涯，从一半台北一半上海的双城生活到"张家大院"，曾言言发现自己是真的变了，就连她的父母也说，嫁到台湾以后她就像换了个人，比起以前那个总让他们担心的女儿，他们更喜欢她现在的状态。曾言言说，在台湾的生活帮助她发现了真正的自己。

回到上海时，曾言言会和父母亲朋说上海话，而当她说普通话的时候，则已经是一口甜蜜的"台北腔"。她是那种颇具语言天赋的人，平时还让公婆和丈夫教她闽南语，现在讲起闽南语来也蛮有腔调。她认为，在语言上与台湾人同化也是一种对融入当地生活做出的努力。很多人羡慕她的幸福生活，而在她看来，幸福是要靠自己去争取的，她庆幸自己不是一直在原地等待救赎，而是主动做出了改变。她说，当你置身一个完全陌生的环境里，心是怎样的，看到的一切便是怎样的，比如看到的全是差异，甚至是歧视，则永远无法融入当地社会。

当然，敞开心扉不该只是单方面的，曾言言坦言自己很不喜欢台湾媒体对大陆一味的负面渲染。信息的闭塞掩盖了两岸发展的真正现状，缺乏了解阻碍了经济和文化上的交流，也阻隔了心灵之间的对话，这也是造成许多新住民在台湾生活艰难的原因。她曾经向一位偶遇的台湾媒体人提出过建议，希望媒体报道能有相对客观、正面一些的信息，为新住民群体争取更加平等的待遇和生存空间。如今她已经和那位媒体人成了朋友。

　　2008年以后，大陆新娘在台湾的生存条件有了很大改善，而在2000年前后，赴台"陆配"的学历背景也较之前有了很大提高，她们嫁到台湾的目的也从赚钱补贴老家转变为正常的跟随配偶定居，台湾丈夫与大陆新娘的组合也逐渐从通过中间人介绍的老夫少妻模式转变为年纪相仿的自由恋爱形式。越来越多的大陆新娘开始有了维权意识，越来越多的大陆新娘开始走上街头提出自己的诉求，为新住民群体争取权益。曾言言从电视新闻和报纸上看到了她们，她们意气风发的样子让曾言言的心里也澎湃起来，她知道一切都在变得越来越好。曾言言想起在上海的街头，当孩子对随手就把杯子里的茶水泼在马路上的老伯伯提出质疑时，她耐心地蹲下来，压抑住心底微微的羞愧和遗憾，温柔地对孩子说："上海在慢慢变好，请给她一点时间。"

　　台湾也在慢慢变好，请给她一点时间。曾言言在心里说。

吴晓盈：玫瑰与土壤

李 劢

吴晓盈和我的另一位采访对象曾言言是好友，也是老乡，吴晓盈是安徽宿州人，而曾言言的祖籍也在安徽。她们都是那种亲切而又健谈的人，不过相对于曾言言的活泼生动，吴晓盈要稍稍慢热一些。在单独采访开始前，大陆新娘们一一上台作了简短的自我介绍，概述了她们嫁到台湾的大致经历与目前的生活状态，她们中的有些人已经在台湾定居，逢节假日回大陆探亲，也有人在历尽离乡背井的风风雨雨后选择将事业与生活的重心迁回到大陆，吴晓盈是后者。与她闲谈了几句后，我猜测她是个生性倔强的女子，在大陆新娘这样的背景下，倔强性格的背后注定有许多令人怜惜的往事。

从公主到灰姑娘

如果生活真的像《阿甘正传》里说的那样是一盒五彩斑斓的巧克力糖，少女时代的吴晓盈一定拥有其中最甜蜜的那一颗。虽然不是生在富贵之家，但也从小衣食无忧，不知哀愁，她的父母是中学老师，家里还有个比她大8岁的哥哥，作为备受呵护的老幺，她十指不沾阳春水，平日里除了学习还喜好文学，时常读读书，写写东西，像每一个青春蓬勃的妙龄女孩那样满怀感性地憧憬着将来，从未想过与台湾结缘。

大专毕业后，父母为吴晓盈联系了本地的一所中学，希望她去任职教员，然而天生有一股拼劲的吴晓盈不愿将年轻的生命局限在一座小城市里。当时正是20世纪90年代中期，改革开放的浪潮将有志青年们纷纷推向沿海新兴经济区,吴晓盈也怀揣着激情与懵懂的理想离开家乡宿州,到上海外国语学院进修法文,计划去法国留学。

谁也无法预测阴云会在什么时候笼罩住生命。在吴晓盈进修外语期间,父母的婚姻亮起了红灯,那时她的父亲已经在经商,因婚姻变故及其他种种缘由,家里的经济状况突然变得困难起来。为了减轻家里的负担,吴晓盈一边继续念书,一边勤工俭学,她暗自下定决心,往后不再花家里一分钱。1998年8月,繁华的大上海正值闷热的夏季,21岁的吴晓盈离开校园,开始四处求职。她记得刚从宿州来到上海时,这座广阔的城市曾令她发出惊叹,她相信这里一定有无数机遇在等待着年轻的实践者们。但现实远比理想要曲折得多,由于没有什么显著的特长,也不会电脑,吴晓盈的求职之路并不顺遂。白天她毫无头绪地在城市里奔波,茫然注视着宽阔的马路在热浪里扭曲,夜幕降临时,她带着一颗失落的心疲惫不堪地回到租住的地下室,低矮的屋顶和挥之不散的又闷又潮的气味令人几乎窒息。漫无目的地在上海闯荡了两年多,吴晓盈从事过许多职业,但始终没能找到一份像样的白领工作,她好像触摸到了这个花花世界无形的壁垒,那些光鲜又摩登的人欣然享受着城市的繁荣,而她却在高昂物价的压力下拮据而又艰辛地生活着。

两年多来,吴晓盈很少回安徽老家,她的父亲便从宿州到上海来看她。她记得那是在临近千禧年的时候,上海喜气洋洋的,街道和人群都沉浸在辞旧迎新的氛围里。她的样子让父亲很心疼,父亲提出不如离开上海,换一个城市碰碰运气。

她的福地

在父亲的建议下,吴晓盈离开上海,来到东莞。

尽管郁积在心头的愁云还没有散去,失落与不甘还在相互拉扯,但吴晓盈知道上海也教会了她许多。两年多来,她接触到许多新鲜的人和事,体验过许多不同的岗位,她相信这些阅历带给她宝贵的经验,将成为她的资本;另一方面,国际化都市开阔的视野对她的人生观产生了潜移默化的影响,而节俭的生活态度使她远离虚荣，更懂得勤奋与脚踏实地。

比起上海来，东莞是个小城市，因轻工业和制造业密集，城市里有很多厂区，大部分外来人口都是供职于工厂车间的工人。与一般的外来务工人员相比，吴晓盈既受过高等教育，有学历上的优势，又有过在一线城市工作的经历，加上高挑的身材和标致的五官，她的求职资本一下子变得很可观。很快，她就找到了工作，在一家台资企业担任总经理助理。刚入职时，老板给了她半个月时间学电脑，她便利用业余时间到网吧上机操作，很快就掌握了常用办公软件的使用方法，老板很满意。除了平时勤奋努力、尽心尽责地完成分内工作，吴晓盈还在积极备考英语四级证书。那时的她还没有勾勒出未来的清晰轮廓，只想抓住一切机遇，不断去尝试。公司里的人事主管也对吴晓盈赏识有加。由于吴晓盈是会计专业毕业，平时工作卖力，又富有学习和钻研的精神，主管有意将她调往财务部，而吴晓盈自己也觉得文秘工作缺乏专业性和上升空间，一心想拓展新领域的她欣然接受了主管的提议，决定先从出纳做起，逐渐熟悉公司的运营机制、业务模式和资金状况。

"到了东莞以后，我仿佛时来运转了。" 2014年的吴晓盈在夏末的晚风里微微眯起眼睛，把目光投向遥远的昨天，"那时大家都待我很好，环境相对简单又安稳，工作生活两点一线，没有上海的那些复杂和纷扰，压抑和彷徨的感觉也消失了。我觉得灰暗的自己好像突然发光了。"

很多人注意到了她的光芒。于是，有人要为这个美丽又能干的单身女子做媒，介绍的是在东莞办厂的另一位台商的儿子。然而彼时的吴晓盈满脑子都是事业，工作之余还忙着各种资格考试，对恋爱和婚姻根本无暇思量，但出于对介绍人和对方的尊重，还是去和那位台商（相亲对象的父亲）见了面。

那位台商对吴晓盈的印象很好。令人意外的是，他并没有和吴晓盈谈到婚恋嫁娶，反倒对吴晓盈的工作能力大为赞赏，并表示希望吴晓盈能跳槽到他的公司上班。恰逢那时的吴晓盈已经意识到比起会计，自己更倾向于从事销售、业务拓展一类的工作，经过一番权衡，她决定辞掉原单位的工作，到这位台商经营的纺织辅料生产厂上班。

命运的转折点

吴晓盈成了新公司里唯一会操作电脑的员工。她花了3个月时间，从文秘做到了业务助理。她对工作中接触到的一切新领域都跃跃欲试，迫切地想要做出一番事业。几乎在同一时期，吴晓盈的好友、我的另一位采访对象曾言言也在上海经历着类似的心理状态。多年以后，当吴晓盈和曾言言在台湾相识，或许促使她们成为闺中密友的缘由除了她们年龄相仿又是老乡以外，更重要的是她们与台湾结缘的经历是那样相似。

在新公司工作了一阵子后，老板的儿子从台湾来到了东莞，和吴晓盈成为同事。他比吴晓盈大12岁，从军队退伍后便回到家里帮忙打点业务。曾经有人想撮合他和吴晓盈的这件事，在当时吴晓盈的记忆里已经有些模糊了。我想起曾言言说过的一句话，命运总是喜欢将不可能变为可能。对谈情说爱毫无心思的吴晓盈与老板的儿子在后来的相处中逐渐萌生了感情，他的质朴敦厚让她感到踏实，而她的干练和美丽又怎能不打动他呢？也许所谓缘定今生，即是爱情的墨菲定律。

"对他的第一印象是怎样的呢？"我问。

"他是那种很老实的人，有点沉默寡言。"吴晓盈说，"不过，每当有我在场的时候，他都会表现得比平时开朗一些。那会儿我还比较年轻气盛，为人处世不够圆滑周到，直肠子一个，所以有时候会得罪人。他总在默默地观察我，帮我解围圆场。"

2001年，吴晓盈和老板的儿子从办公室恋情走向了婚姻。

"人生的巨变这才开始。"窗外阴晴不定的霓虹灯光从吴晓盈脸上掠过。

吴晓盈直到今天都想不通，为什么她婚前的老板、后来的公公，在她嫁给他的儿子后简直像变了一个人。作为老板的他对吴晓盈颇为赏识，并且非常器重她，而当她成为他的儿媳，成为他们台湾家庭的一分子后，他却对她百般挑剔，从此不论她做什么，在他眼里都成了错。

结婚时，夫家没有给聘礼，没有给"三金"，说好为小两口准备的婚房也没有兑现。

"我公公说他不知道大陆人结婚的习俗和规矩,所以什么都没有准备。可是如果不知道的话,为什么不去了解一下呢?或者为什么不按照台湾的婚俗来置办呢?"吴晓盈不是讲究排场的人,也不是真正在意那些物质,只是公公的态度令她心寒。

"夫家态度冷漠,我娘家人却非常热情地款待了他们。当时我丈夫拿出4000元人民币要给我母亲,我母亲不肯收,就对他说4000这个数字不吉利。母亲说:'我只有一个要求,你要好好对我女儿。'因为公公什么都没有给我们,所以我结婚时的'三金'是租来的假首饰,其他首饰是自己置办的。后来,我父亲拿了4万元钱,我母亲又添了6万,要把这笔钱给我们。我说什么也不肯要,当时我在上海下定决心不再靠家里接济,我要坚守这个承诺。"

婚后不久,吴晓盈怀了孕。按照当时台湾对"陆配"的政策,吴晓盈如果留在大陆生孩子,新生的婴儿必须接受DNA鉴定,以证明与其台湾籍生父的亲缘关系;而如果孩子是在台湾出生,则可以直接获得当地的身份证。于是,为了孩子,吴晓盈去了台湾。

世上本无乌托邦

这是20世纪90年代流行的言情小说里浪漫爱情的圣地,这是歌谣里那座富饶又热情的南方岛屿,这是叱咤风云的"亚洲四小龙"之一,富足而优雅的生活在这里,自由和平等在这里。然而,当吴晓盈第一次踏上人们口中的宝岛的土壤,她却发现又一个理想国幻灭了。如果说上海让她懂得了谋生的艰难,那么台湾则向她展现出了社会的残酷。这是2002年的台湾,吴晓盈没想到自己会在一个文明社会里遭遇毫不掩饰的敌意。

到台湾后,夫家办了宴席招待在台的亲戚朋友,算是正式宣布吴晓盈和她即将带来的小生命加入了大家庭。吴晓盈记得她跟随夫家人去送喜帖,受邀人中有一位看起来非常优雅的太太,她听说吴晓盈来自大陆,便当着众人的面说大陆新娘都是来台湾骗钱的。那是吴晓盈第一次听到"大陆新娘"这个词，她反感这个充满歧视意味的词，即便许多人说她是他们见过最美丽的大陆新娘。

从待产到孩子出生的这段时间里，吴晓盈一直待在台湾，其间她深深感受到了大陆人在台生活的压抑。媒体大肆渲染着"大陆阴谋论"，当地民众看待来台生活的大陆人的目光里也充满戒备和嘲讽。吴晓盈那时候还没有取得台湾身份证，也没有在台工作的许可，在为办理各项证明四处奔走的日子里，她目睹了当地政策对待外国人和大陆人的巨大差别，接待者态度上的差异、办理程序的繁简、审核机制的宽松或严苛，都让她感到愤愤不平。"那简直是毫无人性的政策。"2014年9月，吴晓盈回想起初到台湾的生活，语气依然坚硬。那一定是她人生中最艰难的岁月，她始终不明白一个遵纪守法、安分守己的人，为什么得像过街老鼠一样生活。那时候吴晓盈不适应台湾人的饮食口味，说话时的大陆口音也非常明显，这样琐碎的小事却也成为她受人白眼的理由。一个高度文明的社会是包容的，不该是这个样子，她想。

在这样苛刻的舆论环境下，家庭并没有成为吴晓盈的港湾，为她遮风避雨，公婆、小姑和小叔子对她的刻薄更甚于外人。

"我公公生于民国后期，经历了台湾的日据时代，思想上很封建，还非常顽固。我先生的生母去世后，他再婚的妻子、现在的婆婆和儿女并不亲近，对我更是处处挑剔，几乎把我当成了假想敌。他们觉得我能嫁到他们家，能到台湾来，是飞上枝头当了凤凰。我公公常常挂在嘴边的一句话是'她以前不过是我的一个雇员'，我非常厌恶这句话。"吴晓盈显得有些激动起来，语速也加快了，"我觉得夫妻之间是平等的，没有谁提携谁，所有家庭成员也都应该是彼此平等的。你说我的小姑子凭什么也学着她父亲的样子，对我百般刁难呢？她还阴阳怪气地讽刺我的家庭出身，我和她唯一的区别不过是我大陆籍，她是台湾籍，仅此而已。在娘家，我也是父母捧在掌心里的宝贝女儿。"

吴晓盈是那种宁折不弯的人，我想她一定不甘于巧言令色地去讨好谁，这固然很让人欣赏，但在背井离乡的台湾，耿直、要强和不服软无法缓和她和夫家人之间的矛盾，反而使她遍体鳞伤。如此倔强要强的她，忍耐下一切的原因是爱情和作为母亲的责任感。

孩子满3个月时，因为夫家的债务问题，吴晓盈和丈夫将孩子带到大陆，寄养在吴晓盈的老家宿州，夫妻两人则跟着公公回到东莞的工厂上班。工作量比以前大了很多，吴晓盈事无巨细地负责着大大小小的事务，却只领到微薄的薪水。对此，公公的理由是，反正她的丈夫是长子，将来家业也是要留给长子长孙的，何必现在斤斤计较。吴晓盈再去向公公要求业务提成时，公公干脆说："我死了财产还不都是你们的吗？现在是我在给你们打工。"她便不再和公公多说。

东莞从吴晓盈的福地变成伤心地，在这个曾经点亮了她的未来的城市里，她疲惫而消沉地目睹着时光流逝。青春和梦想也一起流走了吧？她恍惚地想着，感到自己被一股莫名的危机感包围了。

台北不怜惜眼泪

为了远离夫家人永无止境的非难和精神折磨，吴晓盈决心离开东莞，一个人回台湾长住。当时台湾有关部门对在台大陆配偶的工作资格的审核是非常严格的，只有低收入户、持有中度残疾手册的残障人士、配偶65岁以上或是同一户籍下收入水准未达到台北市最低收入水平的"陆配"才能申请到工作证。吴晓盈所属的户籍下除了她本人还有丈夫和儿子，儿子还小，而丈夫身在大陆，没有台湾当地的收入，吴晓盈的条件便符合了申请工作证的标准。工作证批下来以后，她开始在台湾工作。那以后的八九年时间里，她仿佛又回到了在上海的那段蹉跎岁月，使她历尽艰辛的原因不再是经验不足或者缺乏专业技能，只因为她是大陆人。

"在台大陆配偶的工作证必须一年一更新，但哪有人会为了更新证件就辞职呢？那时候我的一个同事知道我是大陆人，在他印象里大陆人是不能出来工作的，于是他就去举报了我。他不知道再过一个星期我的工作证就能下来了，举报了以后可能他又觉得于心不忍，也可能害怕老板报复（非法雇用无工作资格者的雇主是要被罚款的），就跑来跟我说听到别人在楼梯口议论有大陆人打黑工，叫我赶快跑，警察马上就要来了。我从来没遇到这样的事，当时真是害怕极了，什么也顾不得，连包都忘了拿就赶紧跑了出来，刚走出电梯，就和接到报案的警员擦身而过。那是夏天，我却觉得像在冰天雪地里一样，浑身发冷。"

那天晚上，吴晓盈回公司去拿落下的东西。路过台北101大楼时，她茫然地抬起头，看见大楼上的装饰灯闪烁着。一明一暗之间，她的眼泪忽然就掉下来，孤身漂泊的寂寞和无助像潮水一样淹没了她。

后来，举报吴晓盈的男同事被炒了鱿鱼，但吴晓盈也无法继续留在那家公司上班了。拿到了工作证，她就到台北的104人力银行去登记履历信息，被告知她的统一代码（临时身份识别编号）无法录入系统。

"大概因为几乎没有大陆配偶会通过这种正式的渠道找工作吧。当时我打电话质问104的工作人员，难道只有台湾人可以找工作吗？从其他地方来到台湾的人就没有资格和权利自力更生吗？然后他们去反映了这个问题，完善了系统，我的信息这才被登记进去。不久以后，因为有在东莞的纺织品公司的工作经验，我找到了工作，开始在南京西路的布料市场上班。"

这份工作吴晓盈做了一年半，薪资待遇和福利都比较可观，业务内容也是她所熟悉的。那是一段相对平静和安稳的日子，她一边工作攒钱，一边适应生活。慢慢地，她发现台湾纺织品业的技术和设备相较于发展中的大陆是停滞的，从业人员大多是中老年人，生产规模有限，市场也很小。另一方面，工作中接触到的人让她感受到社会各个阶层对大陆实在缺乏了解，因此在台生活的大陆人总是备受歧视。联系业务时，常常有一听到吴晓盈的大陆口音就立刻改变了态度。同事们凑在一起谈笑，说到大陆人吃苦耐劳，满脸的揶揄和轻蔑，仿佛在说牛马。

"有一次我和同事一起去吃海鲜自助，他们断定我没有吃过，那种语气和表情好像在看非洲难民。其实好几年前，我就在上海吃过比那丰盛多了的海鲜自助餐。"吴晓盈接着说，"还有一次，那是中秋节前后，我从大陆带回来一些月饼分给同事，他们都客客气气地接过去，笑着道谢，但谁也不吃。后来他们在背地里议论，说大陆人做的黑心月饼不能吃。他们像躲避传染病一样躲开一切产自大陆的东西，可笑的是这家公司的货源却在大陆。"

时光流逝，岁月谈不上静好。因为夫家负债，孩子还被寄养在安徽，吴晓盈心里总是有难以抚平的焦虑感。在台北工作时，公公总是催她回东莞，她不胜其烦，干脆再也不接公公打来的电话。而公婆每次从大陆回到台北，都是她的噩梦。

像阿甘一样跑吧

30岁的吴晓盈还没有拿到台湾身份证，在台北生活了许多年，她仍然无法和本地人享受同等的待遇，尴尬的身份令她在职业道路上裹足难行。她曾在忠孝东路的一间贸易公司工作，老板是个开明豁达的台湾人，对她很器重，有意提拔她当业务主管，然而消息一传开，她就遭到台湾同事的排挤，理由是他们"不愿意被大陆人管理"。

由于和在大陆的家人保持着联系，吴晓盈得知彼时大陆的房地产开始蓬勃发展，而她却感到自己生活在一座闭塞的孤岛上，没有国际要闻，没有对大陆情况的客观报道，没有能让人能产生幸福感和认同感的社会新闻，所有的媒体都充斥着意识形态，电视里永远是混乱的口水战。吴晓盈感到自己就要窒息了，她需要一些人文关怀，她需要温暖的感情。于是，她把此前一直生活在老家的儿子接到了台湾。

"分开的时间太长了，一开始孩子对我都不那么亲近了。"吴晓盈露出心痛的表情。

儿子开始在台湾上幼稚园。为了配合他上学放学的时间，吴晓盈去学了烘焙，在早餐厅、面包房和咖啡店做着时薪制的短工。回忆着那段短暂而忙碌的时光，吴晓盈说："我在一个商务区的咖啡厅工作过，每天都看着很多白领在写字楼进进出出，他们那么光鲜，女生都穿得很讲究，妆容那样精致。我看了看自己，从外形到能力都不比那些女孩子差，可我却穿着咖啡店的制服,手里捏着刚擦完桌子的抹布。"

拿到身份证后,吴晓盈一边继续在咖啡店打工,一边利用业余时间学习金融和证券,她还去台湾空中大学就读商学系,考取学分,成为第一个考到台湾证券牌照的大陆人,进入证券交易所工作。吴晓盈重新燃起对事业的希望,然而结果却事与愿违。"台湾的市场规模比较小,资源也很有限。我一个大陆人,没有背景,没有人脉,业务范围一直无法得到扩展。"吴晓盈叹了口气,说,"我真的灰心了,当时我已经35岁,还没有稳定的职业,未来的生活不知道要以何为基础,我迷茫了。"

事业前路不明,生活也一团乱麻。回到台北的公婆不仅对吴晓盈处处刁难,还挑拨她和亲戚们之间的关系,甚至当着她孩子的面厉声训斥她,全然不顾她作为一个母亲的尊严。"在那个家里,我没有感受到半点爱,没有感受到半点温暖。他们觉得我是长子长媳,我的孩子又是他们家的长孙,将来丈夫和儿子继承他们的家业,我就跟着捡了大便宜。他们一直把我当成拆白党,还把我娘家人视作小偷,我父亲寄来的信都被我公公私自拆开看过。"

吴晓盈认为一个新时代的女性不应该成天纠缠在这样封建又狭隘的家庭纠纷里,后来,她干脆拒绝与夫家人见面,不参加一切亲戚聚会,也拒绝被他们称作"大嫂"。她的心里只有丈夫和儿子,再不勉强容下其他夫家人。她决定回大陆散心。先前在台北时,因精神过于压抑,她患上了抑郁症,平时一直吃药调理,而她发现每次回大陆探亲,自己就能不药而愈。

在厦门,吴晓盈找到了一份短期工作。她好像回到了初出校园的时期,一切事物都令她感到新鲜。这是她只身赴台多年后第一次真正看到发展中的大陆,她惊觉自己被台湾媒体铺天盖地的负面报道欺骗了。休整了一段日子后,吴晓盈怀着如梦方醒的心情回到了台北。她发现儿子在幼稚园并不开心。

"我儿子在台北的明星校区,读的是明星学校,原以为高端学校里老师和同学会比较谦和包容,谁知道孩子在学校里被其他小朋友叫作'匪谍',受了很多欺负,甚至连老师都对来自大陆的学生冷嘲热讽。"

"孩子受了欺负,你有没有到学校讨说法?"我问。

吴晓盈摇了摇头："以前我对他说，要是有人欺负你、打你，你就跑，像阿甘一样跑就好了。从厦门回来以后，我发现他变得越来越沉默了，我很担心。于是我提议母子俩一起回到大陆去，我们可以到处走一走，看一看，也许那里有更好的生活。"

身心的故乡

吴晓盈带着儿子回到了大陆。我问她离开台北的心情，她的回答是"毫无留恋"。

他们走了许多城市，吴晓盈在心里惊叹十多年来大陆天翻地覆的变化。她发现印象中低矮陈旧的房子都变成林立的高楼，大型商圈和新兴创业区拔地而起，走在城市街道上的人们衣着讲究，许多女士提着价格不菲的名牌手袋，艳丽的红唇骄傲地微微扬起。看着她们，吴晓盈感到自己的胸膛里翻涌着一股热流，甚至有种一雪前耻的畅快感，她想起了自己在台湾结识的那些同样来自大陆的姐妹，她们生活得多么卑微和艰难，何时能发自内心地快乐起来？何时能以一种城市宠儿的姿态走在台北的街头呢？回首在台湾生活的10个年头，吴晓盈觉得像做了一场梦，无数挫折和失败给了她伤痛和经验，除此之外好像再也没有其他了。在她将要支离破碎的时候，是大陆拯救了她，熟悉的土壤接住了她的身体和灵魂。

吴晓盈说，你我皆行者，无论走了多久，走了多远的路，最终总是要回家的。她用这些年的积蓄在老家宿州买了房子，儿子也回到宿州上学。程序上很顺利，没有丝毫阻隔和波折。现在她在一家房地产公司就职，从事文案工作。她终于从疲于奔命的状态里解脱，身心都放松了下来，和同事们相处得也非常融洽。"回到大陆以后，我觉得自己就像是一匹脱缰的野马。"她的语气变得轻盈，"像是回到了少女时代，到处走，到处看。在台湾10年，我每天都过得很压抑，哪里有闲心和闲钱出去消遣娱乐，回到大陆以后，新朋旧友常常聚在一起，真是快乐了许多。"

灰姑娘终于找回了她的水晶鞋，在她38岁这年。

"你会不会觉得自己兜兜转转，最终还是回到了开始的地方呢？"我提到她大专毕业后本可以留在宿州当中学老师。

"不能这么讲。"她把垂在耳边的头发拢了拢，又沉思了片刻，答道，"要走过许多地方，才能发现最适合自己生长的土壤。况且故乡是这样的，只有离开它去漂泊，发现异乡的月亮并没有想象中那么美，才会明白故乡的好。我回到宿州，肯定也不是回到原点，我觉得人要有重新开始的勇气，否则就会陷在泥沼里。"

回到老家以后，吴晓盈和她的孩子得到了来自家人和亲朋的无限的爱和关怀，当地台办也时常关心他们的生活状态，积极为他们解决问题。吴晓盈说她的孩子非常适应回到大陆的生活，他恢复了往昔的开朗活泼，又比同龄孩子多了一些乖巧和善解人意。"像阿甘一样跑吧"是母子之间的暗语，吴晓盈告诉儿子，这暗语不是教他逃避问题，而是要他懂得变通和让步。当然，她也看到家乡尚且不足的地方。她教育儿子要学会客观地看待大陆和台湾的现状，在人文素质方面，还是应该像在台湾时一样，保持礼貌和良好的卫生习惯。

身在大陆的吴晓盈依然对台湾社会和在台大陆配偶的生存现状保持着关注，目前她正在从事台湾和大陆境内各省儿童福利院的对接工作，希望为两岸伤残童胞尽一己之力。每次回到台湾，她都会积极地参与为大陆新娘和其他新住民争取权益的活动。当她和许多与她有过类似经历的大陆新娘一起走上街头，为权利和平等呐喊的时候，她感到自己的内心充满了激情和正义感。她是自豪的。在大陆，她的生活并不奢侈，但温情而自由；在台湾，她坦然地对每一个初识的人说自己来自安徽宿州。她见过一些脆弱而卑微的人，千辛万苦地抹掉自己身上的大陆标签，从来不敢与自己的故乡相认。

在金融风暴的冲击下，夫家在东莞的工厂不得不结束营运，厂房被转租，吴晓盈的丈夫回到了台湾。由于长期在大陆工作和生活，台湾反而令他不甚适应。他尝试过一些投资，希望能在台湾积累再创业的资金，无奈种种尝试都以失败告终。吴晓盈鼓励丈夫不要灰心，放下在家族企业当副总的身段，活用电脑编程的专长，开始新的人生尝试。半年后，丈夫在一家法国民调公司找到了工作，加上他身为退伍军人可以享受的优惠存款，足以让三口之家在台湾过上安逸无虞的生活。

"但我先生想得比较远，他们家从他父亲这一辈就开始到大陆工作谋生了，他自己也是，下一代就更不用说了。台湾的市场规模有限，从经济和社会发展的角度来看，大陆有巨大的市场潜力，能给我们更多发展的机遇。"吴晓盈告诉我，她的丈夫已经在打点台北的事务，过完农历年后，他就要结束分隔两地的生活，来到宿州与妻儿团聚，并长久地相守在一起。

"人生其实很简单，这就是我想要的生活。"吴晓盈笃定地说。

2014年9月初的深夜里，我和吴晓盈都没有倦意，她像个热血青年那样激昂地畅想着未来。她身上有我始终向往的那种属于70后的忠贞、热忱和理性，在与她的交谈中，我能收起和同龄人相处时那张故作淡漠的面具。我心里悄悄地有些遗憾，赤子之心什么时候变成一件让人感到羞赧的事呢？此时此刻的吴晓盈是那么神采飞扬，她的眼睛闪闪发亮，我多么喜欢这样的眼睛啊。

山西妹子的七彩人生

蔡伟璇

1998年阳春三月，在一列由冷水滩开往长沙的火车上，山西姑娘赵二娟怎么也不会想到，此刻坐在列车餐厅里她身后的那个一同等待补票的陌生中年男人，竟会改变她的一生。

外面的世界很精彩

赵二娟1973年出生在山西阳泉，18岁职高毕业后，考到商场做营业员。那是20世纪90年代初的中国，计划经济的体制还没有被完全打破，单位招工也不如今天这样灵活，能当上一家商场的营业员，已经算得上是一个体面又轻松的工作了。

尽管家里人都对她这份工作已经相当满意，然而学习了3年土木建筑专业的赵二娟，显然不满足于此。她是个生性浪漫的人，只可惜从小生长在一个固守传统的家庭，父亲是煤矿工人，从农村招工到煤矿后就扎了根，一辈子安土重迁，从未想过要远走。这反而更激起了赵二娟对外面世界的想象——在商场工作了半年后，赵二娟第一次做出了有悖父母的决定，先斩后奏，辞掉了营业员的工作想要去外省学习。但这一次赵二娟并没有成功，她的父母软硬兼施，才令她暂时打消了出去的念头。

在那个年代的北方，尤其是小城市，父母对女儿唯一的期盼就是找份稳定工作，嫁个踏实男人，这是老一代人对生活的定义，然而赵二娟却不这样看。她虽然没有立刻离开阳泉，但却一直在等待一个时机，且行缓兵之计。

从商场出来后，有着多年绘画基础的她给当地一家幼儿园画宣传海报，没画几幅，园长就看中了赵二娟的才华，把她留在幼儿园里教授美术。就这样，阴差阳错，赵二娟又成了一个老师。

在教小朋友绘画的这段时间里，赵二娟想了很多。她每天拿着画笔去引导那群天真的少年开动想象力，用斑斓的色彩勾勒美好世界，也同时让自己更加憧憬外面的生活。工作了一个学期后，赵二娟再一次辞了职，向家人提出要去四川学习设计。但这一次她显然是有备而来的——如果说之前第一次只是为了要出去，那么这回，她已经明确地想好自己要做什么，甚至打听好学校，就差家人同意了。

僵持一段时间，赵二娟终于还是以诚心说服了家人。1992年，她终于如愿以偿离开了山西，远赴四川成都，准备进入广告设计的短期培训班学习。

这是赵二娟19年来第一次离开家乡，她显得异常兴奋，在绿皮火车上仰望窗口外面的世界。几十个小时后，她提着大箱行李抵达四川成都。虽然人生地不熟，但她显得非常镇定淡然，一路问询到了学校，完成了所有的注册手续，并且顺利地开始学习。尽管学习的时间并不是很长，但赵二娟几乎是逮着机会就向老师发问。她极其勤奋，在技术的钻研上令身边人人敬佩，因此结识了不少好友。

独特的人文风情使她感慨颇深，离开了家人的束缚她更加放开了自己，更想去看更多的风景认识更多的人。20岁那年，结束设计培训课程的她又和志同道合的同学辗转湖南，3个人筹备起了自己的装潢公司。

公司起步很快，虽说是从事装潢，但一开始并没有做室内设计，而是给一些小商铺做广告牌的喷绘。赵二娟的手法娴熟，甚至可以用油漆反着在玻璃上画出客户要求的图案。有时候顾客来，甚至点名要她做。业务量很大，常常三天两头需要外出。可才做了一年多，赵二娟便感到身体每况愈下，肺部从前面痛到后面，去医院一查，才知道是甲醛中毒，她赶紧停下来休养，而这个小公司也渐渐散了伙。

因为先前开公司，有了些积蓄，赵二娟从公司离开后便可以闲云野鹤地休养，结识新朋友。那会儿正好认识了一个开书店的朋友，两人玩得很好，对方的哥哥在长沙念书，一时间赵二娟又兴起了继续深造的念头。几番打听下，知道长沙师范大学刚好开始做起成人自考的项目，赵二娟便选择了旅游管理专业就读。那时候的学费连同生活费一年加起来要4000元，这对于赵二娟来说的确是下了血本，甚至可以说是举债念书了。

经过了两年的学习，赵二娟的身体恢复了，但逐渐了解旅游行业后的她，并没有继续从事下去，而是选择在一所民营高校里担任教务工作。由于工作繁忙，赵二娟每天步行穿过偌大的校园，奔波劳顿，最开始的那段时间一个月就瘦了38斤。这样每天日复一日处理琐碎事务，显然是不符合赵二娟的性格的。因此，没过多久，赵二娟又离开了学校。

经朋友介绍，赵二娟进入生产烟草添加剂的海霸有限公司。这一次是赵二娟喜欢的工作了，她担任公司的业务代表，基本上有事情就在外面跑，坐大巴车，穿梭在各个城镇之间。那时候常常要翻过崇山峻岭，到湘西的各个大山里出差，没有高速路，一走十几个小时，大巴车甚至不是沿着盘山公路走，而是奔驰在一条两边都是悬崖的窄道上。每天出生入死，看着身边一起起车祸，赵二娟却不觉得惊悚。因为年轻充满干劲，对一切新鲜的事物都怀有兴趣，所以那段日子成了赵二娟生命当中最惊险却也是最精彩的时期。

那个人朝你走来了

一次偶然的机会，赵二娟乘火车由冷水滩返回长沙，这是那么多次出差以来她第一次搭乘火车，心想着终于可以松一口气，不用在大巴车上颠簸了。由于没买到卧铺票，赵二娟早早就到餐车等待补票。坐在她后面的是一个面容和蔼的中年男人，两个人礼貌性地点点头打了个照面，但一直没有说话，直到列车员突然走过来举着手里的本子挥向车厢里的人，问道："你们谁要补票啊？""我！"身后那个男人带着一口特别的国语率先喊道，赵二娟偷偷回头仔细地看了他一眼。"要补软卧还是硬卧？""软卧。"他说完便从钱包里掏出钱，让赵二娟帮忙递过去。也就是这一转身，两个人的视线交织在一起,对视了好几秒。"你要补吗?"列车员叫住赵二娟,她才回过神来。"我补硬卧。"交完钱后,列车员把票递给他俩,那个男人接过票,微笑着靠在椅子上伸了个懒腰,就一动不动了。赵二娟刚要起身去找自己的硬卧车厢,看到他不动,深觉奇怪,便问他:"你怎么还不去你的车厢啊?""不就是这里吗,怎么还要走啊?"那个男人瞪大眼睛愣了愣。"呵呵,你呀,第一次坐火车吧?居然还补了最贵的票。最贵的票当然不是坐在这里,还得往前边走呢。"这句话一说完,两个人的对话无法停止了。

赵二娟好人做到底,把这个男人送到他的车厢,两个人聊得兴致甚浓,竟不知不觉过了很长时间。

"你说话的口音应该不是这里人吧,你从哪儿过来呢?""这都被你听出来啦,我是台湾人,不过我妈妈是广东人,我爸爸是湖北人,我是在台湾出生的,所以学了一口台湾国语。""怪不得看上去就和我们大陆的男人不一样,温文尔雅的。"男人害羞地笑了笑。"你大老远跑来这里做什么?你爸妈也不是湖南人呀,难道过来探亲?"这下他更不好意思地低下头了,半天,才挤出一句:"真不好意思讲,不是来探亲,是来相亲。"听见"相亲"两个字,赵二娟笑得前仰后合:"你看上去条件也不差呀,跑到这么远的地方来相亲,挺有意思嘛。""也是顺便来玩玩嘛!大陆我是常常过来的啦,因为我是中华航空公司的,飞过来很方便!"他们两个就这么从硬卧聊到软卧,从软卧聊到餐车,从餐车聊到站点,男人对赵二娟这种大大咧咧的性格很有好感,而赵二娟则被他的风趣幽默所深深吸引。临走前两个人互留了联系方式,尽管只是出于礼貌,可没想到这一张小小的名片还真派上用场了。

出差回到长沙后,赵二娟收到了他发来的信息,那个时候还用的是BB机,她立马找电话亭回复过去。男人告诉她说,事情都办完了,要不要一起出来玩?于是他们两个有了第一次约会,约去当时很流行的卡拉OK唱歌。

这一次的约会使他们更了解彼此了。男人告诉赵二娟,自己是台湾世新大学毕业的,读的是新闻系,毕业后没有从事媒体工作,而是去了航空公司,一待就是20年。那个时候赵二娟才25岁,男人43岁。尽管两个人相差近20岁,可赵二娟却不觉得他老,只觉得他为人踏实稳重,讨人喜欢。

两个人一开始都只是想交个知心朋友，约会聊天。因此，等男人回了台湾之后，联系就逐渐少了。

可没想到过了几个月，在公司里上班的赵二娟突然接到从台湾打过来的电话，她愣了一下，但一听声音，便能听出来是他。"怎么突然想到给我打电话呀？""我和几个同事要去一趟长沙玩，你忙吗？到时能不能带我们一块逛逛呢？"赵二娟笑了笑："逛街嘛，我的老本行呀，不忙不忙，闲得很！"

那个时候大陆和台湾之间通电话，一分钟要8.3元钱，但对方却丝毫不计较，只要能听到赵二娟的声音，就很高兴。

这一次虽然是一群朋友之间共同出去游玩，可两个人之间却互生了情愫，没过多久就开始交往。几个月后，男人提出要结婚，就这么自然而然地，赵二娟同意了。不过，父母那关，比较麻烦。

赵二娟先回到老家向父母禀报。父亲第一句就问："台湾来的？会不会是特务啊！"这下可把赵二娟逗乐了，她忙解释道："都什么年代了，现在两岸关系越来越好了，况且咱家也没什么值得打听的，哪里会是什么特务？"尽管如此，父亲还是不放心，于是便和赵二娟说："晚上我和他喝酒，让他酒后吐真言。我要试试这小子，看他老不老实！"

男人一听说要喝酒，自然不得不从，可他没有喝酒的习惯，自知不胜酒力，直想让老丈人轻饶。没想到，结果这个老丈人没把人家女婿喝醉，自己倒醉得口无遮拦，把赵二娟从小到大那点事儿全抖了出来，让男人笑得合不拢嘴。

父亲这关算是过了，可母亲却因为年龄差距的原因一直不同意。无论赵二娟怎么劝，母亲也还是那句话："你要问我同不同意，我肯定是不同意，但是生活是你自己的，你要为自己负责。"赵二娟最终还是选择嫁去了台湾，和这个让自己心动的男人生活在一起。比起赵二娟从小到大接触的粗枝大叶的北方男人，丈夫作为一个南方人，性格温柔细腻，令赵二娟感到两个人在一起生活特别愉快。从19岁出家门到25岁嫁人，在外漂泊了那么多年的心，总算是安定了下来。

外面的世界很无奈

　　本来以为婚姻大事，两情相悦，长辈也同意了，应该很快就可以办下来，可没想到，那时候两岸结个婚，登记起来要那么麻烦，足足拖了半年，才把证件办下来。

　　单是体检，就从区里跑到市里，最后还要跑到省厅，审查了很久，才终于给签发了证明。1999年，赵二娟终于如愿以偿到了台湾。在婆婆家住了两个月后，他们终于买了一套属于自己的房子，搬了过去。只可惜那时候遇到金融危机，余波未平，丈夫的钱全套在股票里了，为买房贷款400万台币，那会儿这个价钱都可以在大陆买一整个单元了，可在台湾他们买的那一套公寓只有60多平方米，一直住到今天。

　　那时候两岸通婚还有一个规定，就是大陆配偶半年居住大陆半年居住台湾。在台湾生活半年后，2000年，赵二娟就回到了大陆，但并没有找工作，而是去沈阳学习服装设计。丈夫把她送到沈阳，刚回到台湾不久，赵二娟就怀孕了，于是丈夫便又飞回大陆把她接到台湾，这样，之前断断续续在台湾小住的日子结束了，赵二娟开始在台湾定居下来。

　　一回到台湾，便有警署的人员上门查探问话，开始两个人都是恭恭敬敬地接待，有问必答，可没想到过了一个月，警察又来了。这是当时的规定，警察每月上门访问，察看是否有假结婚的嫌疑。丈夫有些看不过眼，便当着警察的面打电话给警局长官，吼了几声："天天都来查，还有完没完啊，我们是老老实实的良民，你们放着犯罪分子不去抓，每天都来骚扰我们做什么？"这一吼，警察便隔半年才来一次，请二娟到楼下签名盖章。日子变得清静许多。

　　但还有一个令人头疼的问题，那就是身份证——那时候赵二娟被告知，台湾每年只接收1800个大陆配偶，她要16年后才能拿到身份证。赵二娟当时想："16年，整个青春都没了。"2000年，台湾大选，陈水扁为了争取选票，配额增加到每年3600人，但赵二娟也仍旧要在8年后才能拿到身份证。

姐 妹 花 开

　　除了不能拿到身份证，赵二娟甚至连工作权和健保卡也没有，台湾不承认大陆的学历，所以也不能在台湾继续深造，因此，赵二娟便只能做全职家庭主妇，照顾小孩和丈夫。可嫁到台湾来难道就是为了每天往返菜市场和家里吗？这显然不是赵二娟的初衷，也绝非她能忍受。这种生活过了好几年，直到女儿上幼儿园大班，赵二娟才加入志工的行列。但此时，因为多年与社会脱节，使人的思维都变得迟钝了。不过，天生健谈的赵二娟还是很快就融入志工活动的队伍当中。那时候做志工，一分钱也不拿，连盒饭钱也要自己出，可赵二娟觉得，只要能帮助别人，便是快乐的。

　　赵二娟刚到台湾时觉得，台湾人与大陆人之间充满了隔阂，她去菜市场，听见别人管生菜叫"大陆妹"，她又气又恨，可没办法，谁让早期嫁过来的大陆人不争气，留下了不好的口碑？但真的加入志工队伍和台湾人相处了一段时间后，赵二娟发现，其实人心都是肉长的，哪有什么天生的偏见？从前台湾人不了解大陆人，大陆人也不同台湾人往来，才造成了这样的隔膜。在志工活动中，人与人之间的真情得以自然流露，赵二娟给了大家很好的印象。

　　"你那么优秀，看起来一点也不像大陆人！"当听到这样的评价时，赵二娟总会反驳道："其实大陆有太多比我优秀的人了，只是彼此之间的交流太少。"虽然这样的解释不一定能让台湾人信服，可赵二娟能感觉到台湾对大陆人的逐渐接纳。不过对大陆印象的改变，还需要大陆配偶们的努力。赵二娟为此还特地做了一个PPT向台湾人展示自己的家乡，观看的台湾人惊呼："原来大陆那么漂亮！"赵二娟又自豪地说道："我的家乡在大陆还只算是一个很小的城市。""小城市都那么美，看来不到大陆去看看不行哦！"这回，赵二娟心中有了满满的满足感。

　　生下第二个女儿后的赵二娟，在台湾交到了一个很好的朋友，是大女儿同学的妈妈，她们是在做志工时认识的。这个40多岁的台湾妈妈很照顾赵二娟，到哪儿去都会叫上她。后来又有更多的台湾妈妈参加进来做志工，大家彼此都很关照，与赵二娟亲如姐妹。多年后赵二娟回忆起来，很是感激。自己拖着两个闹腾的小孩，大家都从不会抱怨她。甚至有一次先生住院，还有一次夫妻出游，车坏在半路赶不回，都是这些妈妈们帮忙将小孩接回自己家照顾。只可惜后来因为小孩读不同的学校，妈妈们联系少了。

志工活动还开设不少课程，包括手工、表演、读书会、插花等。赵二娟几乎一有时间就往那里跑，什么都学。那段时间，不是在做志工，就是带着两个女儿在台湾游玩，从北到南，从南到北，把台湾大大小小的地方都玩遍了，过得很开心。

不久后台湾开始关注新住民的问题，于是开设了一些课程，赵二娟很快就报名参加了其中一期的生活成长营。这是内湖健康中心办的活动，除了大陆人，还有来自越南、马来西亚各地的新移民。那时候大家相聚在一起，认识不同的人和不同地区的文化，相处得非常融洽，尽管生活成长营在不久后结束了，但是彼此之间的联系依旧没有断。接着，大家筹办起了"回娘家"的活动，每个月由一个人组织聚会，大家从各地赶过来，聚餐或是唱歌，各种各样的活动使彼此之间的感情更深了。

赵二娟在成长营认识一个来自缅甸的新住民，是早期从云南迁到缅甸去的，两个人聊得特别投机。有一次正好聊到一个案子，是有关新住民离婚的问题，让赵二娟很生气。那是一个在英国念书并留在英国工作的大陆女人，嫁给一个台湾男人，以及他们婚姻的故事。因为女方已经拿了英国国籍，又因为常年在英国工作，很少回台湾，后来有一天，丈夫突然劝这个女人回台湾，这个女人因此把在英国的工作辞掉，赶回到台湾。丈夫这时却提出要离婚，这让女人无法理解——如果是要离婚，完全可以在英国就告诉她，为什么要让她辞了工作回来呢？等真正要办离婚手续的时候，她才意识到问题的严重性，因为自己没有工作，所以孩子的抚养权全部归属丈夫。两个人在家里开始闹起了矛盾，甚至出现家暴。有一次，女方被丈夫掐着脖子，情急之下她跑到了楼下，正好被那个缅甸籍的太太遇到。后来赵二娟也知道了这件事情，两个人就一起努力帮她争取权益。

赵二娟给这个英国籍的太太找了法律援助，咨询之下才知道，台湾是偏向本土这边的，所以不论怎么闹，外籍配偶也没有办法把小孩争取回去。赵二娟不服气，又为她走访了很多部门，但都无济于事。最后，权衡之下，只能建议她先回到英国，把那里安顿好，再争取获得小孩的抚养权。可谁料到，这个太太刚走，她的丈夫就告她遗弃。这下，更加回天乏术了。一年后，女人从英国回来，请了一位律师界的朋友将男人告上法庭。赵二娟和一位姐妹关切地等在庭外。后来判决大儿子归男方，小儿子归女方。虽称不上完美，但已是能争取到的最好结果。从法庭出来后，她们相拥而泣。直到现在彼此都相互挂念，成了最好的朋友。

赵二娟和这个缅甸籍的太太，还有几个其他地区的新住民，为这件事情聊了很久，总觉得在台湾，保护她们权益的机构实在太少了，一旦类似的事情发生，大家都无计可施，因此急需一个平台维护她们的权益，然而一时半会儿也想不出什么好办法来。不过，也就是在那时，她们更加坚定了要为自身权利作更多努力的想法。

不久后，区公所的许小姐要办电脑培训班，找到了赵二娟，说想由她牵头成立一个新住民自己的社团。思量再三，赵二娟同意了，2012年3月29日，社团成立，取名湖新社。当时赵二娟为了筹备这个社团，跑了很多地方，把自己在各个培训班结识的朋友都约来。因此，草创大会的时候来了30多人，她们成了湖新社的第一批社员。区公所帮她们租了一个办公场所，于是这个属于新住民自己的第一个社团就这样创立了。

刚刚创立的湖新社没有经费来源，这可让赵二娟为难了。后来赵二娟把大家召集过来开会，决定开设内部的辅导课程。她想既然没有钱请老师，大家可以自己教授，会烹饪的就教授烹饪，会手工的教授手工……就这样，湖新社有声有色地办起来了，之后很多其他社团和组织都主动提出要一起合作。现在的湖新社，已经成为一个拥有200多人的社团。这个社团甚至被有些人戏称为"小联合国"，因为社团里有来自大陆各省市以及许多国家的姐妹。

社团逐渐做起来后，媒体争相报道，甚至连移民机构的负责人都来拜会过。

　　湖新社是一个独特的社团，不需要花费一分钱，填一份简单的个人介绍即可入社。入了湖新社也只有一个要求，即，不可在社内作推销、拉保险，也不可讨论他人的隐私。这个社团所开设的课程种类颇丰，且全是公益。很多刚到台湾的大陆新娘，因为人生地不熟，没有朋友很孤单，来到湖新社后，大家彼此之间能很快地相处融洽。因此赵二娟觉得湖新社是新住民的心灵加油站，如果哪一天湖新社没有继续办下去，那一定不是因为这个社团衰落了，而是因为大家都变得更坚强，更能融入这个社会，不需要这样的社团了。

　　社团越做越大，大家彼此之间也更加熟悉，有些姐妹想要自己出去创业，其他的姐妹都会鼎力支持。先前那个缅甸籍的太太厨艺很好，常邀请姐妹们到她自己家里吃饭，后来大家提议让她干脆开一家店。没想到，这家店真的开起来了，大家帮她做口头免费广告，生意因此很红火。一个湖南籍的姐妹开了家清洁公司，但在台湾，服务业是很难招到人的，有时候人手不够着急，姐妹们就帮忙做，不拿一分钱回报。一个丈夫是韩国人、定居台湾的江苏籍太太，在台湾开了一家韩国餐厅，姐妹们在网络或是日常生活中都不计报酬主动帮她宣传，没过多久，招牌一下就打响起来了。还有一个开有机农场的姐妹，常常把自家种的菜提来分享，让大家吃新鲜健康的蔬菜。后来赵二娟有机会到电视台和电台录制节目，说了这个情况后，便有电视台来为这个开有机农场的姐妹做一期专题报道，使之声名远播。两年多来，赵二娟一直号召湖新社的成员秉持"相互扶持、相互帮助、共同学习、共同进步"的理念相处，姐妹之间因此真心互相帮忙，其乐融融。由于湖新社办得很成功，台湾便以其为案例，要求台北12个区都设置类似湖新社这样的社团，大家相互扶持。

　　事实上，要在台北12个区都成立这样一个社团，难度是颇大的。在赵二娟那个区，湖新社之所以能办起来，除了有众姐妹们的团结，有一些住在新北和桃园的姐妹每周赶过来参加活动，主要还是因为有赵二娟这样一个不辞辛劳的发起人。湖新社的姐妹们在参加过几次活动后，彼此之间建立了联系，即使不过来湖新社这里，也会相约去其他地方逛街或是上课。最热闹的时候，湖新社还做了一个部落格，把当地所举办的公益课程全都挂在网上，让大家可以根据自己感兴趣的项目跨区上课。到现在，湖新社已经开始成立了自己的舞团、合唱团甚至是模特团。

身为湖新社的社长，赵二娟在湖新社立下规矩，不谈政治，也不谈宗教。她把湖新社当作一个交心的地方，不想因为意见不合而发生争执，因为社里姐妹有各自不同的信仰背景。所以每次参加政治活动，赵二娟都是以个人的身份参加。但大家为了更能够争取到正当的权益，都自发地号召周边的人和赵二娟一起出发。就这样，队伍浩大的大陆新娘团发出了自己的声音，使台湾当局都意识到了事情的重要性。

2014年，国台办的主任张志军抵达台湾，赵二娟和好几个团体的人一起夹道欢迎。为了盖过周边绿营势力的声音，赵二娟和周围迎接张志军的各团体一起呐喊，场面很恢宏。赵二娟之所以会参与到游行当中，是因为她在台湾念书的小孩受到学校的影响，认为台湾是一个独立的国家，这让赵二娟非常不放心。孩子那么小，没有辨别能力，几乎是学校教什么他们就学什么。这事深深地让赵二娟感到了事情的严重性——即使是生在大陆移居过来的家庭，如果接受的学校教育是这样的话，那么他们的下一代，对大陆的认同感也会很淡薄。因此，赵二娟觉得她作为大陆新娘，为此付出努力，义不容辞。

十里春风不如你

赵二娟几乎大部分时间都用来忙于社团的事务，这背后当然离不开一直支持她的先生。他们家里的财务由先生支撑，赵二娟从来不需要担心。需要买家具、买电脑、换房子，这些赵二娟一提出来，丈夫都会想办法满足她。有时候即使很困难，丈夫也不会在她面前显露出来，而是自己默默地扛住。夫妻之间恩爱得令人羡慕。

尽管有时候丈夫也会有些抱怨："你一个不用工作的人，整天比我去上班的还忙。"可每次说完这话，丈夫都会很心疼赵二娟，让她多休息，不要太过劳累。赵二娟也为此感到亏欠于丈夫。2006年拿到了台湾身份证后，她曾经试图找一份工作。但只做了一个月，家里的问题就出来了，先是小孩放学没人接，高龄的婆婆得煮饭，自己整天忙得见不到丈夫的面。后来合计了一下，工作挣的这点钱，还不够自己瞎折腾，于是就安安心心把工作辞掉了。

她的婆婆原本自己住在老宅子，但因为多年前胃出血，便搬到儿子家来小住调养身体。后来又因为药物中毒，赵二娟不放心老人一个人住，便请她搬来同住。别人所担心的婆媳矛盾在赵二娟这里是不存在的，赵二娟和婆婆之间常常谈心，彼此之间甚至像是朋友一般。如今，赵二娟一家和婆婆住在一起，彼此很融洽地过着令人羡慕的小日子。

丈夫对赵二娟的爱，让她生活得格外幸福。赵二娟一直记住那一次，自己的老同学从大陆过来，最后一天住在桃园的酒店。原本因为太远就决定不过去了，可半夜，赵二娟翻来覆去睡不着，想着那么多年不见的老同学，这次不见下一次就不知道什么时候才能见了。丈夫看出了她的心思，立马下床换了衣服，大半夜的开车把她送到桃园，同学才得以相聚。每次回忆起这段往事，赵二娟对丈夫都充满感激。

赵二娟是个天生充满闯劲的人，对很多东西都充满着浓厚的兴趣，她考了心理咨询师证，跟台湾的廖云钒老师学习催眠课，考上湖南中医药大学的硕士……这些虽都是她自己一步步认认真真努力来的，但背后的经济支持，却是她慷慨的丈夫。很多大陆新娘嫁到台湾来生活诸多不幸，但赵二娟遇到的这个人，却是那么温文尔雅，对她呵护有加。因此尽管刚嫁到台湾来时有种种不适，但她从不为自己的选择而后悔。

很多时候，赵二娟都会感谢命运的安排，是那么机缘巧合——如果不是当时自己年轻气盛，一路南下，从山西到湖南，从冷水滩到长沙，跨越小半个中国，或许就没有办法，在那个美好而难忘的春天，遇到同样跨越了台湾海峡和半个大陆，来到那同一列火车上的男人，也就没有后来这一段令旁人欣羡的爱情。

台湾海峡像一道红绳，紧紧将两个爱人的心牵系在了一起。赵二娟怎么也不会忘记多年前的那个春天，她仍年轻，他们的相遇与恋爱是一场华丽的冒险。而如今岁月老去，她站在家门口眺望自己的过去，那个已有些年迈的男人远远走来，记忆和现实的影子交叠重合在了一起，她欣慰地笑了。不论过去多少年，他们之间的感情，还是像那年的春天那样生机盎然。此刻她看着自己的丈夫，想起了那句话——十里春风不如你。

编后赘语

　　大陆新娘这个命题，本来应该是一部大书。然而，数十万之众的大陆新娘方阵浩浩荡荡，其中每一个个体的生命历程都是可圈可点，又如何能够一一道来？所以，这里所表现的16位大陆新娘，虽然只是小小缩影，却不无点睛之意，汇集了从最初"破冰之嫁"含泪泣血、到如今的自由恋爱其乐融融的几代大陆新娘的典型。她们之中，既有为争取权益带领"陆配"姐妹们奋起拼搏抗争、创立台湾第一个以大陆新娘为主体的政党并亲任党主席的卢月香女士，也有在20世纪80年代初迫不得已嫁到台湾、到如今早已年过花甲的第一代大陆新娘，更有随着近年两岸关系飞跃发展、与台湾夫君两情相悦而在台湾生活得甜蜜滋润的新生代大陆新娘。

　　时至今日，已经有40多万名大陆新娘生存在台湾、游走于两岸，为海峡的这一边与那一边增添了一道用生命打造的血脉之桥。其意义，以本书一号主人公卢月香女士的话来讲就是：大陆新娘代表了很多台湾家庭，照顾好台湾的家庭，就是照顾好台湾的下一代，而下一代，才是台湾的未来，才是两岸的未来！

　　这道血脉之桥尽管是风姿绰约气象万千，然而毋庸置疑，肯定也饱含了无数的旧日泪痕，和每一天花团锦簇背后的不尽伤感。掩卷之余，足以令人回味与深思。

　　此外，需要特别说明的是，出于可以理解的原因，本书中部分主人公使用的是化名，敬请见谅为要。

编者谨识
2014年12月

图书在版编目(CIP)数据

大陆新娘/李大刚主编. —福州:海峡文艺出版社,
2015.2
 ISBN 978-7-5550-0428-8

Ⅰ.①大… Ⅱ.①李… Ⅲ.①报告文学－作品集－中国－当代 Ⅳ.①I25

中国版本图书馆 CIP 数据核字(2015)第 035140 号

大陆新娘

李大刚	主编
责任编辑	任心宇
出版发行	海峡出版发行集团
	海峡文艺出版社
经　　销	福建新华发行(集团)有限责任公司
社　　址	福州市东水路 76 号 14 层　　邮编　350001
发 行 部	0591—87536797
印　　刷	福州德安彩色印刷有限公司　　邮编　350008
厂　　址	福州金山浦上工业园 B 区 42 幢
开　　本	787 毫米×1092 毫米　1/16
字　　数	210 千字
印　　张	14.25
版　　次	2015 年 2 月第 1 版
印　　次	2015 年 5 月第 2 次印刷
书　　号	ISBN 978-7-5550-0428-8
定　　价	36.00 元

如发现印装质量问题,请寄承印厂调换